Museu

Véronique Roy

com Luc Fivet

Museu

Tradução

Flávia Nascimento

BERTRAND BRASIL

Título original: *Muséum*

Capa: Raul Fernandes

Editoração: DFL

2008
Impresso no Brasil
Printed in Brazil

CIP-Brasil. Catalogação na fonte
Sindicato Nacional dos Editores de Livros – RJ

R632m Roy, Véronique, 1960-
Museu/Véronique Roy; com Luc Fivet; tradução Flávia Nascimento. – Rio de Janeiro: Bertrand Brasil, 2008.
378p.

Tradução de: Muséum
ISBN 978-85-286-1356-8

1. Romance francês. I. Fivet, Luc. II. Nascimento, Flávia. III. Título.

CDD – 843
08-4281 CDU – 821.133.1-3

EDITORA BERTRAND BRASIL LTDA.
Rua Argentina, 171 — 1º andar — São Cristóvão
20921-380 — Rio de Janeiro — RJ
Tel.: (0xx21) 2585-2070 — Fax: (0xx21) 2585-2087

Atendemos pelo Reembolso Postal.

Para Jeremy

A Bíblia não pretende ensinar como foi feito o céu, mas sim como se vai a ele.

GALILEU

Prólogo

O autor faz questão de observar que os acontecimentos consignados neste livro foram expostos com a máxima honestidade e imparcialidade. Alguns deles podem ser averiguados e são indiscutíveis. Outros são conjeturas. Outros, enfim, parecem ir além da imaginação; o leitor terá todo o direito de duvidar de sua veracidade.

Ao leitor cético, o autor destas linhas responderá no entanto o seguinte: ele teria preferido jamais ter que escrever este livro. Pensamos que o horror, tal como a ciência, tem seus limites. Isso é um engano. O horror não tem limites.

Capítulo 1

Ao término de um trajeto aproximativo de 3.000 bilhões de quilômetros, durante o qual passou raspando por Júpiter a menos de 500.000 quilômetros de distância e atravessou sem dificuldades os anéis de Saturno, um asteróide de 13.724kg penetrou na atmosfera terrestre e terminou sua viagem nesse sábado, 27 de agosto, por volta das 16h51, no jardim da casa da Sra. Aurélie Leroch, uma aposentada que vive em Saint-Cast-le-Guildo, encantador município bretão situado num aclive a dois passos do alto de uma falésia.

A Sra. Leroch, que aproveitava os últimos dias do verão, tinha acabado de se levantar de uma confortável espreguiçadeira para ir buscar um refresco de laranja na cozinha. Levou aproximadamente trinta segundos para tirar os cubos de gelo da forma plástica. Esse gesto lhe salvou a vida. Quando saiu de volta ao jardim, com o copo de suco na mão, a Sra. Leroch encontrou sua cadeira pulverizada por uma enorme pedra que repousava no fundo de uma cratera. Esse fato, testemunhado por inúmeras fotografias publicadas na imprensa local, é indiscutível.

Segundo seu próprio testemunho, a Sra. Leroch pensou inicialmente que aquilo era obra de algum espírito malfeitor. Observemos no entanto que sua casinha era isolada e que a habitação mais próxima se situava a mais de quatrocentos metros. Por conseguinte, os passantes são ali extremamente raros. A Sra. Aurélie Leroch levantou então os olhos para o céu.

Quando compreendeu o que tinha acabado de acontecer, ela se sentiu muito fraca e suas pernas ficaram bambas, quase a derrubando. Sua cadeira tinha sido inutilizada e ela preferiu então ir se sentar à beira da cratera, onde ficou para se recuperar durante pelo menos uns dez minutos, antes de chamar a polícia.

Capítulo 2

Quatro dias depois, um vazamento de gás destruía o laboratório do professor Ho Wan Xanh, de 55 anos, astrofísico de grande renome, autor de trabalhos mundialmente conhecidos sobre a datação do universo. As pesquisas empreendidas nos escombros de seu laboratório confirmaram, infelizmente, o que era temido: o Sr. Ho Wan Xanh tinha morrido durante a explosão. Por sorte, se assim se pode dizer, ele estava sozinho no laboratório no momento em que o fato ocorreu, e as adjacências estavam desertas. Ainda que consideráveis, os danos causados pela explosão foram pouca coisa em comparação com a perda de uma sumidade como o professor Ho Wan Xanh.

Basta entrar na rua Cuvier, lateral ao Museu Nacional de História Natural, para observar, na altura do velho edifício de tijolos cinza, no segundo andar, as janelas escancaradas e os pedaços das paredes desmoronadas. Para ser totalmente preciso sobre esse trágico acontecimento, é importante lembrar que um acidente como este nunca mais havia ocorrido, desde 1921, no Museu.

Ficou claro mais tarde que essa lamentável morte perturbou algumas consciências.

SEGUNDA-FEIRA

O começo de todas as ciências
é o espanto de ver que as coisas são o que são.

Aristóteles

Capítulo 3

O indivíduo que acabava de atravessar o rio Sena com passos enérgicos, bolsa pendurada ao ombro, ostentava todas as características do perfeito turista: camiseta enorme para fora de uma bermuda disforme, tênis velhos e boné de beisebol enfiado por cima de uma abundante cabeleira. O que o traía de maneira ainda mais evidente era sua atitude: a cabeça se movimentava sem parar da direita para a esquerda, como se buscasse apreender cada nuança do espetáculo oferecido por aquela radiante manhã parisiense. O homem fez uma pausa sobre a ponte Sully e contemplou dali a *Ile de la Cité*, a nobre majestade de Notre-Dame com suas torres erguendo-se em direção ao céu límpido, as fachadas inundadas pelo sol que se espraiava abraçando o Sena e as pontes ligando uma margem à outra do rio, tão longe quanto pode alcançar o olhar. Incapaz de continuar o caminho, de tirar os olhos daquela cidade em que a suavidade da vida parece gravada na pedra e na qual os devaneios se perdem ao sabor das ruelas ao abrigo do sol, ele encheu os pulmões com um bom punhado de ar fresco e deu um grito de alegria, uma espécie de *Yipiiiiiiiiiiii!* que causou sobressaltos aos passantes, que certamente o tomaram por um louco. O professor

Peter Osmond saboreava sua volta a Paris, sentindo-se ainda mais feliz por pensar que, três dias antes, jamais teria imaginado que uma coisa daquelas poderia se produzir.

A presença daquele homem indo rumo à margem esquerda do Sena e ao Museu Nacional de História Natural não era casual. A onda de choque provocada pela queda do meteorito na Bretanha havia atravessado o Atlântico e tinha, de certo modo, ecoado no telefone do professor Peter Osmond, o célebre paleontólogo de Harvard que abalara a comunidade científica com sua teoria dos equilíbrios pontuados. Seus trabalhos, que integravam a idéia de rupturas brutais no processo da evolução, davam uma nova luz à legendária tese da seleção natural, de Charles Darwin.

No dia anterior, ele tinha tido uma conversa telefônica com Loïc Erwan, um biólogo da Faculdade de Ciências de Rennes, com o qual havia feito amizade durante a realização de um colóquio em Cincinnati, em 1997. Ele estava mergulhado na redação de um artigo para a revista *Science*, quando o telefone tocara e havia até hesitado em atender. Osmond precisava terminar o artigo para o dia seguinte, sem falar em todo o material que tinha para preparar... Mas o toque era insistente. Ele atendera enfim, encaixando o telefone entre o ombro e o queixo, sem sequer parar a digitação de seu trabalho:

— *Osmond's speaking.*

— Peter? É o Loïc.

— Loïc Erwan! Como vai, caro amigo?

Peter instalou-se confortavelmente em sua poltrona. Seu artigo teria que esperar um pouco. Ele sempre sentia um prazer especial ao falar em francês, pronunciando cada frase com avidez, como se degustasse uma guloseima. Mas como bom americano que era, ele se exprimia muito alto, como se sua voz devesse atingir o outro lado do Atlântico sem passar por intermédio do telefone.

— Peter, tenho uma informação que deverá interessá-lo.

— Tudo me interessa, como você sabe muito bem. Sou como os... como é mesmo que vocês dizem? *Oh, yes!* Isso mesmo, como os enciclopedistas!

— O que acabamos de descobrir tem algo a ver com você, Peter, especialmente. Acho até que, no mundo inteiro, você é com certeza a pessoa com que isso mais tem a ver.

— Do que se trata? Minha curiosidade me dá... cócegas.

— Um meteorito caiu na França há oito dias, na Bretanha, mais precisamente. Estamos cuidando dele aqui em Rennes e já efetuamos as primeiras análises...

— E então?

— Pois é... Os resultados são muito estranhos.

A voz de seu amigo tinha soado para ele como especialmente angustiada. Então ele tentara descontrair um pouco o clima:

— O que você entende por "estranhos"? Vocês, franceses, acham tudo estranho! Sobretudo nós, os americanos!

— Pois bem, esse meteorito não se parece com nada que conhecemos. De acordo com as observações preliminares, ele não é proveniente do nosso sistema solar. Os primeiros resultados de datação que efetuamos indicam que ele tem cerca de seis bilhões de anos.

— *Well*, é uma bela idade para começar a vida na Terra! Mas não compreendo...

— E tem mais: isso diz respeito a alguns de seus componentes carboxílicos. Decidimos enviá-lo ao Museu Nacional de História Natural de Paris para uma análise mais aprofundada. Creio que sua vinda à França seria útil.

— Ora, Loïc... Estou sem tempo, tenho 36 artigos para terminar e o próximo número da revista *News in Evolution* sai daqui a três semanas; e, depois, as aulas logo, logo vão recomeçar...

— Mas, Peter, juro que essa história é incrível.

— Pois quanto a mim, juro que isso é impossível.

— Peter... E se Fred Hoyle tinha razão?

Peter Osmond sentiu que perdia o fôlego, e os dois colegas permaneceram em silêncio durante vários segundos. Loïc Erwan era um cientista sério...

— *Okay*. Vou pegar um avião para Paris, assim que possível.

— Obrigado, Peter, isso é muito importante.

Peter Osmond desligou o telefone. Ele andava de um lado para outro de seu escritório, olhando distraidamente para o gramado bem cuidado que se estendia por entre os edifícios do campus de Harvard, quando se lembrou: caramba, ele devia ficar com o Kevin naquele fim de semana e tinha lhe prometido que o levaria para assistir a um jogo dos New York Knicks... Mas essa missão em Paris... Ele não podia descartá-la, talvez ali estivesse a prova que ele procurava há décadas...

Decidido, pegou o telefone para explicar em algumas palavras a situação a seu filho. O adolescente compreendia. O programa ficaria para outra ocasião. Sim, ele também avisaria a mãe assim que ela voltasse do trabalho. Boa-noite. A voz do menino revelava um misto de cansaço e decepção. Cheio de remorsos, Osmond desligou e permaneceu ao lado do telefone durante alguns minutos, enfiado na poltrona, com os olhos perdidos no nada. Seu espírito examinava de todos os lados as poucas palavras que Loïc Erwan lhe dissera:

E se Fred Hoyle tinha razão... Aquela era a frase mais incrível que ele jamais ouvira.

Durante a noite inteira, a bordo do Boeing 737 que o levava a Paris, o professor Osmond tentou trabalhar. Por mais que remexesse no teclado de seu notebook, seu espírito voltava, incansavelmente, à conversa daquela manhã e seu olhar se perdia contemplando a abóbada celeste. Fred Hoyle... Em 1981, aquele astrofísico americano levantara a hipótese segundo a qual o aparecimento da vida na Terra seria proveniente da queda de um meteorito na sua superfície. Ao explodir, esse meteorito teria esparramado as primeiras células vivas, há cerca de 3,5 bilhões de anos. Desde que publicara seu artigo, Fred Hoyle tinha se tornado alvo de incontáveis ataques: tinham-no tratado de charlatão e de "iluminado", capaz de contar qualquer lorota para que falassem dele.

O próprio Osmond sentia-se indiferente diante desse tipo de elucubração. Os extraterrestres eram coisa boa para o cinema... E no entanto... Loïc Erwan tinha acabado de lhe anunciar que um meteorito contendo componentes minerais desconhecidos e, além do mais, extremamente velho, com seus seis bilhões de anos — isto é, anterior até mesmo ao nascimento do nosso sistema solar —, trazia vestígios indiscutíveis de matéria orgânica resultante, sem dúvida, de organismos vivos.

Uma descoberta como essa provavelmente colocaria em questão todas as concepções existentes sobre o aparecimento da vida no universo.

No mesmo instante, um avião da Alitalia decolava do aeroporto de Roma-Fiumicino, levando a bordo um homem de aproximadamente trinta anos que, ele também, havia tido uma conversa espantosa naquela mesma manhã.

Na tranqüilidade do final do verão, passos apressados tinham ecoado pelos corredores do Observatório do Vaticano. Vestido de maneira estrita, com uma batina negra, o padre Marcello Magnani seguia rapidamente para o gabinete de seu superior, Alessandro Vanorecchi, perguntando-se que assunto poderia ter motivado sua convocação, em plena manhã de domingo, logo após o ofício da missa. Apesar do relativo frescor do edifício, o padre estava encharcado de suor, pois era homem habituado a um ritmo de vida lento e tranqüilo, tal como os homens de ciência calmos e ponderados, sempre em busca de uma verdade insondável. Mas a mensagem do superior Vanorecchi não apresentava ambigüidade alguma: *Queira passar em meu gabinete às 10 horas. O assunto é da maior importância.*

O padre Magnani esperou alguns segundos antes de bater, tempo suficiente para retomar o fôlego e enxugar o suor que formava gotículas em sua testa. Logo a voz grave do superior Vanorecchi ordenou-lhe que entrasse.

O padre Marcello Magnani observou, como sempre, que o escritório que ele adentrava possuía todas as características dos gabinetes de astrônomo, tal como estes eram concebidos nas gravuras do século XVII: sombrio, repleto de velhos alfarrábios, um enorme globo terrestre de madeira envernizada repousando sobre um pedestal maciço e todo trabalhado, banhado por uma luz filtrada que entrava, apesar de tudo, pelas janelas ornamentadas por pesadas cortinas de veludo.

De pé, rígido e digno, com a cabeleira branca radiante naquela penumbra sufocante, seu superior, quando o viu, fechou o livro num gesto brusco.

— Padre Magnani, agradeço por ter me atendido tão prontamente.

— Não há de quê, padre.

O diretor do Observatório do Vaticano não tinha o hábito de se perder em conversas inúteis. Ele ia direto ao assunto, o que não deixava de surpreender o padre Magnani, que apreciava as volúpias da linguagem e as longas digressões filosóficas próprias às eminências do Vaticano.

— Acabamos de saber que Michel Delmas, diretor do Museu Nacional de História Natural de Paris, vai receber um espécime de meteorito absolutamente espantoso. E do maior interesse científico, segundo os termos utilizados por nosso informante.

Um formigamento de excitação percorreu o padre Magnani. Uma notícia como aquela só podia inflamar sua imaginação de astrofísico. Mas o superior Vanorecchi não lhe deu tempo para se lançar em altas perspectivas astronômicas:

— Consideramos que essa descoberta merece toda a nossa atenção. O Estado francês respondeu favoravelmente à nossa solicitação. Decidimos, portanto, enviar a Paris nosso mais notável elemento, ou seja, o senhor, padre Magnani.

— É uma honra, padre. Agradeço-lhe.

— Não me agradeça tão depressa assim. Essa missão é extremamente delicada. Segundo as primeiras análises, parece que esse meteorito contém vestígios de bactérias extremófilas.

O padre Magnani hesitou algum tempo, depois caiu na gargalhada.

— Mas padre... bactérias extremófilas... Isso não pode ser coisa séria. Esse tipo de charlatanismo foi desmascarado há alguns anos, na Austrália. Tratava-se, na verdade, de uma espécie de poeira terrestre, ou seja, o que há de mais corriqueiro.

— Não sei muito mais do que isso por enquanto. Mas nosso informante, que se encontra no local, afirma que a hipótese merece verificação. Esse caso preocupa consideravelmente as mais importantes autoridades da Igreja.

O rosto anguloso do padre Vanorecchi assumiu então uma gravidade espantosa, e o sorriso do padre Magnani foi pouco a pouco desaparecendo.

— As mais importantes autoridades... O senhor quer dizer que...

Sem uma palavra sequer, o padre Vanorecchi desviou o olhar na direção da janela, na direção da mais importante autoridade da Igreja... Daquele cujo nome prescindia de citação... O padre Magnani sentiu de repente o peso real de sua missão sobre os ombros.

Como de costume, seu superior, breve e preciso, acompanhou-o dando-lhe as informações necessárias:

— O senhor deixará Roma esta noite. Há um vôo para Paris às 19h32. Um quarto foi reservado para o senhor num hotel da rua Hamelin, no 8º *arrondissement* de Paris, a dois passos da nunciatura.

Quando Magnani estava quase abrindo a porta, o padre Vanorecchi o deteve:

— Tenho que informá-lo também que o professor Peter Osmond foi convidado para analisar esse meteorito com o senhor.

— Peter Osmond? De Harvard?

— Ele mesmo. Como o senhor vê, esse caso assume uma importância considerável.

Peter Osmond... O padre Magnani tinha lido todos os livros dele: uma referência fundamental. Fora ele que desvendara o mistério do falso meteorito australiano, alguns anos antes. Naquela época, o caso tinha feito o maior estardalhaço. O eclesiástico se sentiu invadido por uma total humildade.

— Mas padre... não sou digno disso...

— Nem adianta discutir, o senhor sabe muito bem.

O padre Magnani olhou gravemente para seu superior e assentiu balançando levemente a cabeça. Ele era jesuíta e, como tal, havia assimilado as duas regras fundamentais de sua ordem: a abnegação diante da tarefa a realizar e a obediência à hierarquia. O padre Vanorecchi abriu a porta e suspirou.

— Tenho que avisá-lo, padre Magnani, que o que está em jogo vai muito além do estrito domínio da ciência. Nosso informante nos indicou a presença, em Paris, de uma pessoa da qual o senhor deverá desconfiar. Será preciso mostrar-se extremamente vigilante. Suponho que o senhor me compreende.

Essa missão excedia em muito suas forças, e disso o padre Magnani tinha certeza. Mas seu compromisso era este: o total abandono à vontade do Pai.

A vontade do Pai... Ele sentiu necessidade de sentar-se por alguns instantes num banco e contemplar a cúpula maciça da basílica de São Pedro, que se erguia rumo ao azul imaculado. Ele fechou os olhos, implorando ajuda ao Céu.

Pela janelinha do avião, o padre Magnani questionava agora a massa das trevas. Mas não é certo que suas perguntas fossem as mesmas que se fazia Peter Osmond. Nem que esperasse as mesmas respostas.

Capítulo y

Sob o sol radiante, uma silhueta vestida com uma camiseta disforme e com um short largo demais subia rapidamente pelas alamedas ornamentadas por bordos. Sua longa cabeleira castanha, abundante, oscilava a cada passada. Nenhum pesquisador se lembrava de ter visto algum dia, desde que o Museu funcionava, algum membro da equipe fazendo seu jogging no Jardin des Plantes! Todas as manhãs! E ainda por cima de bom humor! Aquele espetáculo deixava muitos boquiabertos.

Expliquemos desde já que Léopoldine Devaire fazia parte dos concursados do Museu apenas há dois anos, tempo bastante insignificante na escala científica. Ela ainda não tinha se adaptado totalmente aos usos e costumes tão especiais de um meio em que qualquer pesquisa se estende por diversos anos e no qual a unidade de medida é o milhar. É preciso igualmente admitir que a paciência não fazia parte de suas qualidades mais desenvolvidas. Léopoldine Devaire era jovem e dinâmica demais para ficar comportada no seu canto: aos 28 anos, considerava que não tinha tempo a perder. Cada dia era uma verdadeira corrida. Ela havia sido contratada para realizar um inventário das coleções e dos arquivos dos diferentes laboratórios, e esse trabalho exigia condições físicas perfeitas. Ela corria de um prédio para outro, de uma biblioteca para a reserva central, dos arquivos para as coleções, da Ala de Botânica para a de anatomia comparada — tendo a impressão de que um batalhão de espertinhos tinha se divertido, logo antes de sua chegada, a virar tudo de cabeça para baixo. Precisava, portanto, de um sólido condicionamento físico.

É preciso acrescentar que Léopoldine Devaire não tinha um escritório só para ela. Em dois anos, a administração tinha se mostrado incapaz de encontrar um espaço em que pudesse arrumar suas coisas. Por conseguinte, punha sua bolsa e seu casaco onde podia e, já que passava o dia a correr de um lado para outro dos quarenta hectares do local, concluía, logicamente, que o Museu inteiro era seu escritório. Aquela situação lhe convinha, ainda mais que não pretendia se fixar de maneira definitiva. Nem profissional, nem sentimentalmente. Claro, precisava pagar seu aluguel e sustentar seu gato, Titus, mas vivia unicamente para os livros. Então, estava disposta a trabalhar o quanto fosse necessário, e tanto pior se fosse por um salário sofrível. Quanto a um namorado... Ah, bem, ela não andava lá muito disponível. Trabalhava muito e, sem esperar pelo príncipe encantado, alimentava o desejo de encontrar um homem que a encantasse por suas descobertas extraordinárias. Apenas isso e nada mais!

Em suma: aos 28 anos, Léopoldine Devaire era uma jovem adulta de sua época: no comando da própria vida, corria sem parar, com medo de parar.

Ela revistou todos os velhos edifícios do Museu, vastos blocos de cinco andares, compridos e maciços, que tinham atravessado dois séculos sem perder coisa alguma de sua dignidade, mas cujas fachadas nem por isso tinham adquirido o direito de passar por uma pintura. O conjunto lembrava certos senhores enfiados em roupas austeras e um tanto fora de moda, ostentando certa vaidade antiquada, que são normalmente considerados com uma espécie de respeito misturado à incredulidade.

Ela virou à direita e deu uma olhada na fila de turistas formada diante da jóia do Museu: a Grande Galeria da Evolução, gigantesca nau de madeira e aço que oferecia ao visitante, maravilhado, o panorama do desenvolvimento da vida, desde as formas mais primitivas até as mais próximas ao ser humano. Léopoldine lembrou-se do dia de sua chegada: acompanhada por um guia, havia descoberto aquele imenso espaço em que esqueletos monumentais de cachalotes, além de elefantes embalsamados e aves com plumagens exuberantes se amontovam sob uma luz espetacular. Tal qual uma garotinha, havia perdido a fala.

Em algumas passadas, ela subiu o outeiro que levava às estufas, onde cresciam estranhas plantas tropicais de troncos retorcidos e folhas de formato curioso, e penetrou no recinto que abrigava a coleção de animais vivos do Jardin des Plantes. Ela sempre sentia uma pontada no coração ao ver as minúsculas e sujas jaulas em que se debatiam as águias e os cercados por demais exíguos em que se encontravam os cabritos monteses. As rochas que deveriam servir como hábitat aos animais deixavam ver, lá e acolá, sua armação de concreto armado. Os iaques, com o olhar triste, mantinham-se imóveis, à sombra de uma cabana em ruínas.

Como se quisesse com isso dar algum ânimo aos moradores, Léopoldine pôs-se a conversar com eles:

— Bom-dia, zebras! Bom apetite, avestruzes! Vocês passaram bem a noite?

— Olá, gata!

Ela se deteve bruscamente. Um único homem havia tido até então a audácia de abordá-la de maneira tão inconveniente: Alexandre.

O homem se mantinha orgulhosamente diante dela, com as mãos pousadas sobre os quadris, um sorrisinho nos lábios, numa atitude de sedutor irresistível. Léopoldine teria com certeza sucumbido ao charme... se ele não tivesse apenas 1,32m. Um estranho capricho da natureza tinha feito com que aquele homem, da mesma idade que ela, conservasse o tamanho de um menino de 10 anos. Da primeira vez que ela o encontrara, tinha pensado que se tratava de uma criança perdida no recinto dos animais vivos. Ela estava pronta para ajudá-lo a reencontrar seus pais quando o viu entrar no cercado dos búfalos, onde passou a dar tapinhas no pescoço dos animais e a encher os cochos com forragem, antes de sair do local tão calmamente como ali entrara. Alexandre era um dos quinze empregados que tratavam dos animais. Ao perceber Léopoldine, ele oferecera a ela um cigarro e, desde então, ambos tinham se tornado amigos.

— Ah... É o meu Alexizinho! Tudo bem com você?

— Pare de me chamar de "Alexizinho"! Por acaso chamo você de "Leopoldinão"?

— Está certo. Será que você prefere "Alexandre, o Grande"?

— Acho melhor. O que você vai fazer hoje à noite?

— Vou ao ensaio do coral, depois volto para casa.

— Deixe pra lá o coral! O que você acha de uma balada com música latina?

— Alex, a noite foi feita para dormir.

— Nada disso, a noite foi feita para a gente se divertir!

Ela notou as olheiras de Alex.

— E a noite de domingo também?

— Um amigo meu apareceu sem avisar, com uma garrafa de Jack Daniel's. Fazia muito tempo que a gente não se via, então a noite passou depressa... Depois... Acho que a gente dormiu em cima do telhado! E como choveu, a gente não dormiu muito...

— Resumindo: você ficou na farra a noite inteira.

— Pode-se dizer que sim. E então? Você aceita o convite para hoje à noite?

— Sinto muito... Fica para a próxima!

Léopoldine retomou sua corrida e cumprimentou os jardineiros que podavam as sebes em volta do viveiro das aves. O canto dos pássaros inundava o ar com uma música despreocupada e cheia de alegria e pureza. Aquele dia seria esplêndido. Ela saiu do local, deu a volta nos edifícios da administração, quase deu um encontrão num pavoroso turista de bermuda, com um boné na cabeça, depois virou na direção do Pavilhão de Botânica, para ir tomar um banho bem merecido.

Ela não podia desconfiar que no mesmo instante, ou quase, uma sombra deslizava pelos depósitos do Museu, pelo vasto e sombrio espaço abarrotado por um incrível amontoado de objetos em que se misturavam animais embalsamados, caixas de livros, esqueletos desarticulados e gravuras estragadas, tudo sem a menor ordem. A sombra deu de encontro com uma caixa metálica escondida por uma coleção de velhas cartas geográficas. Ela a empurrou com o pé e se dirigiu até uma velhíssima estante de carvalho maciço em que repousavam em desordem uma série de bustos de mármore representando alguns dos maiores naturalistas da história.

É impossível reconstituir com exatidão a cena tal como ela se passou. O que no entanto é certo é que a silhueta que avançava até um daqueles bustos trazia numa das mãos um buril e, na outra, um martelo. A descoberta que viria depois disso só pode se explicar assim.

O crânio nu do professor Florus era visto acima de uma montanha de dossiês e revistas amontoados há uns cinqüenta anos. O velho professor era parte integrante da casa, de tal modo que ninguém podia conceber o Museu sem a presença dele. Quando chegou ali, Léopoldine havia descoberto, com espanto, aquela espécie incrível: o cientista perpétuo. Tanto no verão quanto no inverno, o professor Florus juntava e triava uma documentação infinita que havia, pouco a pouco, invadido seu escritório do terceiro andar e, depois, se esparramado também para fora, tomando o patamar e colonizando cada centímetro quadrado do mesmo. Certos dossiês colocados provisoriamente, vinte anos antes, sobre uma mesa, ainda estavam à espera de mudança. Enquanto isso, o professor colocara outros por cima, provisoriamente também, é claro, e depois outros mais, sobre outros móveis, e também dentro de armários, em cima e embaixo por todo lado, a perder de vista, tudo formando inúmeras camadas geológicas.

Saindo do elevador, quase já não era mais possível a Léopoldine encontrar algum espaço para deslizar até o professor. Com uma lupa à mão, ele analisava um velho recorte de jornal.

— Bom-dia, professor! Já trabalhando?

O velho cientista pousou a lupa e pôs-se a resmungar, como era seu hábito:

— Ó minha cara Léopoldine, estou abarrotado de trabalho! Hoje de manhã recebi uma carta incrível e pergunto-me se poderei dar alguma resposta à solicitação que me fizeram.

— Ora, professor, o senhor sabe muito bem que sempre acaba encontrando resposta para as perguntas que lhe fazem.

— Pois é, mas nesse caso parece-me impossível. Impossível!

— E qual é a pergunta?

O professor Florus pôs os óculos e desdobrou uma carta que ele leu com voz melodramática:

— *Senhor, envio-lhe essa fotografia tirada durante o grande Derby de Epsom de 1963. Eu gostaria de saber qual o nome da flor que ornamenta o chapéu que a rainha da Inglaterra usava naquela ocasião. Com meus mais sinceros agradecimentos.*

O professor Florus dobrou novamente a carta com uma expressão de gravidade misturada com angústia. Ele se levantou, puxou um pouco para cima sua velha calça comprida de veludo, usada até puir, pegou sua bengala e avançou com passos lentos na direção de seu gabinete de trabalho, cuja porta sempre ficava aberta.

— Dessa vez, creio que o desafio ultrapassa minhas competências. A foto é de tão má qualidade que mal chego a distinguir a espécie da flor... Então sou obrigado a procurar em meio a todos os clichês que possuo da rainha da Inglaterra para encontrar algum que seja mais nítido, esperando que ela tenha usado pelo menos duas vezes o mesmo chapéu, claro.

— E esperando que ela sempre tenha usado um chapéu...

O professor se deteve e olhou para Léopoldine com espanto.

— Mas, minha cara Léopoldine, a rainha da Inglaterra é inconcebível sem chapéu! Isso é uma impossibilidade científica! É como o general De Gaulle sem bigodes!

Léopoldine não pôde conter uma gargalhada diante da virtuosa indignação do velho professor. A ciência era toda a sua vida. Quando o dia de sua aposentadoria chegara, seus colegas tinham suspirado de alívio: enfim eles iam pegar de volta o espaço que ele ocupava sem pedir a opinião de ninguém! Mas já no dia seguinte, o professor Florus voltara a seu laboratório, como de costume, e retomara suas tarefas. Ninguém ousou lhe dizer coisa alguma. E já que ele trabalhava gratuitamente...

O professor Florus era a memória viva do Museu. Para ele era uma questão de honra responder à menor solicitação ou pergunta, inclusive as mais esdrúxulas. Um dia era um responsável pela decoração num filme que, para poder reconstituir um período da História, vinha pedir informações sobre a estrutura dos canteiros de flores de Saigon em 1947. Em outro, um indivíduo qualquer queria informações sobre uma planta recolhida num fosso, ou então alguém ressuscitava velhos herbários de viagem e tentava nomear as plantas cujos nomes desconhecia. Todas essas solicitações acabavam, sabe-se lá por que meios, entre as mãos do professor Florus que, imediatamente, punha-se a esquadrinhar sua montanha de resenhas, de amostras e de fotografias. Mas para encontrar a pérola rara era preciso botar as mãos nos documentos certos. E aqui tocamos no ponto fraco do professor Florus: ele guardava tudo, mas nunca se lembrava exatamente onde. Diversos dias eram necessários ao velho cientista para que redefinisse a lógica de seu sistema de classificação. Eis por que cada investigação exigia tanto tempo e tanto esforço.

Num dia em que Léopoldine — ela havia se afeiçoado ao velho professor — lhe tinha perguntado se valia mesmo a pena tanta dificuldade para tão pouco, o professor a olhara severamente, retorquindo com voz douta:

— Mas, minha cara Léopoldine, disso depende a reputação do Museu!

— Léopoldine havia compreendido a lição: era com base nesse tipo de detalhezinho que se julgava a qualidade de um trabalho.

O professor Florus sentou-se à sua mesa de trabalho invadida por dossiês, tirou uma pequena garrafa térmica de sua velha pasta que quase não agüentava mais nada e serviu um pouco de café numa xícara.

— Minha cara Léopoldine, preciso mesmo admitir que não tenho resposta para tudo. Dia desses alguém há de surpreender-me numa falha. Sei disso.

— Ora, professor, isso é impossível.

— Não sou infalível. E restam tantas coisas a descobrir... Veja só, ainda ontem os operários que estão fazendo a mudança para o quinto andar encontraram um baú e maços de documentos num canto. E sabe da melhor? Esse baú me foi enviado há mais de sessenta anos, e jamais foi aberto! Você se dá conta disso? Alguém o colocou lá e depois o esqueceu... Você não acha que isso é prova de muita negligência, Léopoldine?

A jovenzinha sorriu e brincou com o professor:

— É... De fato, isso me lembra alguém...

— Sem ironia, por favor. Eu sempre consigo achar minhas coisas...

— E o que fizeram desse baú?

O professor Florus agitou as mãos exprimindo impotência.

— Não sei. Quanto aos documentos, foram entregues a Valérie, a secretária do Departamento de Botânica. Sabe de quem estou falando? Sua sala fica no Setor de Mineralogia.

Léopoldine refez mentalmente um percurso pelo dédalo dos diferentes departamentos e seus secretariados. Na lógica da organização do Museu, estava previsto que um objeto descoberto na Galeria de Botânica fosse expedido ao edifício vizinho, este mesmo ligado, por sua vez, ao precedente, e tudo isso por obscuros motivos administrativos pretensamente racionais.

— O senhor está falando de Valérie, aquela que está instalada na Ciências da Terra?

— Sim... Isto é, instalada provisoriamente... Quanto ao baú, não tenho a mínima idéia do que foi feito dele.

Léopoldine franziu as sobrancelhas.

— Mas como é possível? O senhor sabe muito bem que não se deve separar as amostras dos documentos que os acompanham! Foi o senhor mesmo que me ensinou isso!

— Mas não pude fazer nada! — protestou o ancião. — Os operários estavam com pressa e eu tinha mais o que fazer... Você deve ir fazer suas perguntas ao novo responsável pelas coleções, o Sr. Kircher. Ele talvez saiba lhe dar alguma informação. Eu não posso dar conta de tudo neste Museu!

Léopoldine enterneceu-se com os resmungos do professor Florus e deu-lhe um beijo no rosto.

— Não fique bravo. Afinal, se esse baú esperou sessenta anos, pode muito bem esperar alguns dias a mais. Não se preocupe, vou encontrá-lo.

— Você sabe, Léopoldine, há tantas coisas que se perdem aqui... Eu falava disso outro dia com o Muller, um pesquisador do laboratório de mineralogia, precisamente. Lá eles perceberam que faltava...

Léopoldine cortou-lhe a palavra antes que ele se lançasse em recriminações a tudo e a todos:

— Professor, já é tempo de se pôr a trabalho. A rainha da Inglaterra espera pelo senhor!

E como o elevador não chegasse, Léopoldine desembestou escada abaixo. Ela também tinha uma montanha de trabalho à sua espera.

Capítulo 5

Perdido na contemplação do gigantesco cedro de Jussieu, uma velhíssima árvore com mais de 250 anos, à sombra da qual algumas pessoas tomavam a fresca, Peter Osmond quase deu de encontro com uma moça que fazia sua caminhada.

— Ei! Olhe por onde anda!

A moça não diminuiu o passo e nem sequer pediu desculpas! Decididamente, esses franceses! São mesmo uns folgados!

Mas estava decidido que nada estragaria o bom humor do americano. Ele se dirigiu para o bloco principal da administração, que abrigava o gabinete do diretor do Museu, seu velho mestre Michel Delmas. Como o tempo havia passado! Mais de vinte anos! Delmas, geólogo de fama internacional, tinha sido professor em Harvard quando Peter era estudante naquela universidade. Ele o apoiara em suas pesquisas, e também tinha sido quem, alguns anos mais tarde, conseguira obter para o jovem professor uma licença para que ensinasse durante algum tempo no Museu. Os dezoito meses passados em Paris permaneciam gravados para sempre na memória do paleontólogo. Paris e a suavidade da vida que a caracteriza...

O diretor do Museu acolheu-o calorosamente na entrada e apertou-lhe demoradamente as mãos:

— Peter! Fico feliz, muito feliz, pelo fato de você ter podido vir!

Osmond sempre se sentira fascinado pela paixão e pelo domínio de si mesmo daquele homenzinho tão refinado, tão... *exquis*, como dizem os franceses. A nomeação dele para a direção do Museu era a consagração de uma notável carreira.

— Para atender a um pedido seu, meu caro mestre, isso era o mínimo.

— Ora, você me lisonjeia... Há algo aqui que tem muito mais importância do que um velho estúpido como eu!

Os cabelos dele tinham ficado brancos e sua cintura arredondara, mas Peter reencontrava o mesmo homem de gestos graciosos e calmos, do olhar vivo e esperto, com sua impecável gravata-borboleta e seu terno elegante. Precioso, Michel Delmas era precioso, em todos os sentidos dessa palavra.

Osmond olhou para as mãos delicadas do diretor.

— E então? Você continua solteiro?

— O saber é um mestre exigente, Peter... Mas quem sabe um dia? — respondeu ele, rindo abertamente.

Michel Delmas jamais dissimulara suas preferências sexuais, que haviam se tornado entre eles um objeto de brincadeira, mais do que de mal-estar.

— E você, Peter? Como vão sua mulher e seu filho?

Osmond fez um gesto exprimindo fatalismo.

— Nós nos separamos... Talvez provisoriamente, não sei...

— Ah, sinto muito...

— A ciência é uma amante exigente.

O diretor do Museu deu-lhe um tapinha nos ombros e convidou-o a entrar em seu gabinete. Um homem de aparência modesta, vestindo um terno preto, já se encontrava lá, e ele se levantou quando o americano entrou.

— Peter, gostaria de lhe apresentar Marcello Magnani, eminente especialista das trajetórias estelares. Ele participou dos programas europeus de pesquisa espacial. Foi o padre Magnani que calculou as órbitas de rotação dos satélites enviados nesses últimos anos pelo Programa Ariane. O ministério considerou, com razão, que sua ajuda e seu conhecimento seriam de grande utilidade para nossos trabalhos.

Peter Osmond se deteve e seu sorriso apagou-se ao ver a gola reta e a pequena cruz que repousava sobre a mesma. O padre Magnani, mesmo assim, estendeu-lhe a mão.

— É para mim uma grande honra, professor Osmond. Sou um fervoroso admirador de sua obra.

— Duvido muito que façamos o mesmo tipo de trabalho — lançou o americano, sem retribuir o cumprimento do padre.

— Ao contrário, ao contrário! — exclamou o diretor. — O futuro da pesquisa pertence àqueles que fazem com que as diferentes disciplinas científicas estabeleçam um diálogo!

— No que me diz respeito — respondeu Osmond com altivez —, interesso-me apenas pelos resultados materiais. E não pelas conseqüências espirituais.

E ele cruzou os braços, demonstrando que seu julgamento era definitivo. Michel Delmas procurou acalmar as coisas:

— Peter, conheço suas opiniões filosóficas, mas penso que em matéria de ciência é bom deixar de lado os preconceitos.

— Pois era precisamente o que eu ia dizer. Porque é exatamente o que tento fazer com todos os meus esforços.

O padre Magnani sorriu e uma expressão de grande humildade iluminou seu rosto.

— Professor Osmond, sou, com certeza, um homem da Igreja, mas também um cientista. A meu ver, o essencial é fazer progredir a verdade.

— A verdade, *that's allright*! — disse o americano com um dedo em riste, acusador. — A verdade, mesmo que ela não corresponda ao que estamos buscando.

— Por favor, Peter — obtemperou o diretor. — Estamos aqui para realizar uma experiência que talvez mude nossa concepção do universo. Então vamos deixar de lado as pequenas suscetibilidades pessoais...

Peter Osmond olhou para seu mestre com ar surpreso. Ele se lembrou imediatamente que uma vida inteira não seria suficiente para pagar sua dívida para com aquele senhor que dera um sentido à sua existência.

— *Okay*, vou guardar para mim as minhas reflexões.

— Obrigado, Peter. Agora vou lhes mostrar nossas novas instalações. Providenciamos um laboratório na Galeria de Mineralogia. Vocês poderão trabalhar com tranqüilidade lá.

Osmond deixou escapar uma espécie de grunhido que podia ser ao mesmo tempo um sinal de aprovação ou de descontentamento. Ele lançou uma olhadela ao eclesiástico. Este, intimidado, baixou os olhos.

Capítulo 6

Léopoldine ia apressada na direção da Biblioteca Central. Avemaria! Ela não tinha conseguido escapar de Huguette, e agora estava atrasada. Que imbecil era ela!

Huguette Montagnac, agente técnica lotada no herbário, arrastava seu cansaço pelos corredores afora e, como uma aranha, esperava a passagem de uma presa para atacá-la gentilmente.

— Ah, Léopoldine, fico contente por vê-la. O dia hoje está lindo, não?

— Bom-dia, Huguette. Desculpe, estou com pre...

— Você tem razão. Eu também tenho tanta coisa para fazer. E poderia ser muito mais rápida, se não tomasse todos esses remédios. Mas o médico disse que era muito importante tomá-los, caso contrário correria o risco de ficar nervosa demais...

— Ah, você tem razão. Aliás...

— Aliás estou me sentindo melhor, é verdade. Ainda sinto umas palpitações, mas o doutor me disse que isso não ia durar muito tempo. É porque eu andei com uma depressão, como você sabe, Léopoldine... E, além do mais, tive um sonho estranho essa noite.

— Huguette, eu...

— Sim, um sonho terrível... Um pesadelo, por assim dizer...

— Mas isso vai passar, é...

— Eu acho que sei por quê. Eu disse ao padre, outro dia... Há coisas estranhas acontecendo por aqui. Você sabe, Léopoldine, eu tenho 53 anos e conheço a vida, então vou lhe dizer o seguinte: trate de desconfiar. Porque o Mal está em toda parte. Está entendendo, Léopoldine? E eu iria até mais longe: o Mal está aqui, nesses corredores. Sinto isso.

— Não tenho dúvida, Huguette. Bem, desejo a você um bom dia.

E assim dez minutos tinham sido perdidos... No início, Léopoldine escutava, durante horas, a solteirona lhe contar todas as suas infelicidades e dissabores. O único homem que já colocara as mãos nela, e isso por motivos puramente clínicos, era o especialista em reumatismo: ela sofria de uma ciática imaginária, sem dúvida. Além do que Huguette estava persuadida de ser vítima de um feitiço que lhe fizera uma tia, mas o padre tinha se recusado a lhe aplicar um exorcismo, que ela pedia, e a exortara a tomar doses cotidianas de comprimidos contra a depressão. Por conseguinte, arrastava dia após dia sua lenta e melancólica errância através da Galeria de Botânica. Léopoldine a comparava naturalmente a Totor, o bicho-preguiça do Museu, que passeava calmamente, passando de galho em galho, com gestos lentos e pensados, seus olhos tristes e de cabeça para baixo. Já que nem a Igreja nem a ciência tinham podido fazer algo pela infeliz, não seria ela, Léopoldine Devaire, que conseguiria resolver todos os seus problemas!

Ela atravessou o jardim em grandes passadas e cruzou com um grupinho que discutia animadamente. O diretor do Museu, o Sr. Delmas, explicava alguma coisa visivelmente apaixonante a um eclesiástico ligeiramente barrigudo e a um compridão desalinhado. Léopoldine reconheceu nele o turista que lhe havia barrado em sua caminhada. Os contrastes entre os três homens eram notáveis, mas o homem de bermuda parecia não se dar conta de nada. A jovem observou, no entanto, que ele deixava atrás de si um rasto de incredulidade e de espanto admirativo. Quando um estudante ou um pesquisador passava por perto, olhava para ele com olhos arregalados. Não havia no entanto nada que justificasse tamanha admiração... Mais um professor Nimbus, com certeza...

Léopoldine não tinha mais tempo para se espantar com a quantidade de pessoas estranhas que gravitavam em torno do Museu: havia muitas. Ao término de dois anos de observação, acabara concluindo que, definitivamente, os cientistas viviam em outro planeta.

Ela subiu pelas escadas que levavam à Biblioteca Central, empurrou a porta e entrou na ponta dos pés na sala de leitura. Uma atmosfera de estudo e concentração reinava naquele venerável local. Os leitores, envoltos num aroma de cera e de encáustica, estavam todos debruçados sobre grossos livros encadernados de couro.

Ela cumprimentou Jacqueline, a bibliotecária, uma guadalupense cheia de vida que cuidava de tudo ali, com cortesia e grande firmeza:

— Bom-dia, Léopoldine! Vamos tomar um cafezinho agora mesmo? — cochichou.

— Sinto muito, não tenho tempo — respondeu a jovem. — Estou mergulhada até o pescoço nos inventários.

— Então podemos almoçar juntas?

— Podemos, sim. Eu volto para buscá-la.

Aproveitando sua passagem por ali, Léopoldine certificou-se de que o depósito dos livros raros estava de fato trancado. Àquele anexo que encerrava os manuscritos antigos, apenas um punhado de privilegiados tinha acesso e os livros só saíam de lá mediante uma autorização escrita da conservadora-chefe. Nem pensar em dilapidar as riquezas bibliográficas do Museu!

Ela se muniu de um par de luvas de látex e trancou a porta do elevador de livros, levando-o em seguida para o sétimo andar, até os depósitos da Biblioteca Central. Lá, numa dupla fileira de estantes que se perdia de vista na escuridão, empilhavam-se livros, atlas, revistas francesas e estrangeiras, gravuras, manuscritos de páginas roídas por insetos e dossiês espessos, amarrados com barbantes que quase estouravam...

Léopoldine tentou se orientar segundo as diferentes indicações: "Invasões napoleônicas, 1802-1813"; "Casamance, 1890-1930"; "Fundo Leurquin, 1906"; "Segunda Guerra Mundial, Embaixada da França em Berlim, 1944"; "Camboja, 1900-1950"... Finalmente, localizou a estante sobre a qual concentrava toda a sua atenção há duas semanas: "Laboratório de Biologia, 1980-1990." Ela enfiou as luvas, pegou uma caixa transbordando de livros e papéis velhos e instalou-se sob uma janela.

Em meio a uma nuvem de poeira, foi tirando um a um todos os documentos e estabelecendo o inventário dos mesmos: um primeiro livro, *A dupla hélice: relato pessoal da descoberta do DNA*, de James Watson; um segundo, *A citometria em fluxo*, de Philippe Métézeau, Roger Miglierina e Marie-Hélène Ratinaud; um manuscrito, *Genealogia da célula eucariota*, tese para a obtenção do título de doutor em biologia, de Jean Ostwald, sob a orientação de Anita Elberg, relator François Servan; uma foto do professor Richard Goldman, pesquisador na área de genética na Universidade da Califórnia... Léopoldine levantou os olhos para as dezenas de milhares de caixas que a esperavam há anos, talvez até mesmo séculos... Será que havia um sentido em tudo aquilo? O novo conservador, Sr. Kircher, havia começado a atualizar o catálogo das coleções naturalistas e não tinha precisado se esforçar muito para convencer a Sra. Joubert, diretora-geral das bibliotecas, a fazer o mesmo com todos os livros e arquivos.

Johann Kircher... Léopoldine deu um suspiro e recomeçou a trabalhar.

Capítulo 7

— Este é o laboratório, senhores. Aqui vocês poderão se dedicar ao trabalho nas melhores condições.

O diretor do Museu estava radiante de alegria. Quatro técnicos estavam acabando de instalar uma caixa dotada de luvas, artigo comum nos laboratórios, que no caso se destinava a preservar o meteorito de toda e qualquer contaminação. Peter Osmond não compartilhava daquele entusiasmo. Ele jamais conseguiria compreender como é que os europeus podiam trabalhar em instalações tão vetustas e pouco adaptadas às exigências da pesquisa moderna. O laboratório tinha sido arrumado numa sala exígua, cuja mobília, composta por antigas mesas de madeira e cadeiras desemparelhadas, datava do século XIX, no mínimo! Quanto ao material, era certamente ultramoderno, mas obviamente insuficiente.

— E o microscópio eletrônico?

— Está no bloco em frente, na botânica — respondeu Michel Delmas. Você vai ver, trata-se de um novo modelo. Sou capaz de apostar que nem nos Estados Unidos vocês têm um assim, de tão alto desempenho!

— E o scanner?

— O Serviço de Difractometria fica na entomologia e o espectrômetro, na geologia. Mas não se preocupe, bastará pedir a Valérie, secretária do Departamento de Botânica, que o reserve para quando precisarem dele. A sala dela fica na ponta do corredor, no Departamento de Mineralogia. Aliás — continuou Delmas estendendo a cada um um retângulo de plástico —, aqui estão os cartões magnéticos que lhes permitirão circular à vontade por toda parte no Museu.

Ah... Os franceses e a sua organização... Nos Estados Unidos, para uma pesquisa tão importante assim, teriam construído um laboratório especial. E teriam dado aos pesquisadores dez vezes mais meios materiais, e ainda por cima ao alcance da mão! O padre Magnani, por outro lado, parecia acomodar-se perfeitamente àquelas instalações. Ele inspecionava com ar satisfeito o computador novinho em folha que fora colocado sobre uma mesa própria para esse tipo de máquina.

— Onde está o objeto? — perguntou Osmond, que, mesmo sem ter consciência disso, assumia a chefia das operações.

Michel Delmas consultou seu relógio de pulso.

— Ele não deve demorar a chegar. Você vem comigo? Vamos receber a entrega.

O furgão blindado que vinha devagar pela alameda deteve-se diante da escadaria da Galeria de Mineralogia. Dois homens armados tiraram de dentro do veículo uma caixa de madeira. Peter Osmond olhou para o diretor do Museu com ar abobado.

— Você sabe que um objeto dessa espécie exige medidas de segurança excepcionais — explicou o outro, com ares doutos. — Não queríamos correr o menor risco. Ele estava guardado ao abrigo de tudo, num lugar mantido secreto.

Incrédulo, Osmond balançou a cabeça. Esses franceses, decididamente... Sempre chegados a... um drama!

— Bom-dia, Peter!

— Loïc!

Loïc Erwan desceu por sua vez do furgão. Os dois amigos se cumprimentaram com um enérgico aperto de mãos. O sólido bretão de rosto quadrado não havia mudado: ele tinha o mesmo sorriso franco e seus eternos modos de velho marinheiro. Se não tivesse sido biólogo, Loïc Erwan teria dado um perfeito corsário. Quem teria suspeitado que, por trás daquele robusto marmanjo de 1,90m se escondia um especialista em microalgas... e um admirador do escritor Blaise Cendrars?

— Eu não podia deixar nossa pérola cósmica sem guarda — disse Erwan. — E fico contente em reencontrar você. Enfim, o grande Peter Osmond vem nos fazer uma visita!

— Você sabe a vida que eu levo, Loïc... Passo o tempo correndo atrás do cronógrafo...

— Você quis dizer do "cronômetro"?

— *Yes*, do cronômetro. Mas já que você me disse que se tratava de uma grande descoberta, todos os meus esforços valem a pluma...

— A "pluma" não, Peter! A pena! — corrigiu Delmas, sorrindo.

Os seguranças levaram a caixa até o laboratório, onde os técnicos travavam uma luta contra um cofre-forte, sob o olhar do padre Magnani e de um homem elegante. Michel Delmas encarregou-se das apresentações:

— Peter, apresento-lhe Johann Kircher. Ele é o responsável pela conservação de nossas coleções científicas e naturais. Sr. Kircher, acho que já conhece o professor Peter Osmond.

Kircher sorriu amavelmente.

— Claro. É uma honra encontrá-lo, professor. Pode ter certeza de que faremos tudo para lhe proporcionar condições ideais de trabalho. Caso precise de algo, seja lá o que for, não hesite em falar diretamente comigo.

O homem era alto, magro e bastante imponente. Seus cabelos louros e sua barbicha valorizavam-lhe os olhos de um azul puríssimo e o rosto agradável e bem formado. Ele também devia ter uns quarenta anos, mas não aparentava sua idade. Peter Osmond se deu conta de que, com suas roupas amassadas e sua aparência fatigada devido a uma noite passada sem dormir, ele devia parecer mais com um vagabundo do que com uma sumidade da ciência.

Johann Kircher não se fez de rogado com a situação e explicou cordialmente o funcionamento do cofre-forte:

— O senhor será o único que tomará conhecimento da combinação de quatro números e ficará responsável pela abertura. Basta introduzi-la uma única vez para que seja memorizada de uma vez por todas. O padre Magnani me pediu expressamente para avisá-lo que ele não deseja conhecer o segredo do cofre, a menos que o senhor queira informá-lo disso, é claro. Desse modo, garantimos uma total confidencialidade.

— Muito obrigado — disse Osmond, impressionado por todas aquelas precauções.

— Fazemos questão de tratar de tudo isso com a maior prudência. De fato, daqui a alguns dias será inaugurada uma exposição de pedras preciosas no andar térreo desse edifício. Esperamos um grande número de visitantes. É essencial que vocês possam trabalhar com toda a tranqüilidade.

Kircher despediu-se de Osmond e do padre Magnani e saiu do recinto. O eclesiástico observou o americano com ar um tanto zombeteiro. Este se sentiu fisgado pelo olhar do padre e observou sua imagem num espelho sobre uma pia do laboratório: a comparação com Kircher não lhe era favorável. Sim, aqueles franceses tinham... como dizer... tinham muita classe! Mas quando ele decidia se esforçar um pouco, também podia ter seu charme. Mais de uma vez ele havia lido no olhar de suas alunas um clarão interessado. O problema é que estava absorvido demais por suas pesquisas para ficar pensando em bobagens. Quanto ao padre Magnani, certamente não era a pessoa mais indicada para julgar esse tipo de problema!

— *Well*... E se fôssemos examinar nosso bebê? — perguntou Osmond, sem dirigir o menor olhar a seu colega.

— Excelente idéia! — exclamou Michel Delmas. — A ciência não pode esperar! Vou deixar vocês trabalharem, tenho que ir cuidar dos preparativos para a homenagem ao professor Ho Wan Xanh.

Surpreso, o padre Magnani levantou os olhos.

— O professor Ho Wan Xanh? Ele morreu?

— O senhor não sabia? Foi na semana passada. Um terrível acidente. Um vazamento de gás em seu laboratório. Infelizmente, ele estava no local no momento da explosão. Um horror...

— Mas isso é terrível... Eu o conhecia, era um astrofísico de primeira grandeza. Ele vai deixar um grande vazio.

— De fato. Por isso é que decidimos organizar uma homenagem pública para ele, prevista para quarta-feira. Agora preciso entrar em contato com alguns participantes. Até mais tarde!

O padre Magnani apoiou-se no espaldar de uma cadeira, visivelmente emocionado. O rosto de Peter Osmond deixava perceber, contra sua vontade, certa perplexidade. De repente, o americano bateu palmas.

— Bom, ao trabalho!

Ele colocou a caixa sobre uma mesa, abriu-a lentamente, com os olhos brilhando de cobiça, e tomou conhecimento do bloco de pedra negra que havia atravessado o universo inteiro para questioná-lo.

Capítulo 8

Léopoldine Devaire queira dirigir-se à sala da senhora Joubert. Repetindo: Léopoldine Devaire queira dirigir-se à sala da senhora Joubert.

A voz metálica saía pelo alto-falante situado junto à entrada do depósito da biblioteca. Léopoldine fez uma careta, exasperada; ela mal começara a trabalhar e já era interrompida. Era capaz de apostar que iam lhe confiar alguma tarefa "urgente", como de costume. E já imaginava o que lhe diria a Sra. Joubert: "Mas, minha querida Léopoldine, você poderá voltar a suas ocupações logo depois de terminar isso!" Alguns documentos já estavam esperando há mais de duzentos anos, então era melhor cuidar primeiro de tarefas mais urgentes! Ela tirou as luvas e desceu ao segundo andar utilizando o elevador de livros.

Com o terninho bem ajustado à sua cinturinha, o busto bem ereto por detrás de sua mesa de palissandra, Denise Joubert recebeu-a com um sorriso. Ela sentia por Léopoldine uma afeição quase maternal, a ponto de ter feito pessoalmente uma intervenção para que ela fosse nomeada para aquela vaga de conservadora dos arquivos documentais. Freqüentemente deplorava a falta de funcionários que a obrigava a apelar para Léo, como chamava algumas vezes sua protegida, a quem tinha que confiar assim tarefas subalternas. Mas sua confiança na jovem era total, e eis por que todas as missões importantes acabavam sendo confiadas a ela.

— Léopoldine, nosso diretor acabou de falar comigo. Ele deseja saber se você não estaria disponível para auxiliar dois eminentes cientistas estrangeiros em suas pesquisas bibliográficas. Eu respondi que não havia problema. Espero que tenha feito bem, não?

— Mas... e o inventário?

— Você evidentemente retomará o inventário assim que esse trabalhinho esteja terminado. Acho que isso não vai lhe tomar mais do que uns três ou quatro dias. E, além do mais, esses senhores não vão monopolizá-la durante o dia inteiro. Você poderá voltar para suas ocupações desde que não precisem mais de você.

Léopoldine deu um suspiro. Ela havia adivinhado cada palavra do que acabara de ouvir!

— Mas quem são esses senhores? Se são estrangeiros, corremos o risco de não conseguirmos nos entender — observou.

— Não se preocupe. O professor Magnani é italiano, mas fala francês tão bem como você e eu. Quanto ao professor Osmond, acho que ele dispensa apresentações.

Claro que ela havia encontrado aquele nome diversas vezes, no decorrer de seu trabalho. No que dizia respeito ao homem propriamente dito, no entanto... não tinha idéia de quem se tratava.

— Peter Osmond é um eminente paleontólogo de Harvard, autor de uma famosa teoria sobre os equilíbrios pontuados. Ele também é geólogo, biólogo, historiador das ciências e epistemologista. Tem apenas 45 anos e domina perfeitamente o francês, o alemão e o espanhol. Impressionante, não é mesmo?

Léopoldine esboçou uma expressão admirada, mas não pôde evitar uma careta de decepção.

— O que a senhora está me pedindo é um trabalho de documentalista...

— Sei disso — suspirou a Sra. Joubert. — Mas esses senhores encontram-se aqui para uma pesquisa extremamente importante, e esse trabalho só pode ser confiado à melhor funcionária do nosso quadro. Espero que você me compreenda...

Léopoldine deu de ombros, resignada. Já que ela era a melhor...

— O laboratório desses senhores fica na mineralogia, no terceiro andar. Acho que você pode dar uma passada por lá após o almoço. Obrigada, Léopoldine.

"Obrigada, Léopoldine..."

A jovem deu um suspiro, desanimada. Jacqueline tentava há vários minutos convencê-la de que aquilo era normal, mas nem sequer lhe permitia terminar suas frases.

— Que sentido tem ter sido nomeada para o meu cargo, se sou o tempo todo impedida de realizar meu trabalho?

— Mas você poderá retomá-lo assim que termine, ora! É apenas por quatro dias...

— Quatro dias, depois uma semana, depois mais duas... Contrataram-me para organizar o acervo das diversas bibliotecas do Museu, e não para servir de faxineira a uns caras que vêm brincar com algumas provetas!

As duas amigas atravessaram a rua Buffon e se dirigiram a grandes passos para o refeitório, um antigo entreposto cujas vidraças deixavam passar uma luz claríssima que iluminava um self-service funcional e sem charme algum. E, além do mais, era preciso fazer fila! Parecia que os dois mil empregados do Museu tinham decidido vir comer todos ao mesmo tempo, exatamente no mesmo instante em que ela, Léopoldine Devaire, desejava um pouco de paz!

Ela pegou uma bandeja e colocou ali um copo, o prato e os talheres. Aquele pequeno exercício de malabarismo obrigou-a a retomar a calma. Depois de se servirem, as duas moças foram se sentar.

— Ali há uma mesa vazia, veja.

Jacqueline avançou até um canto tranqüilo. Uma senhora gorda, de rosto bovino e cabelos cinza, estava terminando sua refeição e, com uma expressão de poucos amigos, lançou para elas um olhar que fez com que desviassem dela imediatamente. As duas nem deram bola, no entanto, e comeram com muito apetite, comentando as últimas fofocas do Museu. Jacqueline parecia ter antenas informantes esparramadas por toda parte.

— Você sabe o que andam dizendo? Que o professor Clavier teve um caso, há muito tempo, com a Sra. Joubert!

— Clavier? O especialista das minhocas?

— Ele mesmo. Ela não teria suportado a idéia de vê-lo apaixonado por criaturas tão estúpidas.

— Com certeza ela ficou com medo de que ele levasse algumas para casa!

E ambas caíram na gargalhada. Imaginar Denise Joubert, tão elegante, em companhia de Clavier... aquele ursão...

— Léo, olhe só quem está chegando...

Johann Kircher avançava à procura de uma mesa vazia, como elas mesmas haviam feito pouco antes. Léopoldine baixou os olhos, mergulhando-os no prato.

— Pena que a mesa ao lado esteja ocupada... — disse Jacqueline, para provocá-la.

— Ora... Ele tratará de arranjar outro lugar...

— Ele é bem bonitão, não acha?

Léopoldine sentiu que ficava vermelha, da raiz dos cabelos até os dedos dos pés.

— É...

— Em todo caso, ele é a única coisa pela qual a Sra. Joubert se interessa agora. Quando ele lhe propôs o inventário geral das bibliotecas, ela ficou encantada.

Johann Kircher sentou-se a alguma distância. Léopoldine lançou-lhe algumas olhadelas discretas. Nunca um homem a perturbara tanto. Ele era tão fino, tão delicado... Ela ainda não tivera a ocasião de encetar uma conversa com Kircher, mas... Ah, também... Ela era tímida demais... E ele? Será que a tinha notado? Ele parecia acima de tudo aquilo... E depois eles nem trabalhavam no mesmo setor, eles...

Uma voz estridente tirou-a do devaneio:

— Ei! Você podia prestar atenção, né?

Ao lado, a mulher gorda discutia com um desbocado que havia colocado brutalmente sua bandeja sobre a mesa que ela ocupava.

— Qual o problema? Essa mesa é de todos, não é? Se não estiver contente, saia!

— Cretino!

A mulher se levantou fazendo um barulhão de louça quebrada, mas o outro a pegou pelo braço e a puxou violentamente para si.

— Qual é o seu problema, hein, coroa?

— Seu imbecil!

Ela o empurrou e saiu do refeitório a grandes passos. O silêncio no salão era total. A cena tinha sido tão repentina que ninguém tivera sequer a presença de espírito de intervir. O cara resmungou, apoiou os pés sobre a mesa, colocou nos ouvidos os fones de seu walkman e pôs-se a comer, com o som no volume máximo. As conversas foram retomadas num murmúrio.

Léopoldine, que conhecia todo mundo, fez as apresentações em voz baixa:

— A mulher é Anita Elberg. Ela trabalha na biologia. Que gênio! Está de mal com meio mundo no Museu!

— E o rapaz? — perguntou Jacqueline, que começava a se sentir irritada com a música.

— Ele? É Alan, um dos funcionários que cuidam dos animais. Se quiser ser mandado embora, é assim que deve se comportar... Ele procura o menor pretexto para uma briga. Parece que isso o diverte.

Elas tentaram mudar de assunto, mas o jovem pôs-se a cantarolar um rap agressivo, bem alto:

— Você, bom cidadão, que trabalha para o Estado/Escute essa canção da gentalha:/Guarde pra você suas promessas de imbecil/Com todos os seus diplomas que não passam de papel.

O rapaz lançou um olhar provocante a Jacqueline. Um olhar pesado, cheio de desejo, além de estar cheirando a álcool e a outras substâncias menos lícitas. Ela desviou os olhos, mas ele insistiu:

— Ei, você aí! Algum problema?

Jacqueline olhou abismada para Léopoldine.

— De jeito nenhum... Mas... O que é que você tem? — perguntou Jacqueline, incomodada.

— Então por que é que olha assim para mim? Eu não sirvo pra você, é isso, né?

O sangue de Léopoldine esquentou. Ela pegou a bandeja e se levantou.

— Vamos embora.

Jacqueline seguiu-a sem hesitar.

— Infeliz! — gritou Léopoldine.

Mas o jovem não ouviu nada. Ele permaneceu sozinho no seu canto, com um sorriso amargo nos lábios.

Enquanto isso, Peter Osmond inspecionava as redondezas do laboratório do professor Ho Wan Xanh. Da rua Cuvier, ele examinava as janelas pulverizadas do segundo andar. Mais de dez metros das paredes tinham sido destruídos pela explosão, sendo reduzidos literalmente a pó. Sua inspeção durou bem uns quinze minutos e ele chegou até a tirar algumas fotos, depois deu a volta no edifício e tentou entrar. Todas as portas estavam lacradas. Então ele foi obrigado a voltar, o que não o impediu de tomar nota, mentalmente, de todos os detalhes do local. Diversos testemunhos concordantes não deixam nenhuma dúvida quanto a isso.

Por volta das 14h30, Léopoldine despediu-se da amiga e dirigiu-se, sem entusiasmo algum, à Galeria de Mineralogia. No caminho ela cruzou com Norbert Busson, que fazia uma tese em sistemática, no Museu.

— Oi, Léo! Posso passar na sua casa hoje à noite? — disse o jovem franzino, arrumando maquinalmente os óculos que escorregavam pelo nariz. Tenho uma coisa para lhe pedir, sobre um livro cheio de palavras em latim, e como sei que você...

— Hoje à noite é realmente impossível — atalhou Léopoldine. — Mas se você quiser podemos jantar amanhã. Eu posso ir à sua casa e você me diz do que se trata. Tudo bem?

— Sem problemas; até amanhã, então.

Léopoldine teria de bom grado passado mais tempo com ele. Norbert era um rapaz interessante, muito envolvido em diversas associações ecologistas. Na verdade, era uma dessas raras pessoas, com exceção de Alex, com as quais ela havia conseguido estabelecer laços de amizade no Museu. Infelizmente, as 24 horas de um dia quase não eram suficientes para que desse conta de tudo o que tinha para fazer...

Apressando o passo devido a seu compromisso, Léopoldine tentava, ao mesmo tempo, refrescar-se um pouco, abanando-se com a mão. O ar estava pesado, as nuvens deixavam o céu sombrio e alguns caminhantes olhavam para cima com uma expressão preocupada. Isso não deixava dúvida: era absolutamente certo que uma tempestade se anunciava naquele fim de tarde de segunda-feira, 5 de setembro. Todos os boletins de meteorologia confirmavam isso.

Capítulo 9

Léopoldine seguiu com dificuldade pela Ala de Mineralogia: técnicos e funcionários da manutenção iam e vinham em todos os sentidos. Com toda a evidência, a organização da exposição, prevista para uma semana mais tarde, estava um pouco atrasada. Nada de novo sob o céu, disse consigo mesma Léopoldine, que começava a se acostumar àquele ritmo de trabalho: uma longa e intensa reflexão, seguida por uma preparação prática enlouquecida. No entanto, o milagre se reproduzia a cada vez: a exposição ficava pronta para o momento previsto. O visitante sequer imaginava que, ainda na véspera, ele teria tido sob os olhos o espetáculo de um formigueiro em pleno tumulto.

A jovem desceu do elevador no terceiro andar e perguntou à secretária do departamento, Valérie, onde se encontravam os dois novos pesquisadores. A secretária, uma moreninha magra de meia-idade, cuja boca em forma de acento circunflexo traía uma amargura permanente, indicou-lhe com um aceno um corredor à esquerda. Como Léopoldine não compreendesse, ela gritou:

— Pegue o corredor à esquerda, depois vire à direita! Eles estão na Sala Théodore Monod! Nada de tão complicado!

Léopoldine virou-se para prosseguir, sem graça. O que estava acontecendo? Todos pareciam à beira de um ataque de nervos. Realmente, havia muita eletricidade no ar...

Ela seguiu pelo corredor principal. Na penumbra, rochas e cristais se amontoavam nas vitrinas antigas, massas sombrias ou translúcidas testemunhando convulsões tectônicas. Um dos armários, cuja forma lembrava a dos sarcófagos egípcios, continha fragmentos de meteoritos que remontavam à criação das galáxias e que tinham sido projetados na órbita da Terra pelos caprichos dos movimentos celestes, para servir depois como improváveis redescobertas da matéria. O silêncio — mineral, era o caso de se dizer — era perturbado apenas pelo eco dos passos da jovem.

Uma das portas estava entreaberta. Ela a empurrou e deu de cara com um homem jovem e barbudo. Com fones de ouvido, ele estava regulando um aparelho colocado sobre uma mesa.

— Com licença, estou procurando a Sala Théodore Mo...

— Não é aqui — resmungou o rapaz, fechando a porta no nariz de Léopoldine.

Mais um! Furiosa, ela continuou seu caminho, jurando que, se uma única pessoa a mais a desrespeitasse, ela pediria imediatamente demissão!

Ela percebeu, enfim, a inscrição "Sala Théodore Monod", gravada em letras douradas, acima do batente de uma grande porta de carvalho maciço. Léopoldine bateu nela com dedos nervosos. Eles iam ver só aqueles dois!

A porta se abriu tão repentinamente que Léopoldine deu um pulo. Entre os batentes erguia-se um marmanjo de avental branco, descomposto e hirsuto. Era o turista daquela manhã! Imóvel, ele a encarava, como que fascinado por uma aparição. Poderia se dizer que ele estava diante de uma criatura caída do céu. Léopoldine olhou para trás; é, estava mesmo sozinha naquele corredor. Ela verificou suas roupas: eram decentes, jeans e um pulôver confortável para ocultar suas formas, generosas apesar de ela ter uma silhueta longilínea. "Sexy como um saco de batatas", tinha-lhe dito um dia Alex, com sua habitual delicadeza...

Cada vez menos à vontade, ela decidiu romper o silêncio:

— Bom-dia, sou Léopoldine Dev...

— *Yes!* É você a documentalista, não?

— Não exatamente... Eu sou cons...

Ele lhe deu um caloroso aperto de mãos e a fez entrar, gritando:

— Precisamos de você! Eu me chamo Peter Osmond — declarou o americano, berrando.

Mal se recuperando da surpresa, Léopoldine descobriu, no outro canto do recinto, um padre, que observava uma foto aérea do lugar que sofrera o impacto do meteorito. Ele se levantou e veio lhe dar um elegante aperto de mãos.

— Bom-dia, senhorita. Sou o padre Marcello Magnani.

Ela já havia visto uns tipos bem esquisitos nos laboratórios do Museu, mas, diante daqueles dois, ela permanecia boquiaberta. Um hippie temporão e um eclesiástico, cada qual em seu canto... Quando ela contasse aquilo a Alex...

O americano plantou-se diante dela e a encarou com um grande sorriso.

— Léopoldine... Como a filha de Victor Hugo? Realmente, é... esplêndido!

A jovem abaixou a cabeça, confusa por ser objeto de tamanha atenção. E aquilo era só o começo, pois ele se pôs a lhe explicar (mais exatamente, a vociferar) a natureza de suas necessidades bibliográficas, levando-a para diante de uma tela:

— Precisaremos de todas as publicações recentes que façam referência a matérias orgânicas recolhidas em objetos celestes. Seria preciso encontrar também artigos desses últimos vinte anos sobre as explosões das supernovas. E, para terminar, eu precisaria ainda dos relatórios do observatório de San Fernando desses últimos seis meses, relativos à atividade meteórica nos anéis de Saturno.

Como um cavalheiro, ele lhe tinha oferecido uma cadeira, depois voltou ao trabalho, cantarolando uma ária de Bizet: *L'amour est enfant de Bohêêême...*

Será que ainda restava alguma pessoa normal naquela instituição?

* * *

Léopoldine cumpriu sua missão com toda a consciência profissional que a caracterizava. Às 19h45, ela foi colocar diante de Osmond uma pequena pilha de folhas.

— Aqui estão os artigos que pediu. Eles estão classificados por ano de publicação.

— Obrigado, Léopoldine! Você é sentinela... Não, sentinela não... sensacional! *Really performing!* Parabéns! Agora, preciso dos artigos da *Revista de Geodésia Espacial*, sobre a medida da radioatividade nos asteróides. Os trabalhos dos últimos dez anos serão suficientes.

O professor Osmond a encarava com um amplo sorriso. Aparentemente, ele não estava brincando. Ela acabara de passar cinco horas compilando cerca de vinte artigos e referências múltiplas, e ele não via inconveniente algum em fazê-la trabalhar até de madrugada!

Ela o encarou com um olhar firme.

— Professor Osmond, se o senhor estiver de acordo, continuarei amanhã de manhã. Já são 19h45 e tenho um compromisso para a noite de hoje.

— Mas é que...

O padre Magnani veio em seu socorro.

— Penso que a senhorita tem direito a um merecido repouso, não?

— Repouso? — disse Osmond, como se acabasse de descobrir a existência dessa palavra. — Ah, sim, claro. O senhor tem razão... *I'm sorry*, Léopoldine. Continuaremos amanhã.

De repente o peso da noite que ele passara sem dormir caiu-lhe em cheio. Esfregou os olhos, depois olhou para o meteorito.

— Acho que por hoje é tudo, *honey*!

Ele o pegou com precaução, fechou-o numa bolsa esterilizada e o colocou no cofre-forte. Depois de dois segundos de hesitação, olhou para o padre, compôs a senha de quatro dígitos e fechou a porta. O mecanismo magnético foi automaticamente desencadeado. "Um cofre inviolável", pensou satisfeito, cuja senha ele não transmitiria ao padre Magnani. Afinal, ele próprio dissera que não queria tomar conhecimento dela... Sem dar importância alguma a isso, o padre despediu-se desejando-lhe uma boa noite.

— Boa-noite, professor Osmond — disse Léopoldine. — Peço desculpas por não poder esperá-lo, mas é que estou com pressa. Tenho um ensaio de coral e já estou atrasada.

— Um ensaio de coral! exclamou o americano tirando o avental branco. Adoro corais! — Posso acompanhá-la? Você sabia que eu canto muito bem?

Ele se sentiu na obrigação de entoar uma ária das *Bodas de Fígaro*, com um atroz sotaque anglo-saxão. Léopoldine começava a se cansar daquele entusiasmo pueril e daquele otimismo extenuante. Aqueles americanos... eles não podem fazer coisa alguma sem que comecem a urrar de alegria... O dia tinha sido difícil e ela desejava um pouco de tranqüilidade. Ela concordou, todavia, fazendo um grande esforço para não o mandar ir ver navios. Afinal, era a tradição da hospitalidade francesa que estava em jogo!

— Se o senhor quiser assistir — propôs ela pegando a bolsa —, é na paleontologia. O senhor sabe como chegar até lá?

— Sim, no final do...

— No final do jardim. Pegue a escadaria externa, o local fica no fundo do corredor. Não há como se enganar.

E ela saiu correndo pelas escadas, suspirando aliviada.

É impossível determinar de quanto tempo precisou Peter Osmond para pegar suas coisas, fechar a porta da Sala Théodore Monod, encontrar a saída da Galeria de Mineralogia, orientar-se dentro do Jardin des Plantes mergulhado na escuridão àquela hora e chegar, enfim, à Galeria de Paleontologia, que ficava a duzentos metros do local onde ele se encontrava. O que se pode no entanto dizer é que ele ficou impressionado com o ruído das folhas agitadas pelo vento, que ficou com a orelha em riste ao escutar o piar das corujas, sobressaltando-se ao menor bater de asas entre as folhagens. Não há praticamente dúvida alguma sobre o fato de que ele apressou os passos quando as primeiras gotas de água caíram e quando os trovões rasgaram o silêncio. Teria ele prestado atenção aos gritos dos animais em suas jaulas, amedrontados pelos relâmpagos? Teria ele ouvido um outro barulho, este sim bastante humano? Nada é menos certo. Seja como for, há algo que é uma certeza: Peter Osmond chegou à Galeria de Paleontologia.

Quanto a Léopoldine, ela havia penetrado no pequeno anfiteatro que servia como sala de ensaio, um antigo auditório de madeira envernizada e paredes decoradas com ilustrações que lembravam as pinturas rupestres: mamutes, alces e caçadores armados com lanças tinham sido cuidadosamente reproduzidos numa animada sarabanda. Ela juntou-se ao grupo com passos delicados de loba, pois o assoalho tinha o desagradável costume de ranger. Depois tirou da bolsa uma partitura e fundiu-se ao grupo de cantores, todos eles funcionários do Museu. Um deles, fazendo um sinal com a cabeça, convidou-a para vir se instalar ao seu lado. Léopoldine deu-lhe um sorriso. Johann Kircher era decididamente um homem elegante. Com o indicador, mostrou a ela em que ponto da partitura eles estavam, e ela esperou a coda para começar também a entoar o *Magnificat*, de Johann Sebastian Bach. Pouco a pouco, com os olhos fixos nos braços do professor Larcher, que marcavam o compasso, Léopoldine abandonou-se à elegância e à nobreza da música. Ela se sentia levada por uma vaga de doçura e beleza quase divina. As linhas melódicas dos barítonos, tenores e sopranos se entrelaçavam e dialogavam formando uma miraculosa arquitetura, modelo de equilíbrio e simplicidade. *Et exsultavit spiritus meus in Deo salutari meo...* Ao lado dela, a voz segura, de timbre límpido, do conservador-chefe, a enfeitiçava. Interiormente ela se felicitava por sua repentina paixão pelo canto coral. Talvez naquela noite conseguisse, enfim, conversar com Johann Kircher.

Não existe nenhuma prova matemática do gênio artístico, mas pode-se pensar que a música de Johann Sebastian Bach é uma fiel aproximação disso, mesmo que nenhuma prova formal tenha sido até agora encontrada. Na mesma ordem de raciocínio, é totalmente impossível descrever com precisão o percurso de Peter Osmond pela Galeria de Paleontologia. Podemos apenas supor que ele ficou perdido por um bom tempo.

Uma simples visita diurna é o bastante para dar idéia do dédalo em que se transforma aquele lugar quando mergulhado numa semi-escuridão. Segundo suas próprias declarações, Peter Osmond entrou por uma porta que tinham deixado aberta. Ele chegou assim ao andar térreo do Museu, dando de cara com um monstro: um crânio de baleia, foi o que ele concluiu depois que seus olhos se acostumaram à escuridão. As órbitas vazias e a grande mandíbula aberta do cetáceo pareciam observá-lo ironicamente na ponta da colossal ossatura toda de costelas e vértebras sinuosas.

Osmond se deixou guiar pelo eco do canto. Por toda parte os crânios dos animais o seguiam com seus olhos mortos. A tempestade agora estava a mil, animando de modo aterrorizante os esqueletos imóveis. O americano progredia pelo edifício como um paleontólogo que avançasse entre as ossadas de um gigantesco animal desconhecido. Nos bocais de formol, outros animais o perscrutavam alinhados nas vitrinas: um filhote de gato monstruoso que possuía um único olho plantado no meio da cabeça e dois fetos de bezerro grudados na altura do crânio e que pareciam arrastar um ao outro numa dança de morte. Mais adiante, um macaco dissecado deixava à mostra as entranhas e diversas matérias cerebrais e esponjosas ofereciam-se à contemplação.

Ao pé de uma escadaria, uma fileira de criaturas raquíticas esperava, semelhante às bonecas russas: fetos humanos em diferentes estágios do desenvolvimento, expostos num desfile macabro. Completamente perdido, Osmond subiu os degraus e quase virou um espeto nas garras pontiagudas de um tiranossauro. Um pouco mais adiante, na penumbra, um cortejo de monstros pré-históricos surgidos do nada, indiferentes aos milhões de anos transcorridos desde seu desaparecimento, barrou-lhe o caminho. Sem se desesperar, ele se dirigiu para aquilo que pensava ser uma via de acesso e que não passava, na realidade, da sombra de um mamute.

Irritado por aquela errância às cegas em meio a tantos vestígios da vida, Peter Osmond recorreu aos fundamentos do método experimental. Não tendo encontrado coral algum nem no térreo nem no primeiro andar, ele deduziu disso que deveria seguir rumo ao subsolo. Sua capacidade de dedução não lhe pregou peça alguma, pois à medida que descia a escadaria, as vozes chegavam até ele de maneira mais límpida. Ainda estava muito escuro, armários e pilhas de caixas erguiam sua massa fantasmagórica lá e acolá, mas o som o orientava na direção daquilo que ele esperava ser um oásis de tranqüilidade.

Diante dele, a dez metros, via-se um filete de luz, recortado no chão. Peter Osmond acelerou os passos e penetrou no recinto do qual provinha a claridade.

Nesse mesmo momento, gritos de puro terror interromperam o ensaio. Os coristas o encararam com espanto, procurando pelo autor da nota em falso. Mas os *Damned! My God!* que ecoavam ainda em seus ouvidos vinham de muito mais longe. Tal como resumiria depois Léopoldine Devaire, eles pareciam jorrar do além-túmulo.

Todos se precipitaram para fora do anfiteatro, Léopoldine e Johann Kircher na dianteira. O recinto ao qual chegaram, abarrotado de móveis antigos, constituía uma espécie de galeria de horrores. Em vitrinas antigas, todas as espécies que a criação havia podido engendrar — lagartos, pássaros e mamíferos — flutuavam, com ar pensativo, no formol, alguns espécimens exibindo os órgãos em forma de guirlandas esbranquiçadas. No centro da sala erguia-se uma mesa velha de carvalho, fracamente iluminada por um abajur. Sobre ela encontrava-se o cadáver nu de uma mulher de idade, corpulenta, com o olhar imóvel. Léopoldine reconheceu Anita Elberg.

Seu corpo estava aberto da garganta ao umbigo e os órgãos esparramados, à vista de todos: coração, fígado, pâncreas, estômago, rins e intestinos tinham sido metodicamente dispostos sobre o abdômen numa abominável composição. Um exame mais atento revelou um profundo ferimento na cabeça. A arma do crime, um pedaço de rocha manchado de sangue, estava jogada ao chão, aos pés de Peter Osmond.

Último detalhe: uma etiqueta tinha sido passada em volta do dedão do pé da vítima, semelhante às fichas de identificação colocadas nos cadáveres dos necrotérios.

O americano, lívido e em estado de choque, apoiava-se numa vitrina repleta de velhos instrumentos de dissecação, todos de formas bárbaras. Léopoldine, por sua vez, não conseguia tirar os olhos do cadáver. Uma pequena multidão se espremia na porta de entrada da sala.

Johann Kircher foi o primeiro a recobrar o sangue-frio, ordenando então que ninguém entrasse no local. Alguém teve a presença de espírito de chamar a polícia. Peter Osmond, novamente de posse da razão, aproximou-se do corpo horrendamente mutilado. Ele se concentrou no rosto da velha e no ferimento que tinha ensangüentado a cabeleira cinzenta, depois deu a volta à mesa evitando cuidadosamente as manchas de sangue. Sirenes já se faziam ouvir ao longe.

Um homem robusto, com uns cinqüenta anos, assumiu a chefia das operações. O comissário Roussel tinha uma bagagem de quinze anos de serviços prestados à brigada de crimes. Com uma excelente avaliação por parte de seus superiores, era elogiado por sua capacidade de liderança e por sua fleuma. No entanto, ao ver o corpo de Anita Elberg, ele teve um choque como jamais ocorrera em seus 25 anos de carreira na polícia judiciária. A antiga sala de dissecação, sinistra, lembrava de modo impressionante um laboratório do século XIX e trazia à memória as leituras fantásticas de sua adolescência, como Lovecraft e H.G. Wells. Roussel quase teria esperado surgir das sombras um homem usando um redingote, uma cartola e um avental de açougueiro amarrado à cintura, apresentando-se assim para uma operação cirúrgica ou uma autópsia, coisas que no passado eram mais ou menos sinônimas.

O efeito da visão sobre seus dois adjuntos não foi menos considerável. O jovem tenente Commerçon, que tinha acabado de entrar para a brigada, ainda estava em seus primeiros casos. Seu rosto, que ficava ainda mais pálido devido aos cabelos louros curtíssimos, estava da cor do gesso. A penumbra fazia com que ele salvasse as aparências e desse mostras de certo domínio, e sua miúda silhueta se deslocava com precauções pela cena do crime, com um bloco de notas à mão. O tenente Voisin, que aparentava maior descontração, acariciava o queixo em que se via uma eterna barba por fazer. Suas rugas de quarenta anos traíam suas inúmeras noites de investigação e a freqüentação assídua dos piores atos da natureza humana. Ele dava uma de tira que já tinha visto outras, mas os cabelos brancos que se esparramavam em sua cabeça provavam que não era de modo algum o homem despachado e despreocupado que fingia ser. Tentou de todo modo descontrair um pouco o ambiente fazendo duas ou três observações espirituosas, mas um simples olhar do comissário Roussel o condenou ao silêncio.

Uma mão caridosa havia coberto com um lençol os despojos de Anita Elberg. Léopoldine assistiu ao início dos procedimentos de investigação policial: o substituto do procurador abriu uma investigação, o médico-legista efetuou as primeiras constatações e deu uma estimativa da hora provável do óbito, os integrantes da polícia científica, levados pelo capitão Barnier, inspecionaram o corpo e recolheram as impressões digitais dos móveis e do pedaço de pedra que jazia por terra, ao passo que os policiais Voisin e Commerçon reuniram as principais testemunhas para interrogá-las. Entre elas, Peter Osmond, claro, Johann Kircher e Léopoldine. O diretor do Museu, Michel Delmas, tinha chegado ao local ao mesmo tempo que a polícia. E estava abaladíssimo.

Convém no entanto insistir num detalhe perturbador: quando os homens levando a maca saíram com o corpo de Anita Elberg, a fim de depositá-lo no Instituto Médico-Legal para a autópsia, a etiqueta que pendia de um dos dedos do pé da vítima havia desaparecido. Disso Léopoldine tinha total e absoluta certeza. Ainda mais que ela vira o estranho professor Osmond destacá-la do corpo antes da chegada da polícia e enfiá-la sub-repticiamente num bolso.

Capítulo 10

As testemunhas passaram uma boa parte da noite no anfiteatro. Michel Delmas, ouvido por Voisin, forneceu preciosas indicações sobre a vítima.

A professora Anita Elberg era bióloga, mas tinha começado sua carreira, trinta anos antes, como etnóloga, estudando, mais exatamente, povos primitivos. Ela havia por essa razão efetuado diversas missões na floresta amazônica, na Guiana Francesa. Em seguida, mudara de direção, passando a estudar o fator biológico na evolução das sociedades humanas — ramo que os especialistas denominam "sociobiologia".

— A sociobiologia — explicou ele — pretende demonstrar que o comportamento social do ser humano é ditado unicamente pelos genes. Por exemplo, certas pessoas são predestinadas a tornarem-se musicistas, outras lixeiros, contadores ou policiais. Tudo é decidido previamente graças à herança genética.

— E o senhor? Acredita nessas teorias? — perguntou Voisin, passando maquinalmente o indicador por suas faces mal barbeadas.

— Creio que uma tal visão de mundo é muito simplista. É preciso levar em conta o meio ambiente do indivíduo. Alguém pode ter uma predisposição para se tornar uma virtuose do piano, mas se ninguém o colocar em contato com esse instrumento, é fácil perceber que o ignorará por toda a sua existência.

— É evidente.

— Nem todos acham isso evidente. Em todo caso, não era evidente para Anita Elberg. Para ela, o ser humano era uma máquina biológica, nada mais. A Sra. Elberg tinha inúmeros adversários no Museu. Muitas pessoas, aqui, acham que o homem não pode ser reduzido a um pacote de moléculas.

— E o senhor acha que algum desses adversários teria sido capaz de...

— De assassiná-la por isso? Impossível! Aqui somos pessoas muito civilizadas!

— No entanto — comentou o comissário Roussel —, ela foi assassinada. A maneira pela qual o corpo foi exposto, aliás, sugere um ritual.

— Isso é obra de algum desequilibrado, que nada tem a ver com o Museu! — gritou Delmas.

— Talvez o senhor tenha razão — respondeu o comissário. — Mas tratava-se de um desequilibrado que sabia muito bem o que fazia.

— O que o senhor quer dizer com isso? — retorquiu o diretor do Museu, profundamente irritado por essa observação.

— Quero dizer que o assassino deu provas de um sangue-frio e de uma capacidade de cálculo extraordinários. Segundo minhas informações, o laboratório da Sra. Elberg não se situa nessa ala do Museu.

— De fato. Ela trabalhava na seção de biologia celular, do outro lado do Jardin des Plantes.

— Portanto, foi preciso trazê-la até aqui. Se considerarmos o que me disseram sobre o temperamento dela, a Sra. Elberg não era do tipo que recebia ordens. Logo, estava consciente ao penetrar na Galeria de Paleontologia.

— Talvez ela tenha sido assassinada em sua sala e depois trazida para cá para... para essa encenação — respondeu Michel Delmas.

— Não quero ser desagradável — disse o comissário —, mas, tendo em vista sua corpulência, acho pouco provável que tenham arrastado o corpo por todo o Museu para, em seguida, fazerem esta encenação, como o senhor diz.

— Então ela veio espontaneamente — completou Voisin.

— Exatamente — disse Roussel. — E se se deslocou até aqui, é porque tinha uma boa razão para isso. Pode-se portanto supor que ela conhecia seu agressor, e que este tinha acesso aos edifícios depois do fechamento do jardim, já que o médico-legista estima que a morte ocorreu entre 20 e 21 horas.

— Ah... comissário! — disse Michel Delmas levantando os braços em sinal de impotência. — O Museu tem mais de dois mil funcionários! E a maioria deles tem acesso a todos os edifícios, tanto de dia quanto à noite! Não é possível interrogar todo mundo!

— Concordo com o senhor, mas temos pelo menos que concentrar nossas investigações sobre as pessoas que tinham algum motivo para odiar a Sra. Elberg.

— Como lhe disse, ela estava cheia de inimigos. Sinto muito repetir isso, mas Anita tinha um temperamento insuportável. No entanto, não posso imaginar que alguém tivesse podido... e ainda por cima com tamanha insensatez...

— Nem tanta insensatez assim... — corrigiu o comissário Roussel. — O assassino escolheu racionalmente o lugar e o momento. A tempestade, os trovões abafaram os gritos da vítima. E a cerca de cem metros, um coral estava em pleno ensaio.

— Não compreendo — disse Delmas, segurando a cabeça entre as mãos.

— Além do mais, o autor desse crime devia estar muito bem informado sobre as idas e vindas por esses locais. Ele não teve medo de ser surpreendido em plena ação.

— Ele manteve a cabeça fria — confirmou Voisin.

— Sim, e deu provas de uma incrível audácia. Segundo o médico-legista, é evidente que ele possui uma destreza de profissional. Não quero voltar a falar do estado e da disposição em que foi encontrado o corpo...

— Por favor... — implorou Michel Delmas, a quem essa lembrança causava náuseas.

— As incisões foram certeiras, precisas. Levando-se em conta o fato de que corria o risco de ser supreendido, ele teve que agir muito depressa.

— Agir rapidamente e muito bem — concluiu Voisin, inspiradíssimo.

— Fico me perguntando onde é que vocês acham o "bem" em tudo isso — disse Michel Delmas, fulminando-o com o olhar.

— De fato, a expressão não é lá muito feliz — reconheceu o comissário Roussel, exprimindo arrependimento. — Eu diria, antes, que nosso homem agiu com eficácia. Há também um detalhe perturbador...

— O senhor não acha que tudo isso já é suficiente? — perguntou o diretor, abalado.

O comissário, pensativo, parecia avaliar as conseqüências daquilo que estava prestes a declarar:

— Veja esse ferimento na cabeça. O golpe foi violento o bastante para fazer com que a vítima desmaiasse. Esse pedaço de rocha, encontrado no chão e sujo de sangue, parece ter sido a arma do crime.

— Suponho que isso era tudo o que o criminoso tinha à mão — disse o diretor.

— Pois bem, segundo nossas informações, trata-se de um meteorito de condrita. Ora, esse tipo de objeto não é conservado nem na Galeria de Paleontologia nem na Ala de Anatomia Comparada, onde foi descoberto o corpo.

— O que isso significa? — perguntou Delmas, que começava a ficar preocupado com a maneira como as coisas evoluíam.

— Que o autor dos fatos trouxe o dito objeto. Segundo nossa investigação, o desaparecimento desse meteorito das coleções de mineralogia foi assinalado há uma semana. O conservador, Sr. Kircher, acabou de informar a um de nossos colegas.

— Claro, isso é bem comprometedor — admitiu Michel Delmas. — Mas o senhor deve saber que inúmeros objetos desaparecem regularmente para reaparecer depois, aqui no Museu. Não temos muito espaço e algumas peças às vezes são estocadas provisoriamente em lugares aos quais na verdade elas não se destinam.

— Eis o ponto aonde quero chegar — disse o comissário Roussel, cada vez mais pensativo —: o médico-legista me entregou agora mesmo o relatório da autópsia feita no corpo do professor Ho Wan Xanh, que faleceu na semana passada.

— Ah... Nem me lembre esse cruel acontecimento... — gemeu Michel Delmas.

— Pois bem, a conclusão é que a morte do professor Ho Wan Xanh não se deveu unicamente à explosão. Ficou agora provado que a vítima recebeu, inicialmente, um golpe mortal desferido com um objeto.

— O senhor quer dizer...

Delmas não ousou terminar a frase. Voisin encarregou-se disso:

— Que o professor Ho Wan Xanh foi assassinado.

— E ao que tudo indica, com a ajuda do mesmo meteorito que serviu para golpear a professora Elberg — completou Roussel. — O médico-legista acha que as probabilidades de que isso seja verdade são de 99,99%.

O diretor do Museu encarou o comissário horrorizado.

Quanto a Léopoldine, ela pôde testemunhar, interrogada por Commerçon, sobre muito pouco, pois não havia visto e ouvido grande coisa: o ensaio do coral, os gritos de Peter Osmond, sua correria pelos corredores e a descoberta do corpo. Ela descreveu igualmente a atitude do americano, apoiado ao armário, com o meteorito a seus pés. Ela só conhecia Anita Elberg de nome e jamais tinham conversado.

Uma questão se impôs agora: por que Léopoldine não evocou, diante do policial, o fato de o professor Osmond ter surrupiado a etiqueta que pendia do pé da vítima? Estaria ela ainda sob o choque? Ou preferiria formar sua própria idéia sobre este fato antes de proceder a uma acusação que, em tais circunstâncias, poderia se revelar extremamente grave? Mistério. O mínimo que se pode dizer, em todo caso, é que o cientista americano tinha dado provas de um raro sangue-frio. Léopoldine tampouco mencionou a altercação que ocorrera, algumas horas mais cedo, entre Anita Elberg e Alan, o moço que cuidava dos animais. Teria ela de fato esquecido? Ou julgava que Alan seria incapaz de um ato tão bárbaro? Preferiria ela dizer o mínimo possível para evitar uma implicação naquele sórdido caso? Ou teria outras motivações, mais difíceis de confessar?

O conservador Johann Kircher mostrou-se também de pouca ajuda. Ele confirmou as declarações de Léopoldine: como ela, conhecia a professora Anita Elberg apenas de reputação, o que era para ele amplamente suficiente. De qualquer modo, ele estava no Museu para pôr ordem nas coleções e tinha pouco contato com os pesquisadores — ainda que fosse também um verdadeiro cientista. Aliás, no âmbito desse trabalho, um especialista no estudo dos asteróides, o professor Georges Muller, lhe tinha assinalado o desaparecimento do meteorito.

Quanto ao americano, ele foi obrigado a explicar sua desventura: sua entrada no edifício pela porta errada, que sem dúvida tinha sido deixada aberta pelo assassino, sua errância pela Galeria de Paleontologia, sua progressão pelos subsolos e sua descoberta acidental daquele quadro macabro. Ele confessou, sem se envergonhar, que aquela cena o tinha atingido em cheio, a tal ponto que começara a gritar e chamar por ajuda. Ele evidentemente não conhecera Anita Elberg, pela simples razão de que tinha chegado a Paris na manhã daquele mesmo dia.

É forçoso constatar dois pontos capitais: que seu périplo pela Galeria de Paleontologia durou cerca de vinte minutos, entre 20 e 21 horas, e que em momento algum ele aludiu à etiqueta que pendia do dedão do pé da vítima. Os autos são categóricos quanto a isso.

TERÇA-FEIRA

A mera acumulação de fatos não constitui uma ciência, do mesmo modo que um monte de pedras não é uma casa.

HENRI POINCARÉ, *A ciência e a hipótese*

Capítulo 11

Os protagonistas desta história tiveram uma noite curta e agitada. Léopoldine nem sequer fechou os olhos. Tentou mergulhar num romance, mas seus pensamentos davam de encontro com as palavras, como uma roda dentada gira incessantemente numa engrenagem. Sozinha na escuridão, ela revia o corpo inerte de Anita Elberg e o americano furtando a etiqueta mortuária. Ele, aliás, desmaiou de cansaço, mas mergulhou num sono sem repouso, repleto de pesadelos — lembremos, para desculpá-lo, que ele estava saindo de uma noite sem dormir e de uma experiência traumatizante. Restava apenas o padre Magnani, na manhã de terça-feira, para se apresentar em boa forma no laboratório.

O ambiente estava bastante pesado. Léopoldine prosseguia nas suas pesquisas bibliográficas em silêncio. O eclesiástico, afetado pela tragédia sobre a qual tinha sido informado por Peter Osmond, dispunha os dados em seu notebook, ao passo que o professor americano manipulava o meteorito na campânula esterilizada. Com os braços passados para dentro da mesma pelas duas aberturas previstas para essa finalidade, ele realizava uma sondagem do interior da rocha, raspando cuidadosamente o centro dela para extrair pequenas partículas que ia colocando em caixas de cultura.

Com as mãos cheias de documentos, Léopoldine aproximou-se com o ar mais inocente e deixou bem à vista os artigos que tinha acabado de imprimir. Peter Osmond endereçou-lhe um sorrisinho e continuou sua tarefa.

— *Oh, thanks,* Léopoldine. Você fez um bom trabalho.

A jovem falou baixinho, de modo a não ser ouvida pelo padre Magnani:

— O senhor gosta de reunir as mais diversas fontes, pelo que parece...

— Esse é meu trabalho — respondeu o americano. — Preciso me manter a par das descobertas recentes na minha área. Tenho que ser rigoroso, caso contrário não posso provar coisa alguma de maneira certa.

Léopoldine encarou-o bem nos olhos.

— E o que é que o senhor tenta provar com Anita Elberg? O senhor tem algo a se recriminar?

Osmond compreendeu imediatamente. Sem interromper o que estava fazendo, ele chegou mais perto para cochichar ao ouvido de Léopoldine:

— Não é o que você está pensando. Quero compreender por que deixaram essa prova tão evidente.

— Esse é justamente o trabalho da polícia, professor.

— Já trabalhei com a polícia nos Estados Unidos. E há coisas que ela não pode entender. Indícios que não pode... exportar.

— Exportar, não: explorar. Então o senhor pode? — perguntou Léopoldine, cética.

— Claro, e vou lhe provar. Confie em mim. Isso fica em segredo entre nós, *right?*

Ele lhe deu uma piscadela. Léopoldine tinha a impressão que o estranho personagem sabia mais do que queria dizer. Como o padre Magnani viesse na direção deles, ela preferiu prosseguir a conversa falando alto e de modo bem inteligível:

— E para que exatamente o senhor está coletando esse material?

— Pois bem, é muito simples — disse o cientista americano com o mesmo tom descontraído. — Estamos tentando determinar a natureza deste meteorito. É preciso portanto analisar suas composições: a molecular e a isotópica.

— Mas eu achava que, ao entrar na atmosfera, um meteorito se desintegrasse e queimasse inteiramente!

— De fato, mas apenas de maneira superficial. Por dentro, a rocha permanece fria como gelo. Essa parte é que me interessa.

— Ah, é?

— Um colega meu, Loïc Erwan, da Universidade de Rennes, realizou algumas observações preliminares. Ele chegou a resultados impressionantes. Tão impressionantes que me pediu para confirmá-los. Se eu de fato confirmar, vou publicá-los imediatamente em minha revista, a *News in Evolution*.

— E isso é assim tão importante?

— E como! Loïc Erwan isolou concreções orgânicas!

Osmond deu uma olhadinha para a jovem. A julgar por sua expressão dubitativa, ele compreendeu que algumas explicações se faziam necessárias:

— Estou falando de substâncias secretadas por um organismo vivo. O fato de que nesse meteorito se possa observar certo tipo de moléculas de carbono nos deu essa pista. Ora, sua idade está avaliada em cerca de seis bilhões de anos. Portanto, se a existência desses organismos vivos ficar provada, o que parece ser indicado pela presença de concreções orgânicas, o meteorito que está vendo aqui constitui a prova de que a vida se desenvolveu *antes* da criação do sistema solar. E, portanto, que a vida se deu *fora* do sistema solar.

— O senhor quer dizer que ele seria a prova da existência de extraterrestres?

Osmond sorriu abertamente.

— Não no sentido dos homenzinhos verdes. Não, tratar-se-ia, antes, de bactérias primitivas. Alguns biólogos, como Francis Crick e Leslie Orgel, já afirmam isso desde 1973, mas até agora não conseguiram fornecer o mínimo indício de prova; por isso não foram levados a sério. Não falo de mim mesmo. Outro cientista, Fred Hoyle, postulou depois deles que os primeiros organismos vivos seriam provenientes de um meteorito que caiu na superfície terrestre há bilhões de anos. Em resumo: a Terra é uma espécie de caixa de cultura, e é esse processo que vou tentar reproduzir.

Léopoldine olhou novamente para o bloco de pedra ao abrigo da campânula esterilizada.

— E isso aí...

— Esta pedra aqui poderia muito bem nos dar a prova definitiva, de fato. Mas como você pode imaginar, temos que ter a maior prudência. Antes de mais nada, é preciso determinar a origem deste meteorito.

Ele olhou zombeteiro para o padre e disse em voz baixa, mas não o suficiente para que este não ouvisse:

— O padre Magnani vai se encarregar disso. Os milagres são a especialidade dele.

O eclesiástico levantou os olhos de sua tela e sorriu para a jovem, dizendo:

— Estou tentando descrever a trajetória do meteorito em função dos corpos celestes e das forças gravitacionais que podem ter tido alguma influência em seu percurso. Muitas variáveis devem ser levadas em consideração, entre as quais o ângulo de impacto. Mas acho que será possível obter bons resultados.

Léopoldine virou-se para Peter Osmond.

— Se entendi bem, isso nos obrigaria a rever todas as teorias sobre o aparecimento da vida na Terra, há...

— Três bilhões e meio de anos. Pois é isso mesmo, Léopoldine, caso a hipótese de Loïc Erwan se confirme, vai ser preciso reescrever um grande número de livros e manuais.

A jovem se sentiu de repente profundamente desanimada ao pensar no número de obras que teria que classificar e arrumar nos arquivos. Isso não teria fim nunca!

Peter Osmond acrescentou com ar malicioso:

— É... E isso nos obrigaria a reescrever ainda outros livros... Não é mesmo, padre? — insistiu ele, como se seus propósitos não fossem suficientemente claros.

O padre Magnani deu-lhe um sorriso, respondendo:

— Suponho que o senhor esteja falando das Sagradas Escrituras?

— Por exemplo. E sobretudo do comecinho delas. O senhor sabe... o Gênesis... O céu, os planetas, os animais, Adão e Eva...

— O senhor é inteligente demais, professor, para ignorar que a narrativa do Gênesis é um texto simbólico, que não deve ser levado ao pé da letra. Considero-o mais como uma reflexão poética sobre a natureza todo-poderosa de Deus.

— *Okay* — disse Osmond. — Mas isso não impede a necessidade de acrescentar uma linha: no começo era Deus. Depois houve um meteorito.

O padre Magnani riu satisfeito.

— Não dê provas de tamanha má-fé! É totalmente possível questionar os mecanismos que dirigem o Universo sem rejeitar a hipótese de um Criador primeiro. A questão da origem primeira será colocada por todo o sempre. Temos opiniões muito diferentes sobre esse problema, eu sei, mas nosso objetivo comum é a busca da verdade. Apenas isso conta.

— Sim, mas Galileu...

O padre Magnani olhou para seu interlocutor com uma infinita benevolência.

— Mas Galileu foi há 350 anos, Peter. Depois disso, a Igreja evoluiu.

— Admitamos...

— E eu? Posso participar também? — interveio uma voz feminina.

— Laurence! Incrível! — disse Peter Osmond, olhando para trás.

Ele não conseguira dissimular a surpresa, nem evitar enrubescer. Com toda a evidência, a mulher que acabara de entrar no laboratório era para ele bem mais do que uma cientista.

Aos quarenta anos, Laurence Himbert agradava aos homens e sabia disso. Muito sedutora, ela constituía uma espécie extremamente rara de cientista, pois sabia dedicar o mínimo de atenção à sua aparência. Morena, alta, de olhos azuis, ela não tinha muito a invejar as atrizes e vedetes do show business. Seu modo de se vestir e o profundo decote já eram o bastante para provar sua vontade de seduzir. A reação de Peter Osmond esteve apenas parcialmente à altura do que ela esperava: sem graça, o professor deu uma olhada um tanto desajeitada para Léopoldine, que preferiu fingir maior interesse pelos trabalhos do padre Magnani.

Osmond pegou Laurence Himbert pelos ombros e beijou-a no rosto.

— Não acredito...

— Mas por que você não me disse que estava vindo para Paris? Eu teria ido buscá-la no aeroporto.

— Decidi... de repente. Padre Magnani, apresento-lhe Laurence Himbert, uma bióloga de grande talento, especialista em embriologia.

— Muito prazer — disse o padre Magnani, levantando-se, com sua habitual cortesia, para apertar a mão da cientista.

— Igualmente — respondeu Laurence Himbert. — Li recentemente uma de suas obras e fiquei muito impressionada.

— Obrigado.

Osmond olhou para Léopoldine.

— E esta...

— Você é a bibliotecária, não é? Pois isso vem a calhar, tenho algo a lhe pedir — disse a bióloga. — Eu gostaria de obter certos livros. Você pode passar em minha sala um pouco mais tarde? Fica no Departamento de Biologia Evolutiva, na rua Cuvier.

Sem esperar resposta, ela apontou um indicador ameaçador na direção do americano.

— E você, Peter, vou levá-lo a um restaurante. E não diga não. Você é meu convidado.

O eminente pesquisador não se furtou ao convite. Leis bastante misteriosas regem as relações entre os homens e as mulheres, e as da atração figuram entre as mais difíceis de se decifrar. Quanto às leis que regem as relações entre mulheres, elas são de uma insondável complexidade. Léopoldine Devaire não era exceção à regra. Formou-se nela um vivo ressentimento em relação a Laurence Himbert. Ela não gostava — não mesmo — de receber ordens de modo tão altivo e num tom cheio de desprezo.

Quanto ao padre Magnani, sua condição de homem da Igreja o punha ao abrigo desse tipo de problema. Ele respeitava, de certo modo, uma estrita neutralidade. Pelo menos é o que nos agrada imaginar.

O salão de chá da Mesquita de Paris é para o visitante um oásis de frescor e tranqüilidade. As paredes decoradas com delicados mosaicos árabes-andaluzes, as mesinhas de metal trabalhado e as pesadas arandelas de cobre proporcionam uma impressão realmente exótica, que é aumentada pelo silêncio aconchegante no qual se mantêm as conversas entre os clientes. Até Peter Osmond foi sensível a isso, pois ele se exprimiu comedidamente, apesar do evidente prazer que sentia por estar em companhia de Laurence Himbert.

O menos perspicaz dos observadores teria notado a expressão satisfeita de seus rostos, o que testemunhava uma antiga e profunda cumplicidade, e disso teria sido possível deduzir sem temor de erro que aquele casal compartilhava, ou tinha compartilhado, de uma grande intimidade.

O tempo parecia não ter a mínima importância para as lembranças de ambos. Peter Osmond revivia sua estada no Museu, quinze anos antes, na época em que, ainda jovem, professor recém-nomeado em Princeton, ele tinha vindo, a convite de Michel Delmas, dar um curso sobre genes heterócronos e sua influência nos modelos da evolução. Ele havia observado, desde que chegara, a jovem doutoranda que era ainda então Laurence Himbert. Eles tinham se tornado próximos graças a um canteiro de escavações realizadas no Maciço Central. A paixão entre ambos havia durado algumas semanas e depois Peter Osmond tivera que voltar aos Estados Unidos. Eles tinham trocado juras de amor eterno, tinham prometido que iriam se rever rapidamente, mas o tempo e a distância tinham provocado seus efeitos e cada qual havia depois seguido seu caminho. Peter Osmond se casou, tornou-se pai, separou-se da mulher. Laurence também tinha amado e sofrido, sem no entanto jamais renunciar à sua independência. Sem dúvida a chegada aos quarenta anos a fazia ver de outro modo a vida: uma mulher, por mais livre que seja, não pode dissimular para sempre seu lado frágil. O tempo age às vezes como um poderoso revelador. E eis que os acasos da profissão os reunia novamente. Lamentariam eles a intensidade do sentimento que tinham outrora experimentado um pelo outro? Talvez. Mas, mesmo sendo um homem e uma mulher, eram ainda assim cientistas e sabiam relativizar as emoções e as experiências que pontuam a existência. Vamos nos contentar em pensar que eles estavam felizes por se rever e que aproveitavam aqueles instantes de amizade com a certeza, todavia, de que nenhum acontecimento poderia desviá-los do rumo que haviam tomado.

Laurence Himbert e Peter Osmond lembravam-se, rindo, do canteiro de escavações, das manhãs geladas, da busca por amonitas em meio ao pedregulho, o clarão do lampião que iluminava o ambiente, a fogueira em volta da qual tudo havia começado... quando o rosto da cientista repentinamente tornou-se sombrio.

— Numa época, fiz muitos trabalhos de campo com Anita Elberg. Suponho que você esteja a par do que aconteceu com ela...

Osmond, silencioso, fez um gesto afirmativo. Laurence não sabia como....

— A polícia me submeteu a um breve interrogatório hoje de manhã — continuou ela dizendo quase a contragosto. — Foi assim que fiquei sabendo. Ainda não consigo acreditar. Tenho que dizer que Anita Elberg e eu tivemos várias brigas. Eu não concordava de modo algum com suas teorias sobre o determinismo genético dos indivíduos.

— O que não me surpreende. Você não é o tipo de mulher que renuncia a suas próprias idéias.

— Eu sei, Peter, que você não compartilha de minhas idéias. Mas, pelo menos, você respeita meu ponto de vista.

— Pois bem, concordo com você em relação ao processo de seleção natural, isso é o essencial. Mas por mais que eu tenha procurado por toda parte, nunca achei o mínimo vestígio de Deus...

— Sei separar meus trabalhos científicos e minhas convicções religiosas. Minhas pesquisas sobre o embrião demonstraram uma lógica interna dos seres vivos, representada pelos atratores harmônicos por oposição aos atratores caóticos. Essa lógica obedece a leis matemáticas que podem perfeitamente ser demonstradas e reconhecidas pelas mais importantes autoridades científicas. Assim, é verdade que, no plano puramente pessoal, acho que essa lógica talvez proceda de uma intenção...

— *Well*... Imagino o que pretende dizer, mas ainda assim escuto...

— É claro que jamais fiz menção a isso em alguma publicação científica! Você, pelo menos, pode crer em minha honestidade. Com Anita Elberg, era impossível discutir. Um dia ela chegou a me ameaçar com um corta-papel. Era uma pessoa visceralmente malvada.

— O que prova que tenho razão. Em Anita Elberg, pelo menos, não havia o menor vestígio de Deus.

— Não zombe de mim.

Osmond riu de bom grado. A cumplicidade entre ambos estava intacta.

Ele a olhou demoradamente.

— Na verdade, você não é a primeira a dizer isso de Anita Elberg.

— É... Ela realmente não era muito apreciada. Aliás, pode-se perguntar como é que Michel Delmas não conseguiu fazer com que ela fosse mandada embora daqui. Devo dizer que ela se beneficiava de um apoio exterior ao Museu. Anita Elberg era consultora do Ministério da Educação Nacional para os programas escolares.

— O que você quer dizer por "Michel Delmas não conseguiu fazer com que fosse mandada embora"?

Laurence Himbert pareceu um pouco incomodada. Ela tomou mais um pouco de chá de hortelã e começou a explicar:

— Ah... Isso é uma velha história... Daquelas que circulam de maneira velada entre os pesquisadores... Coisa que data de mais de trinta anos. Anita Elberg, que naquela época estudava as tribos amazônicas, fazia parte de uma missão do Museu na Guiana Francesa. Um especialista em botânica, Pierre Lozuant, acompanhou-a para uma série de observações na floresta. A gente nunca soube exatamente o que aconteceu, mas o fato é que eles se perderam. Durante quinze dias, ninguém teve notícia alguma deles. O rádio que eles tinham parou de funcionar, todas as buscas feitas não deram nenhum resultado. Segundo Elberg, no terceiro dia de errância pela selva, Lozuant foi picado por uma cobra. Muito depressa, ele se mostrou incapaz de continuar andando. Elberg continuou então sozinha em busca de socorro. Ela estava quase morta de esgotamento quando foi descoberta pelos índios Wayana. Quanto a Lozuant, desapareceu. Seu corpo nunca foi encontrado.

— E o que tudo isso tem a ver com Michel Delmas?

— Pierre Lozuant era amante dele. Delmas nunca perdoou Elberg pela morte dele. Ele está até hoje persuadido de que ela o abandonou à própria sorte e que, se tivesse ficado com ele, Pierre poderia ter sido salvo.

— Acho pouco provável.

— Também penso assim, mas desde que assumiu a direção do Museu, Delmas vinha fazendo tudo que podia para prejudicar Anita Elberg. Ainda assim, não dá para imaginar que...

— Michel? Impossível! Ele é incapaz de matar uma mosca. Conheço-o bem. Ele está acima de qualquer suspeita.

Laurence Himbert estremeceu.

— Quem poderia cometer um crime desses? — perguntou ela ao amigo olhando-o bem nos olhos.

Peter Osmond também fazia a si mesmo essa pergunta, há horas. Com um gesto carinhoso, ele tentou tranqüilizar a amiga.

Eles conversaram ainda durante alguns minutos, depois foram para o Museu. No momento em que pegavam a rua Geoffroy-Saint-

Hilaire, um homem de cerca de cinqüenta anos, de cabelos grisalhos, atarracado e de cara fechada, passou por eles intempestivamente, dando um encontrão em Peter Osmond sem esboçar o mínimo pedido de desculpas. O americano quis alcançá-lo para lhe dar uma lição de boas maneiras, mas Laurence o deteve:

— Deixe para lá. É François Servan. Ele trabalha no meu departamento. Um louco varrido.

— E ele tem o hábito de se comportar desse modo?

— Esse é seu único modo de se comunicar com os outros. Creio que lhe falta algum parafuso. Ele quase nunca sai de seu laboratório e chega até mesmo a impedir que alguém entre lá.

Ela baixou a voz, como se temesse a presença de ouvidos indiscretos, e completou:

— Foi preciso interná-lo num hospital psiquiátrico no dia em que assumi a direção do Departamento de Biologia Evolutiva, há oito anos. Ele sempre considerou que esse lugar cabia por direito a ele e, desde essa época, passa o tempo falando de um complô.

Ela bateu com a mão na testa, expressando por essa mímica eloqüente o que pensava do homem.

— Um verdadeiro paranóico. Ah, olhe só! Lá vem outro.

Um homem seco, de cabelos pretos amarrados num rabo-de-cavalo e vestindo uma jaqueta de couro preto, estava entrando no Museu. Com barba abundante e ar selvagem, ele encarnava um Che Guevara de outro tipo, que tivesse decidido usar enormes anéis em todos os dedos das duas mãos.

— Eric Godovski, especialista em pássaros. Um verdadeiro profissional do ateísmo. Se você o ouvisse, seria preciso demolir todas as igrejas e exterminar todos os fiéis. Um fanático!

Godovski mal olhou para Laurence Himbert, prosseguindo em seu caminho.

— Pelo menos — suspirou ela —, não brigamos mais, pois agora não dirigimos mais a palavra um ao outro. Mas sei que ele organizou uma verdadeira perseguição contra mim. Tenho provas disso! — declarou ela, crispando-se de repente, com os punhos cerrados de raiva.

Peter Osmond começava a se perguntar em que tipo de manicômio tinha vindo parar. Nos Estados Unidos, as coisas não eram assim. Quando havia um problema, as pessoas o abordavam de frente, e, quando ocorria um grande problema, organizava-se um colóquio internacional. Mas, na França, cada qual dava um jeito de viver trancado em seu próprio mundo. Há quinze anos, o Museu era bem diferente. Mas naquela época ele não passava de um jovem docente e ainda não tinha podido avaliar o que significa a luta pelo poder. E, depois, ele ainda não tinha sido ameaçado de morte...

Capítulo 12

Léopoldine triava com a maior atenção os documentos que tinha conseguido arrancar à indiferença de Valérie. Ela havia cometido o erro de surpreender a secretária do Departamento de Botânica em plena refeição. A reação não se fez por esperar:

— Mas será que nunca é possível ter sossego neste lugar? — exclamara Valérie, com a boca cheia. — Tenho pouquíssimo tempo para almoçar, e ainda por cima vêm me incomodar exatamente nessa hora!

— Calma, Valérie. Gostaria apenas de saber onde é que puseram uma caixa de documentos que foi encontrada no Departamento de Botânica. Ela estava junto de um baú.

— Eu estou calma! O que é que você quer insinuar? — urrou a secretária. — A sua bendita caixa deve estar no corredor!

— Espero que esteja mesmo, mas, na verdade, caixas é o que não faltam naquele corredor — disse pacientemente Léopoldine.

— Espere, preciso me lembrar... Acho que ela foi colocada ao lado da fotocopiadora. Você com certeza vai vê-la, ela está cheia de poeira.

— Obrigada, Valérie — disse Léopoldine, exagerando na delicadeza. — E bom apetite!

Ela bateu a porta com todas as suas forças e esperou que um vago resmungo de raiva, misturado a um barulho de mastigação, se fizesse ouvir. Aquela peste bem que podia aprender o mínimo de civilidade!

Depois de tê-los encontrado, Léopoldine apoderou-se do maço de documentos. Antes colocá-los logo ao abrigo, em local seguro, do que esperar que mãos distraídas viessem guardá-lo, cuidadosamente, em outro lugar, onde seriam esquecidos por mais outras dezenas de anos. Ela subiu ao quinto andar, até uma salinha desocupada, engoliu um sanduíche, enfiou as luvas de látex e lançou-se ao trabalho.

Sua primeira surpresa foi a presença de caracteres chineses na etiqueta do remetente: ela leu "Pequim" e um ano, o de 1941. Depois disso, não havia nenhuma referência ao destinatário. Apenas: *Museu Nacional de História Natural, Paris, França.* Eis algo incomum. Um pouco como se tivessem querido se livrar daquele pacote sem sequer se interessar em saber quem é que o receberia. Depois ela constatou que os documentos estavam redigidos em chinês, em francês e até mesmo em latim, e que pareciam ter sido reunidos apressadamente.

Léopoldine percorreu as notas que enchiam as páginas de um caderno. Para seu grande espanto, ele era datado de 1932. *As calotas cranianas, os fragmentos das mandíbulas e os de fêmures são provenientes de aproximadamente 10 indivíduos. Eles foram descobertos numa gruta situada no sítio arqueológico de Choukoutien, a cinqüenta quilômetros a sudoeste de Pequim. As escavações começaram em setembro de 1932 e prosseguiram num sítio...*

Em outro caderno, ela descobriu alguns croquis de ossadas. A caixa de papelão continha também um mapa da China, no qual alguma mão trêmula havia traçado um itinerário e uma cruzinha, indicando sem dúvida o sítio das escavações de que se tratava ali. E para terminar, ela encontrou notas sobre a Cruzada Amarela.*

* Uma das cruzadas realizadas pelo mundo, a partir de 1922, por iniciativa de André Citroën, industrial automobilístico francês. Tais cruzadas foram uma explora-

O conjunto deixava uma impressão de grande confusão. A hipótese segundo a qual os documentos tinham sido jogados de qualquer jeito naquela caixa e expedidos o mais depressa possível ficava reforçada. Quem poderia ter sido o remetente? E, sobretudo, a quem se destinava o baú?

Mergulhada em seus pensamentos, Léopoldine Devaire estava quase a ponto de se perguntar se aquela desordem no Museu não era fruto de alguma lei misteriosa, quando se lembrou que Laurence Himbert tinha lhe pedido que passasse em sua sala. Já eram 15 horas! Léopoldine sentiu-se tentada a fingir que tinha se esquecido. Afinal, a pesquisadora tinha falado com ela como se fosse uma empregada doméstica! Mas Léopoldine Devaire era uma jovem responsável que se considerava, por uma questão de princípios, obrigada a responder às expectativas de seus interlocutores — isto é, pelo menos quando diziam respeito ao âmbito estritamente profissional. Era melhor deixar chegar o fim do dia para, fazendo esperar o bastante a grande dama Laurence Himbert, expressar assim suas reservas para com ela.

Ela decidiu cortar caminho pelo setor dos animais vivos, a fim de ir ter no Departamento de Biologia Evolutiva. O ruído de um motor tirou-a de seus devaneios.

— E aí, gata? Passeando?

— Alex!

— Em pessoa! Então, posso acompanhá-la?

Ela subiu num trator carregado de sacos de forragem. Sempre a divertia muito observar os visitantes, espantadíssimos ao verem uma criança no volante de um veículo que Alex conduzia como um bólido. O rapaz engatou a primeira e desembestou pelas alamedas afora. Léopoldine deixou que o vento levasse embora suas apreensões.

ção técnica cujo objetivo era o de situar e, mais tarde, explorar comercialmente, novos trajetos automobilísticos. A "Cruzada Amarela", que ocorreu entre 1929 e 1933, teve como ponto de exploração a Ásia. (N.T.)

Chegando à altura do cercado dos flamingos cor-de-rosa, seu amigo deteve-se de repente e pulou para fora do veículo. Surpresa, Léopoldine virou-se. Dois homens estavam brigando lá dentro. Alan, o empregado que havia sido grosseiro com Jacqueline um dia antes, na cantina, berrava:

— Sabe o que é que vou fazer com esses pássaros? Um belo espetinho! — O sangue da jovem esquentou: o adversário de Alan era ninguém menos que Norbert Busson!

Ela correu em socorro a Alex, que fazia o que podia para separar os dois. Norbert tentou empurrar o outro, que, desferindo-lhe um golpe no queixo, mandou-o para o chão e, parecendo investido de uma ira bestial, começou a dar-lhe furiosos pontapés. Seguindo um impulso de coragem, Léopoldine jogou-se sobre o agressor e fez com que perdesse o equilíbrio. Norbert se levantou e, apesar de miúdo, ameaçou Alan com firmeza:

— Estou avisando você: se se aproximar mais uma vez dessas aves, pode tratar de começar a procurar outro emprego.

Alan se controlou, mas sua violência parecia prestes a explodir de novo:

— É comigo que você está falando assim, seu imbecil? Quem pensa que é para falar assim? O que é que você tem a mais do que eu? Alguns diplomas, é isso? E por causa disso pensa que é o maior, é?

— Você está delirando, Alan...

— Porque estudou pensa que pode bancar o superior, é? Seu idiota! Você não passa de um parisiense qualquer, e fica pensando que é o maioral! Porra, vou te dizer uma coisa: venho de um lugar em que um cara que nem você não banca o espertinho durante muito tempo, pode crer.

Ele passou um dedo pela garganta, num gesto expressivo de violência.

— Se está pensando que fico impressionado, está redondamente enganado.

— Você não sabe o que é viver na merda... Não conhece a rua... A injustiça... Eu... Eu tenho um filho e não posso nem sequer vê-lo... Minha ex-mulher me proíbe. Você acha isso justo?

— Ela tem toda a razão... Sabendo tudo o que você consome...

— Pois é isso que me faz agüentar gente que nem você. Se não tivesse isso, faria alguma desgraça.

Léopoldine encarou Alan. E se...

Alan, com uma expressão de escárnio, abriu amplamente os braços.

— Caros irmãos, meus semelhantes! — berrou ele enquanto se afastava, titubeando.

Alguns metros mais longe, ele se debruçou sobre um flamingo cor-de-rosa que se mantinha delicadamente pousado sobre uma única pata.

— E você? O que acha disso tudo, seu animal? Nada, né! Você não acha nada! Você não precisa achar nada! Você não é um excluído da sociedade! Aqui você é um rei! Agora, eu não! Sou um ser humano e não tenho nenhum direito! Isso dá vontade de ter uma arma e sair por aí usando!

— Use-a então contra você mesmo, em primeiro lugar! — gritou Norbert. — Você prestará um serviço à sociedade!

Alan se levantou orgulhosamente.

— Não vou lhe dar esse prazer. E vou continuar aqui, no Museu, para te encher o saco. Porque vou te dizer uma coisa: conheço muita gente, tá sabendo? Você ficaria bem surpreso. Vocês todos ficariam bem surpresos, e como!

Ele falava com uma segurança total. Norbert, Alex e Léopoldine trocaram olhares, sem saber o que pensar. Alan desapareceu por detrás dos periquitos, que esgoelavam seus gritinhos agudos.

— O que será que ele quer dizer com isso? — perguntou Alex.

— Ele está contando vantagem. Também, fumando todas essas porcarias, acaba ficando com um parafuso a menos. Não sabe o que fazer da vida. Aliás... está pouco se lixando. Esse cara vai ser um marginal a vida inteira. Não tem a mínima vontade de se adaptar.

— Ele precisa de compreensão — disse Alex. — Vem de um meio muito difícil.

— Mas aqui ele tem tudo o que é necessário para se instruir e tornar-se mais culto! — exclamou Norbert. — Em vez disso, fica no canto dele, escutando essa música aí, como um surdo, e sabotando o trabalho de todos. E ainda por cima ele maltrata os animais porque sabe que sou militante ecologista. Que eu saiba, não é para isso que o pagam... Depois do que aconteceu hoje, espero que o mandem embora.

— Mas você não percebe! — indignou-se Alex. — Se ele perder o emprego, vai se enterrar ainda mais em sua miséria pessoal!

— Isso não é problema meu! Alan é um cara perigoso. Poxa vida, a gente tem a impressão de que ele saiu de um livro de Anita Elberg... Vocês estão a par do que aconteceu com ela?

Léopoldine levantou os olhos para o céu. Como se alguém precisasse lembrá-la desses tristes acontecimentos! Norbert passou a mão sobre uma de suas costelas doloridas.

— O problema é que os indivíduos se fecham cada vez mais em comunidades, em linguagens e culturas, e reproduzem-se entre si. Isso, no fim das contas, vai acabar resultando em espécies distintas de seres humanos que vão se matar entre elas pelo poder. Aliás, até parece que esse processo já se iniciou...

— E o que propunha Anita Elberg para evitar isso?

— Ah... Aquela lá também era uma louca. Ela propunha que os sujeitos que apresentassem algum risco fossem vigiados de maneira rigorosa e impedidos de se reproduzirem para não ameaçar o equilíbrio da sociedade. Isso é eugenismo purinho...

Léopoldine avaliava agora a rejeição que tinha podido causar a bióloga. Mas uma outra questão lhe passava pela cabeça:

— Você sabe se Alan conhecia Anita Elberg?

— Ah, isso me surpreenderia. Alan é do tipo solitário. E como Anita Elberg tampouco fosse de muitos amigos... Por que você está me perguntando isso?

Léopoldine deu de ombros.

— Nada... apenas uma idéia que tive. Mas é coisa sem importância. Bom, preciso ir trabalhar, tenho um compromisso no Departamento de Biologia Evolutiva.

— Pois é... E eu tenho que monitorar uma visita na exposição de animais vivos, daqui a quinze minutos — disse Norbert. — Até mais tarde!

Decididamente, pensou Léopoldine, a tempestade da noite anterior não tinha acalmado os espíritos. Uma espécie de furor oculto rondava por toda parte no Museu. A experiência que ela estava prestes a viver ia lhe dar razão plenamente.

Norbert Busson passou de novo por sua sala para se preparar para a visita monitorada. Ele lavou as mãos e deu uma olhada no espelho, para ver como estava seu rosto. A altercação com Alan não tinha lhe deixado marcas visíveis. No entanto, ele sentia uma horrível dor nas costelas.

Estava procurando uma toalha quando seu olhar foi atraído por uma imagem que estava refletida no espelho. Ele se virou bruscamente e foi até uma fotografia pregada numa parede. Seus traços se crisparam de raiva. Ele a arrancou secamente. Nesse momento uma gargalhada se fez ouvir. No aposento ao lado, Alan o observava, divertidíssimo, segurando pela cauda um dos camundongos de Norbert, que esperneava freneticamente. Fingiu que ia engoli-lo inteiro e, depois, quando teve certeza que Norbert tinha entendido muito bem o sentido da peça que lhe era pregada, ele apertou lentamente as mãos sobre o animal e esmagou completamente sua cabeça. Depois enxugou as mãos na toalha de Norbert, jogou o camundongo morto num cesto de plástico e foi embora para dar comida aos répteis.

— Você vai me pagar por isso! — berrou Norbert sacudindo a fotografia.

O outro lhe deu como resposta uma zombaria amarga qualquer.

No mesmo instante, o professor Peter Osmond observava, devido a bruscas oscilações de energia, que a tela do radiógrafo que fora posto à sua disposição pelo Museu apresentava sinais de fraqueza. Osmond considerou que aquilo era devido a um defeito qualquer do aparelho e começou, como era de seu costume, a resmungar contra a negligência dos franceses. Aquilo provaria, mais tarde, que os mais eminentes espíritos podem se entregar a observações apressadas que os levarão a conclusões erradas.

O padre Magnani, que não compartilhava da opinião de Peter Osmond, debruçou-se sobre o aparelho, mas, como estivesse com pressa, renunciou a um exame mais atento do mesmo. O que levou às conseqüências que veremos.

Capítulo 13

Eram 15h24 quando Léopoldine Devaire bateu à porta de Laurence Himbert.

— Entre.

A voz era neutra, pouco calorosa. Léopoldine não se deixou abalar. Laurence Himbert levantou os olhos, até então concentrados numa série de clichês tomados por raios X.

— Ah, é você – disse ela. — Achei que tinha me esquecido.

Essa observação teve a capacidade de exasperar Léopoldine, que, no entanto, permaneceu estóica e atenta.

— O que posso fazer pela senhora?

Laurence Himbert se levantou. Mesmo vestindo um avental branco, ela conservava uma bela aparência.

— Pois bem, tenho um problema com o professor Servan. Ele se recusa a devolver certos livros que tomou emprestados na biblioteca do departamento, e eu gostaria, também, de poder consultá-los. Já os pedi a ele diversas vezes, mas de nada adiantou. Então, pensei que talvez você pudesse...

— Por que razão? A senhora o conhece melhor do que eu.

— Infelizmente devo dizer que sim — suspirou Himbert apoiando-se sobre a borda de sua mesa. — O fato é que ele se recusa a me ver. Ele acha que não tem contas a prestar a ninguém, com o pretexto de que suas pesquisas são financiadas por uma instituição privada, e não pelo Museu. Ignoro até mesmo o tema de tais pesquisas! Mas com você talvez seja diferente...

— Não vejo por quê...

— Você é a conservadora das bibliotecas e ele não a conhece. E depois, você talvez tenha argumentos melhores que os meus — disse Laurence Himbert empurrando Léopoldine para o corredor. — Veja, é aquela porta ali no fundo, à esquerda.

Léopoldine sentiu o peso de uma mão que se queria amiga sobre seu ombro. Em suma: ela não tinha escolha.

A jovem avançou pelo corredor sombrio. As vitrinas ofereciam, ali também, o espetáculo de formas torturadas: fetos, cabeças boiando *pensativas* no formol, embriões deformados ou outros caprichos da natureza. A atmosfera era especialmente deprimente. Léopoldine avançava num universo fechado e sufocante. Parecia ir por um lugar que era a nascente da vida, entre as dobras mais secretas do organismo. Isso mesmo: sua sensação era a de se mover num universo... uterino. Aqueles monstros fazendo caretas estavam imóveis nos recipientes como que representando etapas de uma evolução caótica, às vezes aberrante, e tinham permanecido ali em estado embrionário.

Dominando seu mal-estar, ela bateu suavemente na porta do laboratório do professor Servan. A porta se abriu com um rangido. Ela chamou:

— Professor Servan?

Nada de resposta. Léopoldine deu alguns passos na sala. Lá também era a estranheza que reinava. Dezenas de moluscos, polvos de vários tamanhos, lulas, nadavam num líquido amarelado de um cheiro horroroso, com o crânio aberto e o interior à mostra. Léopoldine não conseguiu evitar a náusea. Aqueles lugares não eram nada sãos: velhos armários metálicos estavam quase estourando de tão cheios de livros e dossiês, a pintura das paredes estava descascada, o esmalte da pia cheio de marcas de ferrugem. O teto ostentava uma constelação de manchas de umidade e o chão estava repleto de poeira. Por outro lado, os instrumentos científicos eram ultramodernos: esterilizador de instrumentos, centrifugadora, espectrofotômetro, seqüenciador, tudo era novíssimo e estava em perfeito estado de conservação, numa sala isolada por detrás de cortinas de plástico.

Léopoldine deu uma olhada através de um vidro quebrado. Dali tinha-se uma bela vista para o setor dos animais vivos. Norbert estava levando um grupo de visitantes de um cercado a outro, compartilhando com eles sua incrível paixão pelos seres vivos. Ninguém podia duvidar que ele logo iria fazer o seu discurso sobre a proteção dos animais! Para ele, já que existe uma continuidade na cadeia dos seres vivos, era absurdo que o homem desprezasse os animais, que os tratasse como objeto, a ponto de trancafiá-los em criações industriais ou submetê-los a experiências farmacêuticas. Tal modo de proceder não era lógico. Pior que isso, não era humano. Muitas vezes, Norbert evocava, emocionado, suas longas conversas com Théodore Monod nas alamedas do Jardin des Plantes. No crepúsculo de sua existência, o ilustre sábio, que tinha as mesmas convicções que ele, tinha lhe dado conselhos e o encorajara, assegurando seu apoio para o trabalho de Norbert. Este, como um incansável militante do Greenpeace e de diversas outras associações ecologistas, defendia suas idéias sem trégua e chegara mesmo a ter alguns problemas com a justiça — por causa de uma sombria história de invasão de alguns laboratórios de pesquisa em cosmectologia.

Léopoldine teve um sobressalto. Ela acabara de notar, um pouco à parte do grupo, a comprida silhueta de uma impecável elegância de Johann Kircher. Ela deu um suspiro; daquele homem irradiava algo de extraordinário, e é certo que ele exercia sobre ela um fascínio estranho. Sobre ela e sobre várias outras mulheres...

Mas ela se recompôs depressa, pois não estava ali para devanear. E lançou uma olhada ao redor do laboratório. Seus olhos se detiveram imediatamente numas estantes de livros e especialmente numa série de volumes encadernados em couro. Ela checou alguns títulos: A *genealogia da moral*, de Friedrich Nietzsche, O *Leviatã*, de Thomas Hobbes, *Da origem dos sentimentos morais*, de Paul Rée, *The Principles of Psychology*, de Herbert Spencer... Aquelas obras eram oriundas da reserva de livros raros. O que estavam fazendo ali? Ela as pegou, bem como outras, também pertencentes à biblioteca do Departamento de Biologia. Sobre a mesa de trabalho, localizou um opúsculo de título em latim, *Collectiones ex Novo Lumine Chymico quae ad Praxin spectant — Collectionum explicationes*, de Isaac Newton. Ela colocou sobre a mesa a pilha de livros e folheou o *in-octavo*: tratava-se do relato de estranhas experiências, com desenhos extravagantes e fórmulas matemáticas. Sob um croqui decifrou: O *ar engendra o Chalybs amando, e isso é que faz aparecer o ar. Assim o pai deste é o Sol (o Ouro), e sua mãe, a Lua (a Prata). Isso é o que o vento traz em seu ventre, isto é, o Sal vegetal Álcali ou Armoníaco escondido no ventre do Magnésio (ou Estibina)*.

Franzindo as sobrancelhas, ela folheou um pouco mais adiante: *A 'melhor água' é atraída pelo poder de Nosso Enxofre que jaz no antimônio. Pois o antimônio era denominado Áries pelos Antigos porque Áries é o primeiro signo do zodíaco no qual o Sol começa a ser exaltado, e porque o ouro é exaltado sobretudo no antimônio.* O que significava aquela estranha linguagem?

Uma voz cheia de altivez a fez de repente dar um pulo e soltar o livro:

— O que a senhora está fazendo em meu laboratório? Quem lhe deu permissão para entrar aqui?

Um homem corpulento, com os cabelos grisalhos e de cara fechada, encarava-a com uma expresssão dura. Ele pegou o livro de Newton e o enfiou no bolso de seu blazer de veludo cotelê preto.

— Professor Servan — balbuciou Léopoldine —, sou conservadora da biblioteca e vim...

— Veio mandada por Himbert, não é isso? Pode parar imediatamente, eu não tenho satisfações a dar àquela mulher. Basta que eu fique ausente dois minutos para que ela me envie seus espiões... Saia daqui imediatamente.

— Professor, o senhor tem em seu poder livros que pertencem ao acervo da Biblioteca Central e que devem estar permanentemente disponíveis para todos. Pergunto-me com que direito...

— E a senhora? Com que direito vem até aqui me incomodar em meu trabalho? Preciso desses livros. Eles vão ficar aqui. Agora chega! Por causa da senhora, meus tampões de migração de proteína vão passar do ponto e se estragar. Saia, faça-me o favor!

Léopoldine Devaire não era do tipo que se deixa intimidar. Ela se plantou diante dele, com as mãos nos quadris e os olhos lançando chamas.

— Eu o proíbo de me falar nesse tom! O senhor sabe muito bem que não tem autorização para tirar esses livros do acervo da reserva! Essas obras não têm razão de estar aqui, e não vou embora sem elas! Se insistir em não devolvê-los, vou pedir à direção do Museu para abrir um processo administrativo contra o senhor!

Eles trocaram um desafio com o olhar. Finalmente, Servan entregou os pontos e Léopoldine retomou a posse das obras. Continuava faltando uma: a jovem estendeu a mão insistentemente. Servan acabou devolvendo, com um resmungo, o livro de Newton, que ela apressou-se a pegar, antes de sair da sala com a cabeça levantada, sem olhar para trás.

Léopoldine entrou sem bater no laboratório de Laurence Himbert e colocou violentamente a pilha de livros em cima da mesa da pesquisadora.

— Aqui estão as obras. Sabe de uma coisa? É justamente em situações desse tipo que seu temperamento autoritário poderia servir para alguma coisa. Veja se faça um esforço, da próxima vez.

Tocada em seu orgulho, Laurence Himbert estava prestes a responder, quando gritos ecoaram de fora. O setor dos animais vivos inteirinho urrava como diante da morte. Amedrontados devido a um obscuro apelo do instinto, agitavam-se nas jaulas, aterrorizados.

Léopoldine saiu correndo pelas escadas abaixo e rumou para o grupo que se tinha juntado diante do setor das jaulas. Os rugidos dos felinos congelavam-lhes o sangue nas veias. Ela avistou Alex tentando abrir caminho, com um fuzil à mão. Um leopardo estava destroçando um homem. Ele se debatia, mas a fera, excitada pelo cheiro do sangue, não o soltava. Os outros bichos, que tinham sentido o cheiro da morte no ar, entoavam em coro um canto selvagem de gritos e uivos. Os visitantes assistiam, petrificados e impotentes.

Alex corria grande risco. Ele engatilhou o fuzil colocando-o entre as barras e, a dois metros do leopardo, atirou contra o mesmo uma ampola soporífica na altura do garrote. A fera, irada, precipitou-se contra ele. O moço mal teve tempo para se esquivar.

— Venha, por favor! — gritou ele para Léopoldine. — Temos que tirá-lo daqui!

Dois guardas faziam tudo o que era possível para conter os curiosos, enquanto Annie Breitman, a veterinária, abria a porta da jaula.

— Alex — gritou ela —, pegue o forcado e contenha-o!

Alex não hesitou um momento sequer e foi se plantar diante do animal, que já começava a ceder sob o efeito do calmante. A fera ainda fungou ameaçadora e fez menção de saltar, mas, contida pelo forcado, recuou. Annie e Léopoldine pegaram o corpo pavorosamente mutilado do homem e o puseram num local um pouco mais protegido.

Era Alan. Seus braços estavam dilacerados devido aos golpes e às garras e do rosto pingava sangue. Uma mordida profunda lhe tinha cortado a carótida. A médica veterinária tentou estancar a hemorragia.

— Um médico! Depressa! — berrou Léopoldine.

Annie Breitman balançava a cabeça com tristeza: não havia mais nada a fazer.

Capítulo ij

Os policiais Voisin e Commerçon examinaram o corpo que estava prestes a ser colocado dentro de um saco mortuário. Logo que o anúncio do acidente foi feito, eles tinham saído da sala de Anita Elberg — que esquadrinhavam metodicamente à procura de indícios — e que distava apenas cerca de cem metros dali. Quando chegaram, tudo estava terminado.

Eles interrogaram Annie Breitman, que fumava nervosamente. Ela balançava a cabeça, incrédula.

— Isso nunca deveria ter acontecido. Aqui nós aplicamos medidas de segurança estritas. Ninguém jamais entra na jaula de uma fera. Não compreendo como é que Alan foi parar lá dentro.

— Quem sabe ele ignorava essas regras de segurança? — perguntou ao acaso o policial Commerçon, que, como de costume, anotava tudo em seu bloco.

— Não — disse a veterinária com voz segura. — Alan trabalhava aqui apenas há alguns meses, mas ele conhecia as regras. E realmente não era aplicado a tal ponto! Aliás, ele já deveria ter ido embora há pelo menos uma meia hora.

O outro tenente, Voisin, olhou para o relógio de pulso: eram 17h30.

— Ele terminou às 17h?

— Sim. E quando podia ir embora mais cedo, não se fazia de rogado.

— A senhora parece estar querendo dizer que Alan não era um funcionário muito responsável.

— Tínhamos dificuldades com ele. Era muito negligente.

— O desempenho dele não era satisfatório?

— O problema estava mais em seu comportamento. Ele tinha problemas graves, especialmente na vida privada, e buscava esquecê-los no álcool. Ou em outras substâncias.

— Ele se drogava? — perguntou Commerçon.

— Nos últimos tempos, sim. E muito. Isso o deixava ainda mais agressivo. Eu pedi a ele muitas vezes que parasse, mas de nada adiantava. Isso tinha mesmo que acabar mal...

— O que a senhora quer dizer? — perguntou Voisin, sem entender.

A veterinária jogou seu cigarro no chão e apagou-o com o pé.

— Que de tanto fazer besteira, acaba-se correndo o risco de um acidente.

— Mas falemos do dia de hoje: Alan estava se comportando normalmente?

— Ele estava sob a ação de entorpecentes, era evidente. Sobretudo na parte da tarde. Mas isso não explica que ele tenha se encontrado sozinho dentro da jaula.

— Será que ele teve uma alucinação?

— Talvez... Desculpe-me, estou muito nervosa; caso não precise mais de mim, gostaria de poder ir descansar um pouco.

— Entendo — disse Voisin. — A senhora conhece um tal de Godovski?

— Eric Godovski? Claro, ele é ornitólogo e trabalha do outro lado do Museu. Por quê?

A barba do tenente Voisin eriçou sob seus dedos. Ele deu de ombros, mas sua descontração era fingida.

— Gostaríamos de ter uma conversinha com ele.

* * *

Léopoldine tinha seguido aquele diálogo atentamente. Ela hesitava em dizer aos policiais que tinha sido testemunha de uma briga entre as duas pessoas falecidas num intervalo de somente 24 horas. Talvez aquilo fosse apenas uma sinistra coincidência. Será? Quanto a Eric Godovski, o que tinha ele a ver com o assassinato de Anita Elberg? Aquele homem, de mais ou menos quarenta anos, sempre vestido de preto, com a barba abundante e o olhar sombrio e febril, já tinha sido notado por Léopoldine no refeitório. Com seus enormes anéis e sua jaqueta de couro, ele na verdade não lhe dava medo.

Alex a tirou de sua meditação:

— Tome, isso caiu do seu bolso agora mesmo.

Ele lhe estendeu o livrinho de Newton.

— Obrigada, Alex. Felizmente você está aqui.

Ele se balançava sobre os dois pés, e ela sentiu que ele tinha algo a lhe dizer:

— O que é, Alex? Você viu alguma coisa? — alarmou-se ela.

— Você pode vir aqui comigo um pouco? Tenho uma coisa para lhe mostrar — disse ele fazendo um gesto com a cabeça.

Eles se isolaram um pouco. Depois de ter verificado que ninguém os observava, ele tirou um envelope do bolso.

— Alan me deu isso hoje de manhã.

O envelope continha algumas folhas secas.

— O que é isso?

— Não sei. Segundo ele, já que eu gostava de fumar uns cigarros meio diferentes, devia experimentar isso também. Ele estava consumindo isso aqui desde ontem e disse que nunca tinha se sentido tão bem em toda a sua vida.

— Mas de onde vêm essas folhas?

— Não faço a mínima idéia.

— Espero que você não tenha experimentado!

— Nem tive tempo.

— E você acha que é por causa desse tipo de porcaria que ele entrou em órbita?

Alex deu um suspiro de impaciência. Ele teria desejado que Léopoldine compreendesse sozinha, mas evidentemente ela não conhecia Alan tão bem quanto ele.

— Ouça: Alan não gostava de animais. Das feras, então, com certeza tinha medo, simplesmente. Ele jamais se aproximava delas.

— Você está insinuando que alguém o teria empurrado para dentro da jaula?

— Sei lá! O que posso dizer é que o bendito cigarrinho o impedia de ver exatamente onde punha os pés. Ele jamais teria entrado sozinho na jaula do leopardo. Disso estou convencido.

Léopoldine arregalou os olhos.

— Mas você se dá conta do que está me dizendo, Alex? Trata-se de um crime! Por que você não informou à polícia?

Alex pareceu escandalizado de ter que se justificar.

— Tendo o que trago dentro do bolso? Eu não sou maluco! Já tive problemas com isso... E faço questão de não ser acusado de cúmplice!

Léopoldine massageou as têmporas, abatida. Fazia algumas horas que seu mundo parecia aspirado por um vasto turbilhão caótico, uma espécie de buraco negro. Ela tomou uma decisão:

— Você vai me entregar esse envelope.

— Mas por quê? Eu vou é destruí-lo. Assim ninguém poderá levantar algo contra mim.

— De jeito nenhum. Quero saber de que planta se trata.

Alex fez um gesto exprimindo fatalismo, pois sabia que quando a amiga tomava uma decisão, era inútil discutir.

— E para isso, hoje à noite você vai me acompanhar — acrescentou ela.

— Mas hoje à noite vou sair...

— Há coisas mais urgentes. Somos convidados de alguém que talvez possa nos fornecer certas explicações.

A ambulância que levava embora o corpo de Alan para o necrotério passou diante deles.

* * *

Léopoldine dirigiu-se com passos decididos para a saída daquele local. Os guardas estavam apitando para anunciar que era hora de fechar. Diante do cercado dos cabritos monteses, ela observou um homem barbudo, de cabelos pretos que caíam até os ombros e que parecia totalmente indiferente à agitação do ambiente. Ele esculpia algo pacientemente num pedaço de madeira com o auxílio de uma faca afiadíssima. Sem dúvida um desses artistas em busca de modelos. Quando ela chegou perto do homem, este levantou a cabeça e lhe deu um sorriso. Léopoldine foi imediatamente tomada por um estranho mal-estar: os olhos do homem eram extremamente profundos e a fixavam com uma glacial intensidade. Ele se pôs novamente a esculpir seu pedaço de madeira, representando um bode de patas musculosas e cascos bifurcados.

O que Léopoldine tinha diante dos olhos era, simplesmente, a representação do Maligno.

Capítulo 15

Léopoldine subiu correndo as escadas da Galeria de Botânica e se precipitou para dentro da sala do professor Florus. Ele não estava, mas um técnico lhe indicou que tinha visto o professor nas coleções do herbário. Ela então desceu novamente até o segundo andar.

Ela sempre sentia uma espécie de vertigem diante daquele amontoado de caixas formando um paredão de vinte metros de largura por cem de profundidade, arranjado em quatro andares de cinco metros de altura: o maior herbário do mundo. Pelo menos um exemplar de cada uma de todas as espécies botânicas recolhidas no decorrer dos séculos pelo mundo afora se encontrava conservado ali. O ar ambiente era saturado de um cheio de poeira e decomposição característico das coleções protegidas com papel, uma espécie de perfume agridoce vagamente úmido. Depois do que acabara de vivenciar, Léopoldine sentiu náuseas.

Ela encontrou o velho erudito de pé diante de uma escadinha, mergulhado na contemplação de uma flor seca.

— Professor! Preciso do senhor! — gritou de longe.

O cientista teve um sobressalto.

— Minha cara Léopoldine! Você sempre gosta de surpreender assim as pessoas? Saiba que não tenho mais vinte anos, viu? Meu coração é frágil!

— Desculpe-me, professor, mas é que tenho um favor muito importante para lhe pedir.

— Um favor... Não sei se posso atendê-la... Você sabe... Eu não tenho resposta para tudo... E, além do mais, ainda não consegui encontrar a flor que estava procurando... sabe, aquela que servia de enfeite no chapéu da rainha da Inglaterra... É muito difícil!

— É urgente, professor! Por favor!

— Bom, está certo — resmungou o professor Florus, que não conseguia recusar coisa alguma a Léopoldine.

Ele recolocou delicadamente a flor entre duas folhas de papel e pôs tudo numa enorme pasta de papelão, que enfiou em seguida no lugar que lhe era destinada. Como o menor erro de classificação podia ter conseqüências incalculáveis, ele procedeu com gestos lentos e comedidos, ao passo que Léopoldine dava sinais de impaciência aos pés da escadinha.

— O que posso fazer por você, Léopoldine? — perguntou ele, enfim.

Ela estava prestes a tirar do bolso o envelope, quando viu que Huguette Montagnac, com um belo sorriso iluminando sua carona de hipopótamo neurastênico, vinha avançando na direção deles. Léopoldine não se sentia à altura para enfrentar aquele oceano de melancolia.

— Vamos até a sua sala, professor. Ficaremos mais à vontade para conversar lá — sugeriu ela.

E, com autoridade, ela pegou o professor pela mão e o levou até o elevador. Huguette se deteve bruscamente e começou a pensar no que tinha acabado de acontecer.

Léopoldine fechou a porta da sala do professor Florus e tirou, de dentro do livrinho de Newton, o envelope contendo as folhas suspeitas.

— Professor, o senhor pode me dizer que planta é essa?

— Opa... Calma! — exclamou o velho professor, sentando-se. — Não sou uma máquina, sabia? Se você pensa que isso é fácil... Deixe-me ver.

Ela lhe estendeu as folhas, que ele observou atentamente, virando-as de um lado para outro entre os dedos, sob a lupa de botânico.

— Humm... A pilosidade dessa planta lembra uma solanácea... Parece uma folha de tomateiro... ou de um pé de batata... Onde é que você arranjou isso, Léopoldine?

— Bom... Na verdade, foi um amigo meu que me deu essas folhas. Eu pensei que poderia ser alguma droga...

O professor Florus olhou para ela, espantado.

— Mas você se dedica a esse tipo de passatempo?

— Não, professor, pode ficar tranqüilo. Eu queria apenas saber se isso aí era perigoso.

— Bem, de qualquer modo, caso essa planta tenha propriedades alucinógenas, isso confirma a pista das solanáceas.

— Então o senhor sabe do que se trata?

— Um pouco de paciência, Léopoldine. Preciso fazer minhas pesquisas. Amanhã poderei lhe dizer algo mais. Enquanto isso, passe-me por favor aquele dicionário ali.

Léopoldine pôs de lado diversos documentos, em especial um relatório de avaliação do funcionamento do Museu no ano de 1979, e colocou diante do professor um enorme volume que ele se pôs a consultar lentamente. Ele mergulhou de tal modo em seu mundo de pranchas botânicas e desenhos que logo depois tudo o que restou a Léopoldine foi se despedir e ir embora.

Ao pegar o dicionário, Léopoldine tinha precisado também tirar do lugar uma pequena pasta, sem relação alguma com o caso em questão, e que estava destinada a ser arquivada; apenas o professor Florus sabia a que se destinava essa pasta, mas sua menção aqui não é de todo inútil. De fato, por inadvertência, Léopoldine tinha colocado esses documentos em cima do livrinho de capa de couro de Isaac Newton. Ao sair da sala do velho professor, ela havia esquecido completamente sua existência.

Assim é que se perdiam as coisas no Museu. Esse tipo de esquecimento, ou de negligência, podia ter conseqüências inimagináveis.

O professor Osmond e o padre Magnani observavam a tela do notebook deste último com uma intensidade febril. O céu poderia cair sobre suas cabeças que a concentração dos dois não teria sido sequer abalada.

— Acho que o senhor tem razão — murmurou Peter Osmond. — De qualquer modo, é extremamente plausível.

— Acho que essa é a hipótese mais verossímil — acrescentou o padre.

Léopoldine tinha acabado de entrar no laboratório. Osmond, contentíssimo, foi a seu encontro e pegou-a pelos ombros.

— Léopoldine! Fico muito contente por vê-la! Pensei que tivesse nos esquecido hoje! — disse ele fingindo lhe dar uma bronca. — Você é uma... danadinha...

— Desculpe-me... Hoje ocorreram coisas muito graves e...

O americano não a deixou terminar. Ele estava excitado demais pela descoberta do padre Magnani:

— Acho que conseguimos localizar a origem do meteorito! Isso e algo de... "prodigiante"!

Antes que conseguisse dizer uma palavra, Léopoldine se viu diante da tela em que figurava a modelagem em três dimensões do provável trajeto do objeto celeste. Com o indicador, Osmond seguiu uma linha vermelha pontilhada.

— Está vendo? O meteorito seria proveniente da explosão de um cometa que teria ocorrido há aproximadamente seis bilhões de anos.

— De fato — confirmou o padre Magnani. — As medidas da relação isotópica D/H são muito semelhantes às das moléculas orgânicas presentes na grande nuvem de Orion.

— A síntese dessas moléculas pôde se produzir no comecinho da formação do sistema solar, ou então em outra região da galáxia... Sem dúvida a nebulosa de Orion. A nebulosa de Orion!

Léopoldine deu um suspiro de exasperação. Aqueles dois viviam realmente em outro planeta. Ela tentou falar com a voz mais neutra de que era capaz:

— Apaixonante.

Osmond levantou a cabeça.

— Algum problema? Você não acha que esse meteorito é proveniente da nebulosa de Orion?

— Por mim ele pode ser proveniente até do jardim de sua casa, professor, caso isso lhe convenha!

Osmond e o padre Magnani trocaram um olhar espantado. O que tinha Léopoldine? A jovem sentou-se, esgotada.

— Enquanto vocês dois estavam passeando pelas altas esferas afora, um homem morreu, hoje à tarde, no setor dos animais vivos.

Os dois cientistas ficaram boquiabertos. O padre Magnani foi o primeiro a se recuperar do choque:

— O que aconteceu?

— Um dos funcionários foi atacado por um leopardo.

— Um leopardo? — perguntou Osmond, incrédulo.

— Isso mesmo, esse é o tipo de coisa que acontece, às vezes, aqui na Terra. Vocês não ouviram a sirene da ambulância?

Osmond lembrava-se vagamente de ter ouvido a sirene da ambulância, mas não tinha prestado nenhuma atenção àquilo.

— E isso aconteceu diante dos meus próprios olhos — disse Léopoldine. — Então, se os senhores puderem me compreender, voltarei amanhã para terminar meu trabalho. Agora estou precisando tomar um pouco de ar fresco.

— Mas é claro, Léopoldine... Você...

Osmond nem terminou a frase, pois Léopoldine já tinha vestido seu casaco e saído da Sala Théodore Monod.

— Um leopardo... — murmurou Peter Osmond.

* * *

Léopoldine saiu da galeria de Mineralogia, onde os preparativos para uma exposição de diamantes estavam no auge, e dirigiu-se com passos certeiros para a saída da rua Cuvier. Um carro a esperava parado, um vistoso BMW preto que se insinuou rápido pelo trânsito parisiense. Em alguns minutos, ela havia chegado à ponte de Austerlitz. O semáforo já estava vermelho, quando ela virou à esquerda provocando um concerto de buzinas, para dirigir-se rumo à Gare de Lyon.

Capítulo 16

A sala estava mergulhada na escuridão. De repente, bem no meio dela, surgiu um clarão num grande aquário. Os olhos febris de Osmond, de Erwan e do padre Magnani estavam fixos sobre as amostras do meteorito, com as quais eles simulavam as condições da gênese. O bioquímico Antoine Buckler enviou uma nova descarga elétrica, cuja luminosidade projetou contra as paredes as silhuetas fantasmagóricas dos cientistas. Aparelhos de mensuração, sobrepujando o aquário no qual eram reproduzidos os primeiros instantes da vida sobre a Terra, registravam dados com um ronco suave. Com o olhar absolutamente pregado nas amostras, Osmond parecia questionar o objeto celeste em silêncio. Será que este lhe entregaria todos os seus segredos? E será que ele e seus colegas conseguiriam restituir-lhe seu estado primitivo, ou seja, o de um "caldo das origens", no qual a vida havia brotado?

Quando acenderam novamente a luz, Osmond sentiu certa dificuldade de voltar à realidade, tomado que estava pela convicção de atingir um segredo último: o da origem da vida.

— Será que nossas hipóteses são realmente boas? — perguntou Erwan em voz baixa, balançando a cabeça com incredulidade. — Às vezes digo a mim mesmo que essa descoberta está além do entendimento.

— Eu lhe darei uma resposta sobre isso amanhã — sussurrou Osmond, esfregando os olhos. — Saberemos mais coisas depois que a análise das culturas estiver pronta. Se tudo correr bem, descobriremos se este meteorito esconde a origem da vida ou não.

— Realmente... E enquanto esperamos... podíamos jantar juntos — sugeriu Erwan.

— *Oh, sorry*, meu amigo, ainda tenho muito trabalho. Amanhã à noite estarei mais disponível.

Eles se despediram e Osmond foi novamente para a Sala Théodore Monod. O padre Magnani já estava de volta ao computador e prosseguia, imperturbável, sua tarefa. Por detrás de seus ares humildes e apagados, aquele homem dava provas de uma perseverança fora do comum, e Peter Osmond tinha que admitir que os conhecimentos científicos do religioso iam até o máximo em tudo o que a astrofísica pôde alcançar até os dias de hoje. Peter tinha dificuldade para confessar ao padre seu cansaço. Magnani era mais novo do que ele uns dez anos, e o americano, que tinha uma compleição robusta, decidiu testar seus limites de resistência. O padre Magnani, que notara o esgotamento do colega, sugeriu a ele que fosse desfrutar de um descanso amplamente merecido.

— Acho que o senhor tem razão — concordou Osmond. — Já avançamos bastante. Agora só nos resta termos uma boa noite de sono.

Ele apontou para as caixas de cultura alinhadas na campânula esterilizada.

— Esses bichinhos aí vão trabalhar para a gente.

Osmond pegou então delicadamente o meteorito, colocou-o novamente no cofre-forte e virou-se para o padre. Este antecipou-se, dizendo:

— O senhor não é de modo algum obrigado a me dar o segredo.

Peter sorriu, um pouco sem graça.

— Pois bem: mesmo assim, vou lhe dizer qual é o segredo. Ontem eu fui um pouco brusco. Lamento. Acabei compreendendo que o senhor é digno de confiança. O segredo é...

— O número é 1633 — disse o padre Magnani.

Osmond o encarou, espantadíssimo.

— O senhor andou me espionando?

— De modo algum — respondeu o padre, com um sorriso franco. — Foi uma simples dedução.

— Mas que dedução?

— Contentei-me em aplicar a nosso encontro uma analogia histórica. Eu tinha certeza que seria considerado pelo senhor como um eclesiástico limitado, e que o senhor atribuiria a si mesmo o papel do cientista perseguido. O senhor naturalmente pensou em Galileu, condenado pela Inquisição a renegar suas teorias, em 1633...

Peter Osmond balançou suavemente a cabeça. Decididamente, ele tinha subestimado aquele homem.

— Pois foi isso mesmo, padre Magnani. Mas agora estou convencido de sua honestidade.

— Obrigado, Peter. O senhor com certeza passará amanhã pelo anfiteatro, não? Haverá uma homenagem ao professor Ho Wan Xanh, às 10 horas.

— Acho que irei sim.

— Então poderemos nos encontrar lá.

O padre Magnani fechou seu notebook, juntou sua papelada e colocou-a numa pasta.

— O que o senhor vai fazer hoje à noite?

— Ah... Vou para o hotel, pois quero deitar cedo — respondeu o americano. — Estou "molido" de cansaço.

— O senhor quer dizer "moído", não?

— *Yes!* Moído! E o senhor?

— Acho que vou fazer a mesma coisa. Um dia inteiro de trabalho nos espera. Boa-noite, Peter.

— Boa-noite.

O padre Magnani saiu do laboratório. Peter Osmond esperou que os passos do astrofísico se distanciassem, descendo as escadas. Depois ele se pôs ao trabalho.

* * *

O paleontólogo trabalhou ativa e febrilmente até muito tarde da noite, inicialmente na Sala Théodore Monod, em seguida num laboratório vizinho destinado a isolar as seqüências de DNA. Quanto ao padre Marcello Magnani, é verdade que foi imediatamente para seu quarto de hotel, mas lá, em vez de dormir, escreveu uma longa carta e saiu novamente por volta das 22 horas. Teria ele querido aproveitar a suavidade da noite, a legendária beleza da Cidade-Luz? Certamente não. Ele colocou discretamente a correspondência numa caixa de correio, no interior de um grande edifício de estilo haussmanniano situado na avenida Presidente Wilson e foi-se imediatamente, verificando diversas vezes se não estava sendo seguido. Aquele imóvel sediava a nunciatura apostólica, isto é, a embaixada do Vaticano em Paris. A carta foi entregue às 22h07. O que não deixa de ser um horário bem estranho para a entrega de uma correspondência, convenhamos.

No mesmo instante, no outro canto da cidade, lá pelas imediações do bairro de Ménilmontant, Léopoldine e Alex iam no BMW preto que os conduzira até a rua das Cascatas. A expressão de ambos deixava entrever uma grande consternação.

Uma meia hora mais cedo, eles tinham batido à porta de Norbert Busson, que lhes tinha aberto, descontraidamente.

— Oi, Léopoldine... Alex! Você também! Vocês estão com sorte, preparei um jantar que dá para três pessoas.

— Não estou com muita fome — resmungou Alex, com a cara fechada.

— Na verdade, gostaríamos de conversar um pouco com você — disse Léopoldine acariciando o cachorro da casa, que estava lhe fazendo festa.

— Claro. Sentem-se. Vou lhe mostrar agora mesmo o livro de que lhe falei, Léo. Vocês querem beber alguma coisa?

— Não, obrigada — respondeu Léopoldine afastando dois gatos siameses que tinham vindo se enroscar entre suas pernas.

Norbert olhou-os por cima dos óculos com uma expressão espantada.

— Mas o que é que os perturba tanto assim? A briga de agora mesmo?

— A briga... e o que aconteceu depois dela — disse Alex sentando-se num banquinho da cozinha.

Seu olhar passeou pelo aposento. As paredes estavam cobertas de cartazes militantes. Sobre um deles, uma fotografia representando uma pirâmide de carneiros abatidos tinha sido reproduzida lado a lado com a de um campo de batalha repleto de cadáveres humanos. Acima aparecia a célebre máxima de Léon Tolstoi: *Quando a humanidade abolir os matadouros, ela abolirá também a guerra.*

Norbert serviu-se de um pouco de vinho e foi se instalar numa poltrona.

— Vocês estão falando do acidente de Alan?

Léopoldine sentou-se no sofá e suspirou profundamente.

— Exatamente. Gostaríamos de ter certeza de que se trata realmente de um acidente.

— Ainda bem que foi um acidente. Isso tinha mesmo que acontecer. Aquele tipo só fazia trapalhadas.

— A ponto de entrar sozinho na jaula de um leopardo? — perguntou Léopoldine, sorrindo ironicamente.

Num canto, o cachorro e os dois gatos pareciam seguir a conversa, intrigados e vagamente desconfiados.

O olhar de Norbert passou de Léopoldine a Alex.

— Vocês estão insinuando que... Essa é boa... vocês estão em pleno delírio!

— Você tinha ótimas razões para querer ficar livre dele — sussurrou Alex. — Léopoldine e eu sabemos muito bem disso.

— Mas o que é que vocês estão imaginando? Quando aconteceu o acidente, eu estava trabalhando na enfermaria dos animais.

— Você tem testemunhas disso? — perguntou brutalmente Léopoldine.

— Não tenho, não. Mas nada do que vocês estão imaginando aconteceu. Eu não sou maluco.

— Sabemos o que você pensa sobre a proteção dos animais — continuou Alex. — Todo mundo sabia que Alan maltratava os animais do Museu. Aí... fica fácil ligar uma coisa à outra.

— Exatamente! Fácil demais! Que as coisas fiquem claras... De fato, eu acho mesmo que a vida dos animais tem tanto valor quanto a dos seres humanos. Sim, acho chocante que se considere como crime o fato de se matar um ser humano, ao passo que o de matar um animal não tem a mínima importância. Sim, acho também que o animal é muitas vezes bem mais digno de estima do que o ser humano. Afinal, os animais jamais praticaram a escravidão, o racismo, a tortura ou o genocídio. Assim, a pretensa superioridade do ser humano é bem discutível... Pois foi exatamente isso que eu disse à polícia.

— Então, se entendi bem o que você disse, suprimir a vida de um ser humano nocivo não é tão grave assim — exclamou Léopoldine, levantando-se num pulo.

— Mas você não pode tirar tal conclusão! — gritou Norbert. — Até parece que estamos diante de Anita Elberg!

— Ela também foi assassinada! E em condições tão estranhas quanto Alan — observou Alex.

— Vocês estão loucos. Recuso-me a continuar essa discussão.

Uma fotografia com os cantos arrancados estava à solta sobre a mesa da sala de estar; ela mostrava uma oficial americana que mantinha na coleira um detento da prisão iraquiana de Abu Ghraibi. No lugar dos rostos dos dois personagens reais, a mão hábil de alguém havia colado outros.

Léopoldine e Alex reconheceram sem dificuldade Alan no papel da militar e Norbert no do prisioneiro. Léopoldine plantou-se diante do estudante e pôs-lhe a foto diante dos olhos.

— Então somos nós que estamos loucos? E isso aqui?

Norbert a fuzilou com o olhar. Mas não lhe deu resposta alguma.

Segundo o computador da sala de detecção de DNA, o professor Peter Osmond terminou suas análises por volta das 23h41. Uma coisa é certa: o que ele acabara de submeter às mais modernas técnicas da genética molecular era a etiqueta que surrupiara do dedão do pé de Anita Elberg.

Naquela noite, muitas foram as pessoas que trabalharam até tarde ou que, pelo menos, circularam no perímetro do Museu. A luz do laboratório do professor Florus permaneceu acesa durante toda a noite. Parece igualmente que os policiais Voisin e Commerçon fizeram uma ronda pelas cercanias da Grande Galeria da Evolução.

Enfim, um jornalista do *Le Parisien*, Lucien Michard, depois de ter entrevistado vários funcionários do Museu sobre o raríssimo acidente ocorrido no setor dos animais vivos, trabalhou furiosamente para que seu artigo fosse publicado na seção da crônica policial do dia seguinte. Algumas testemunhas tinham achado pertinente aludir também a um crime perpetrado na noite anterior no Museu. Isso tinha chamado a atenção do jornalista e o encorajara a continuar suas investigações.

QUARTA-FEIRA

Caso um dia a ciência reine sozinha, os homens crédulos terão apenas credulidades científicas.

ANATOLE FRANCE, *La Vie littéraire*

Capítulo 17

Mergulhadas na penumbra, várias centenas de rostos atentos seguiam as complexas explicações de um jovem cientista que, com a ajuda de gráficos, ia elucidando o dédalo de uma seqüência de figuras geométricas.

— E foi assim que o professor Ho Wan Xanh conseguiu formular sua teoria dos universos múltiplos. Essa teoria audaciosa questiona certas concepções que pregam a idéia de que o universo é finito e mensurável. Ela permite uma nova abordagem da teoria do Big-Bang, avançando a idéia de um caos mais ou menos organizado. Caso essas perspectivas se confirmem, teremos que pensar em algum outro quadro de referência que não seja mais condicionado unicamente pelo estrito determinismo darwinista. Caberá às futuras gerações desvendar esse enigma que o professor Ho Wan Xanh não teve tempo para resolver.

Os aplausos saudaram a intervenção. A luz foi acesa novamente. Movidos por um reflexo de orientação, os assistentes viraram a cabeça da direita para a esquerda, como se quisessem se reapropriar do espaço em que se encontravam. Depois de uma viagem aos confins do universo, ou melhor, dos universos, a volta à Terra era bem-vinda.

O anfiteatro Verniquet, repleto — alguns até tiveram que assistir à homenagem ao professor Ho Wan Xanh de pé —, contava com cerca de duzentas poltronas e reunia a nata dos cérebros do Museu. Entre eles, Peter Osmond, mais descomposto do que nunca, tinha ares de ceticismo. Ele não era partidário de extrapolações aventureiras, e as teorias de Ho Wan Xanh, apesar de sua originalidade, não suscitavam o entusiasmo do americano. Ele já tinha dificuldade para conceber os contornos de um único universo e para determinar, nele, a origem de um meteorito, imagine então vários... Tudo aquilo lhe parecia... um tanto quanto *abracadabracante*. Ele sorriu ao pensar nisso.

A dois passos dali, do outro lado, um homem ostentava ares hostis e batia nervosamente no recosto de seu assento. Osmond reconheceu Eric Godovski, o homem da barba à Che Guevara. Perto da entrada do anfiteatro, ele observou igualmente um dos policiais que o tinham interrogado um dia antes. Um pouco mais longe, o padre Magnani, que havia chegado atrasado, tinha se sentado na ponta de uma fileira de cadeiras. Peter Osmond estava satisfeito por não ter ficado ao lado dele: apesar de todo o respeito que devia aos conhecimentos científicos do padre, ele não fazia a mínima questão de se exibir em público na companhia do mesmo. Ainda mais que este não passara de modo algum despercebido há pouco, no momento de sua chegada. Alguns o tinham cumprimentado, outros o encararam de longe, com os olhos arregalados. Esse tipo de manifestação admirativa sempre mergulhava o americano num embaraço profundo. Por sorte, Laurence Himbert o tinha convidado, com um gesto, a sentar-se ao lado dela...

A atenção de Peter Osmond desviou-se para o estrado, sobre o qual Michel Delmas, com o microfone à mão, preparava-se para tomar a palavra. Acima do quadro-negro estava projetada a foto de um asiático grisalho, de sorriso confiante.

— Pelo que acabou de ser exposto — começou a dizer Delmas —, podemos medir a que ponto o professor Ho Wan Xanh vai fazer falta à comunidade científica.

Uma voz nítida ouviu-se em meio ao público:

— E à religiosa!

Um silêncio consternado caiu sobre a sala. Todos procuraram o ponto de onde aquilo poderia ter vindo.

O diretor do Museu franziu as sobrancelhas.

— Pois não? Não entendi...

Todos os olhares convergiram para Godovski, que tinha se levantado.

— Em que medida Ho Wan Xanh vai fazer falta à comunidade científica? Sabe-se muito bem que suas preocupações eram sobretudo de ordem espiritual.

— Professor Godovski — disse Michel Delmas, visivelmente embaraçado pelo fato de ver que um homem ausente, que não podia mais se defender, era atacado —, conhecemos suas opiniões, mas estamos aqui para homenagear um grande cientista, e não para abrir um processo contra ele. O professor Ho Wan Xanh jamais deixou que suas convicções interferissem em seus trabalhos científicos.

— Desculpem-me — ironizou Godovski. — Nesse caso, espero que, agora que se encontra em seus universos múltiplos, ele tenha pelo menos encontrado o paraíso que estava procurando.

Um alvoroço indignado acolheu as palavras de Godovski. Este nem por isso se fez de rogado:

— Acho oportuno lembrar aqui que papel desempenhou Ho Wan Xanh na criação do Círculo das Ciências, organização que só tem de científico o nome, como muitos aqui devem saber. Eu me dirijo mais especialmente àqueles aqui presentes que participam dos colóquios organizados pelos responsáveis pela revista *Parallèles*, bem como àqueles que nela publicam seus artigos. Acho que isso também diz respeito a nosso caro diretor, não é mesmo, Sr. Delmas?

Dessa vez, várias exclamações em meio ao público se fizeram ouvir e Michel Delmas teve que mudar o tom:

— Sr. Godovski, acho que suas observações são absolutamente indignas de...

— ... Indignas das teorias do Círculo das Ciências? — cortou Godovski. Eu não misturo ciência e religião, meu caro senhor! Não participo de colóquios intitulados "ciência e budismo", ou "o fim de Darwin". E não saio à procura de Deus por todas as esquinas em que passo, como faz Laurence Himbert com seu "atrator cósmico"! Isso tudo não passa de um amontoado de besteiras — gritou ele, brandindo um livro como se fosse uma prova delitiva. — Laurence Himbert, como todos os outros membros do Círculo das Ciências, tem como objetivo único a destruição do saber científico, para substituí-lo pelas piores superstições! Tem-se a impressão de que retrocedemos cinqüenta anos, e que voltamos a viver na época das elucubrações de Teilhard de Chardin!

Aplausos soaram como resposta aos gritos hostis de pouco antes. Osmond virou-se para Laurence Himbert que, lívida, tinha se levantado também.

— Godovski! Você é um pilantra! Você caricatura as idéias de seus detratores unicamente para rebaixá-las ao seu nível. Ninguém cai no seu joguinho!

— E você, por sua vez, engana perfeitamente muita gente, minha cara. Quando você convida cientistas que receberam o prêmio Nobel para suas atividades patrocinadas por grandes grupos da indústria farmacêutica, o Grupo Oliver, por exemplo, só faz isso para poder enganá-los mais facilmente em relação a suas verdadeiras motivações. Eis aí o que considero uma verdadeira desonestidade intelectual! A religião e a ciência nada têm a fazer juntas!

Urros ecoavam pelos quatro cantos do anfiteatro. Godovski parecia dominar com segurança a caótica situação. Quanto a Osmond, ele se sentia cheio de despeito. Aqueles franceses... Se tinham uma ocasião para fazer um escândalo, nem paravam para pensar!

Michel Delmas estava grudado no microfone, vermelho de raiva.

— Sua intolerância o desonra, professor Godovski! O senhor se esquiva à discussão para se manter em seu conforto intelectual!

— Caso a busca da verdade tenha que passar pela recusa da manipulação e pela superstição, então sim, pode-se dizer que sou intolerante! E me orgulho disso!

A algazarra tinha se generalizado. Osmond deu uma olhadela para o padre Magnani, aparentemente muito surpreso, também, por aqueles exageros raivosos. De repente, um homem bastante idoso se levantou devagarinho e pediu a palavra. Quase imediatamente reinou o silêncio.

— Sou professor de física, alguns aqui sem dúvida sabem disso — começou ele a dizer.

Essa observação espirituosa permitiu uma ruptura com o alvoroço anterior e provocou alguns sorrisos no público: o velho senhor era ninguém menos que Albert Lévy, prêmio Nobel de física. Ninguém naquela sala ignorava o prestígio dele.

— Devo lhes fazer uma confissão — disse ele com uma expressão maliciosa. — Participei de diversos colóquios organizados pelo Círculo das Ciências e ninguém me convenceu a fazê-lo apontando um fuzil para o meu peito. Fui porque quis. Um cientista deve, em minha opinião, saber questionar suas mais íntimas convicções. A título de exemplo, a teoria de Darwin é notável, mas não é perfeita, todos nós sabemos disso muito bem. Alguns aspectos da evolução não são explicados e Laurence Himbert, em seu livro, mostra de maneira convincente o quanto essas objeções devem ser levadas a sério. Nem por isso ela está implicada em alguma conspiração!

O público riu com vontade, mas Godovski não se deixou intimidar:

— Esse livro, professor, abre as portas para uma série de derivas inaceitáveis. Laurence Himbert chega a justificar a evolução do universo unicamente pela existência do homem. Segundo ela, seja lá o que for que ela diga, o homem é o único objetivo da criação, e apareceu como resposta para uma intenção superior. Sabemos, ao contrário, que o homem deve tudo a um processo aleatório e caótico. Esse livro é tão estúpido quanto a Bíblia, e veio para preparar o aparecimento de teorias tão absurdas quanto o criacionismo!

Ao ouvir essa palavra, a sala explodiu, literalmente, alguns urrando de ira, outros aprovando com ardor. Com a maior fleuma, Peter Osmond pensou que a Revolução Francesa não devia ter sido desencadeada de outro modo. Um bom bate-boca resultando em litros de sangue derramado... A lembrança de seus dois primeiros dias no Museu fez com que ele se sentisse pouco à vontade.

A pedido de Michel Delmas, a calma voltou a reinar pouco a pouco.

— A ciência sempre fica confrontada à mesma questão — prosseguiu o professor Lévy, que não tinha se deixado abalar. — Seria de fato justo rejeitar uma teoria pelo fato de ela não explicar tudo, ou então conservá-la somente por ser a menos ruim? Todos nós temos consciência, e o professor Ho Wan Xanh também tinha, de que sempre utilizamos teorias que nos parecem as mais coerentes, e isso até prova em contrário. O que não nos impede de tentar melhorá-las continuamente, e até mesmo superá-las, quando se produz uma grande descoberta. Foi o que fez Einstein com a relatividade geral. Ele não aboliu a física de Newton, mas completou-a, ampliando seu quadro de referência. O próprio Newton estava consciente da imperfeição de seu sistema.

— O que é válido para a física não o é forçosamente para a biologia — replicou Godovski num tom seco. — Não se deve confundir questão necessária e interpretação abusiva, caro confrade! Caso contrário, estaremos à beira de uma astrologia quântica!

A provocação foi acolhida com um murmúrio. O velho erudito deu mostras de sentir o golpe, sem no entanto se deixar abalar. E seu tom se fez mais irônico:

— Concordo com o senhor. Devemos admitir que cada teoria se esgota em seus próprios limites. Aliás, a física nem sequer pode provar que o mundo existe...

Mais uma vez os risos aliviaram o ambiente. Godovski contra-atacou sem esmorecer:

— Pois é exatamente isso que fundamenta minha postura como cientista: suprir os vazios de nossos conhecimentos. Isso não é uma razão para enchê-los com argumentos espiritualistas como faz o Círculo das Ciências: todas as publicações desse grupo substituem essas incógnitas por Deus! Um verdadeiro milagre! O deus tapa-buracos! Isso é totalmente anticientífico! Tais trabalhos não têm valor algum!

Acrescentando o gesto às palavras, ele jogou o livro de Laurence Himbert contra uma parede.

Peter Osmond observava Eric Godovski, silhueta seca e rígida toda trajada de preto, e sentia por ele uma antipatia crescente. Ele lhe trazia à lembrança aqueles procuradores revolucionários que tinham enviado milhares de inocentes para a guilhotina, em nome da pureza e da integridade. Aqueles que pretendem falar em nome da Verdade freqüentemente têm as mãos manchadas de sangue...

Mas um outro sentimento, bem mais desconfortável, invadia-o pouco a pouco e, ao que parecia, ele era compartilhado pela maioria dos participantes daquela assembléia. Todos aqueles eminentes cientistas deviam, no fundo, fazer-se repetidamente a mesma pergunta, cuidadosamente recalcada: quem entre eles havia assassinado Anita Elberg?

Cada um daqueles cérebros em ebulição tinha sua própria teoria. Tais concepções, no caso, fundamentavam-se apenas em hipóteses e estavam cheias de zonas de sombra. E cada qual pressentia que, naquele caso, o que era sombrio excedia, e em muito, a luz.

Quando os clamores diminuíram e os dois grupos chegaram à conclusão de que suas posições eram irreconciliáveis, Michel Delmas julgou mais acertado interromper a sessão. Ele sonhara com uma cerimônia digna e respeitosa da memória de seu amigo, o professor Ho Wan Xanh. Seu conhecimento da comunidade científica o tinha convencido de que nenhum debate podia terminar sem controvérsia, por isso ele sequer tinha ficado surpreso com a veemência das intervenções, especialmente com a atitude inqualificável de Godovski. Aquela tensão sem dúvida era explicável devido à violência dos acontecimentos dos últimos dias, mas daí a se entregar a ataques pessoais... Em 35 anos de carreira, ele jamais vira aquilo.

Enquanto a multidão saía pouco a pouco do anfiteatro, o professor Godovski, cercado por muitas pessoas, recebia felicitações e reprimendas, e não deixava de dar resposta a cada uma delas. Ele aproveitou a passagem de Peter Osmond perto dele para se apresentar:

— Professor Osmond, saiba que estou entre seus mais fervorosos admiradores. Pode-se até mesmo dizer que o senhor foi o responsável pelo meu interesse pela ciência. Sua teoria dos equilíbrios pontuados é absolutamente fundamental. Tenho também um grande respeito pela luta que o senhor vem travando contra os grupos religiosos nos Estados Unidos. Sobretudo contra aqueles que pretendem submeter a ciência às suas crenças.

Peter Osmond, surpreso, examinou o homem com um olhar febril. Ele meditou por algum tempo antes de responder:

— *Well*... Caro senhor... Agradeço por tais cumprimentos. Mas não tenho certeza de utilizar os mesmos métodos que o senhor para combater meus adversários. Pessoalmente, prefiro recorrer a argumentos mais... científicos.

Godovski, por sua vez, deu mostras de espanto:

— O que o senhor quer dizer? Parece-me que meus argumentos são rigorosamente científicos.

— Rigorosamente? Eu diria, antes, “vigorosamente”. Até demais, para o meu gosto — prosseguiu o americano aproximando-se, com sua robustez esmagando a delgada silhueta de seu interlocutor. — Detesto ver um livro jogado ao chão. Esses não são modos científicos. Sobretudo o livro de uma dama... — sussurrou ele ao ouvido de Godovski. — Isso é uma falta de... como é mesmo que vocês dizem? Uma falta de... cavalheirismo... O senhor não acha? Ainda mais que Laurence Himbert é uma dama que respeito muito, tanto como pessoa, quanto como cientista.

Diante da expressão desamparada de Godovski — um pobre-diabo — Peter Osmond não pôde reprimir um sorrisinho de satisfação; depois dirigiu-se para a saída do anfiteatro sem lançar a ele o menor olhar.

O que Commerçon poderia ter pensado daquela briga em público, que a tudo assistira? A violência das discussões o tinha impressionado. Ainda jovem policial, ele não esperava um tal excesso por parte de pessoas que imaginava calmas e ponderadas. Claro, sua formação de oficial da polícia judiciária o tinha preparado para enfrentar toda e qualquer eventualidade, mas ele jamais havia imaginado que poderia um dia intervir numa rixa verbal entre cientistas superdiplomados. Decididamente, ele não tinha esperado por aquilo. E apesar de seu interesse pela ciência, Commerçon pôde compreender apenas parcialmente o debate, devido a seus limites no assunto.

Quais seriam os pensamentos do jovem policial agora que ele se dirigia, com a mão sobre o distintivo da polícia, ao professor Godovski? A expressão deste último não deixava dúvidas: ele travara com o americano uma discussão desagradável. Ele era capaz de apostar que aquelas mímicas eram o testemunho de uma conversa conflitante, ou do contrário aceitaria retomar seu treinamento desde o início! Foi pois com certa segurança que Commerçon exibiu seu distintivo ao professor Godovski, diante de um punhado de testemunhas espantadíssimas, dizendo-lhe que desejava lhe fazer algumas perguntas sobre a morte de Anita Elberg. Como o pesquisador manifestasse sua surpresa diante de tal pedido, Commerçon lhe mostrou um Post-it.

— Encontramos isso na sala de Anita Elberg.

No Post-it era possível ler, em letrinhas nervosas: O. *chegou ao Museu. Alertar Godovski.*

Atônito, Godovski se virou e constatou que Peter Osmond tinha saído do local.

Capítulo 18

Longe daquele tumulto todo, Léopoldine estava indo até a reserva de livros raros da Biblioteca Central, com os braços carregados com volumes recuperados na sala de Servan. Ela aproveitava aquela breve pausa para pôr um pouco de ordem em sua idéias, pois tinha a impressão de ter esquecido algo importante, sem saber exatamente o quê.

Para sua grande surpresa, a porta estava entreaberta e o aposento, mergulhado na penumbra. Uma voz um pouco anasalada se sobrepunha a umas batidinhas mecânicas e ao ronronar de um motor que ecoava: *E agora, um mergulho no exotismo.*

Ela empurrou devagar a porta com um ombro. Numa tela, uma imagem trêmula e cheia de chuviscos, em preto-e-branco, desfilava num ritmo contido. Depois, uma placa: *Uma visita à Exposição Colonial, Paris, 1931*. Ao lado do projetor, a silhueta alta de Johann Kircher, com os braços cruzados, aparentemente impassível.

Léopoldine tentou ser o mais discreta possível e colocou os livros sobre a mesa. A curiosidade — ou talvez outro sentimento, mais perturbador — dissuadiu-a, no entanto, de esgueirar-se. Ela fechou suavemente a porta para ver o filme de atualidades.

Foi nessa quente primavera de 1931, comentava a voz do locutor *que se abriu a Exposição Colonial de Paris, na presença de Sua Excelência o presidente da República, Gaston Doumergue, e do marechal Lyautey, responsável pela concepção desse ambicioso projeto. Os visitantes são convidados a vir admirar as jóias do Império colonial francês e os efeitos de sua obra civilizadora.*

Homens e mulheres andavam pelas alamedas de um jardim com aquele passo mecânico característico dos velhos filmes de atualidades, e crianças corriam para todos os lados, exibindo-se diante da câmera com gestos espetaculares. A câmera efetuou um plano fixo num africano do olhar selvagem, vestido com um traje tradicional e usando um capacete com penas. O locutor informou ao espectador, ao ritmo de uma música que se pretendia nativa, cheia de tambores ameaçadores: *Este é um guerreiro do Daomé. Esses povos contam entre os mais ferozes e os mais impiedosos da África. Seus inimigos estremecem diante da mera evocação de seu nome*. Seguia-se a isso um plano panorâmico sobre a reconstituição de uma aldeia de cabanas, cujos habitantes eram mantidos a uma respeitosa distância dos visitantes com o auxílio de uma cerca.

Os negros do Daomé constituem uma das tribos mais inteligentes da África. Vejam o porte dessa mulher. Trata-se da esposa de um chefe. A câmera demorou-se numa jovem mulher negra, de olhar melancólico, que fixava a objetiva sem uma palavra sequer. O jornalista apressou-se na retomada de seus comentários entusiastas: *Mas a missão civilizadora da França não conhece trégua. Ela é chamada a desempenhar outras tarefas longe do continente africano, além dos oceanos, do outro lado do mundo. Para ficarem persuadidos disso, os parisienses são convidados a contemplar, à margem da Exposição Colonial, uma atração tão sensacional quanto apavorante, que ocorre desde o início do mês de abril no Jardim de Aclimatação do Bois de Boulogne.*

Uma multidão de curiosos divertidos se amontoava diante de uma grade metálica, apontando com ar zombeteiro para um aborigine, vestindo simplesmente uma tanga, postado ao lado de um cartaz: "Canibais." *Os negros da Nova Caledônia ainda vivem em estado selvagem. Para saciar seu instinto bestial, eles não hesitam em se alimentar de carne humana. Infeliz do viajante branco que cair nas mãos deles! Ele conhecerá a sorte que esses primitivos reservam a seus piores inimigos.*

Os visitantes se esbaldavam diante do espetáculo de mulheres de peito descoberto, entregues a uma dança que o obsequioso locutor qualificou de "ritual bárbaro", e de um homem que fingia devorar um pedaço de carne crua com uma expressão alucinada. *É devido à sua grandeza que a França decidiu se encarregar desses infelizes para conduzi-los ao caminho do felicidade, do progresso e da civilização! Uma árdua tarefa que os corajosos colonizadores levarão a bom termo!* A última frase, conquistadora e marcada por uma música arrebatadora, acompanhava a imagem de uma criança negra que olhava para a objetiva com uma expressão desesperada.

O filme se deteve de repente. A bobina vazia continuava girando no silêncio.

Léopoldine tinha dificuldade para conter sua emoção. Como é que uma coisa daquelas tinha sido possível? Como é que tinham exibido seres humanos em jaulas, como se fossem animais? E ainda por cima qualificando aquele espetáculo de "missão civilizadora"? Ela se virou para Johann Kircher: o rosto do conservador estava banhado de lágrimas. Léopoldine não sabia o que dizer. Ela teria preferido desaparecer, mas, ao mesmo tempo, teria gostado tanto de poder consolá-lo...

Foi ele que falou primeiro, com voz calma, porém palpavelmente emocionada:

— Queira me desculpar — disse ele enxugando os olhos. — Esse filme me abalou. Sabia que tais exposições tinham ocorrido, mas ver as imagens delas é algo insustentável. Quando pensamos que nossos avós talvez tenham assistido a algo de tão abominável...

— Verdade... — ousou dizer Léopoldine. — E dizer que essa exposição aconteceu em 1931... quando se sabe que a escravidão tinha sido abolida há tanto tempo...

— As pessoas que montaram tal espetáculo se sentiam investidas de uma missão, mas na verdade só faziam entregar essas pobres pessoas à curiosidade de um público vulgar e cheio de desprezo...

O conservador parecia perdido nas profundezas da mais insondável melancolia.

— Fico ainda mais tocado por essa idéia pelo fato de vir de uma família muito religiosa. Meu pai sempre me educou no respeito ao ser humano, naquilo que este tem de mais nobre. Jamais teria vindo a seu espírito a idéia de declarar que um negro é inferior a um branco. O homem, dizia meu pai, é um valor imprescritível. Nada, nem ninguém, tem o direito de se entregar a atos degradantes contra um ser humano, seja qual for a cor de sua pele. A vida, dizia também meu pai, é um dom do céu. É preciso respeitá-la a qualquer preço.

Léopoldine deixou que alguns instantes transcorressem.

— E no entanto — atreveu-se ela a dizer — os organizadores dessa exposição se apresentavam como cientistas, antropólogos, etnólogos... Eles pensavam que estavam fazendo ciência.

Johann Kircher foi até o grande vitrô da sala e levantou as persianas. Uma luz suave penetrou no recinto. Ele se virou para Léopoldine e mergulhou nos olhos dela seus olhares azuis.

— De fato, mas é preciso desconfiar daquilo que se chama de "ciência". A ciência não pode justificar tudo. Não esqueçamos que ela é feita por homens e, portanto, é tão falha quanto eles mesmos. E sobretudo não se deve esquecer que ela deve estar a serviço dos homens, e não o contrário. A ciência não pode se permitir tudo, Léopoldine. Os cientistas têm uma responsabilidade moral, e, com muita freqüência, tendem a esquecer-se disso. O homem não é um animal. O homem...

Johann Kircher deixou a frase em suspenso. Ele olhava fixamente para Léopoldine, que sorvia suas palavras. O tempo parecia ter parado.

De repente bateram à porta. O conservador deu dois passos antes que seu assistente, Medhi, entrasse no aposento.

— Encontrou seus documentos, Sr. Kircher?

Este havia reassumido sua rigidez habitual e seu charme um tanto distante. Ele sorriu para o rapaz e tirou as bobinas do projetor.

— Sim, está tudo certo. Vamos reservar esse filme para uma próxima exposição. Obrigado, Medhi, agora pode guardar o material.

Léopoldine não queria que a conversa entre eles acabasse daquele modo e, com o tom mais descontraído de que era capaz, tentou relançar o diálogo:

— Na verdade, Sr. Kircher... Encontraram outro dia um baú no quinto andar da Galeria de Botânica. O professor Florus me disse que tinha mandado que ele lhe fosse entregue. O senhor está a par disso?

Johann Kircher cruzou os braços, intrigado.

— Um baú? Não estou sabendo de nada disso. O que havia dentro?

— Segundo os documentos que estão em meu poder, seriam amostras de ossadas e de fósseis de hominídeos. O material teria sido expedido da China em 1941.

Kircher ficou pensativo, imóvel como uma estátua. Léopoldine se sentiu de repente sozinha, de tal modo o homem parecia distante dali. Enfim, ele olhou para ela.

— Vou me informar. Obrigado, Léopoldine.

Ele lhe deu um sorriso cortês e saiu do recinto sem uma palavra a mais. A moça retomou o trabalho. Ela estava consultando a cota dos livros que tinha colocado em cima de uma mesa para arrumá-los nas devidas estantes, quando, de repente, interrompeu sua tarefa.

Ele a tinha chamado pelo nome! E eles nunca tinham conversado antes. Como é que ele sabia seu prenome?

Um leve pânico apoderou-se de seu coração, esquentando-lhe o corpo todo.

Alguns minutos mais tarde, Léopoldine atravessava o Jardin des Plantes, correndo como uma louca, e com um sorriso radiante nos lábios. Os transeuntes viram nela um estado especial, que geralmente todos concordam em qualificar de "apaixonado". Esse é um dos maiores mistérios do ser humano: como um simples sentimento pode fornecer uma energia de tal modo insuspeita? As mais profundas pesquisas em biologia ou em neurologia ainda não puderam, até o momento, dar alguma resposta para isso.

Léopoldine subiu lépida as escadarias da Galeria de Botânica e entrou como um furacão na sala do professor Florus. Este, com os binóculos pendurados ao pescoço, dava uma cochilada debruçado sobre um grosso livro.

— Professor Florus?... — sussurrou Léopoldine.

O ancião abriu os olhos, parecendo voltar à vigília, e depois exclamou: *Datura pignalii!* Léopoldine se perguntou se ele não estaria com problemas de saúde.

— *Datura pignalii!* Passei a noite inteira acordado, mas acabei encontrando! — disse o professor triunfante, brandindo uma pasta de documentos.

De certo modo um pouco obrigado a representar o papel de seu próprio personagem, ele se pôs a resmungar:

— Você me deu um trabalhão, Léopoldine! Trata-se de uma espécie rara demais... Mas eu tive a boa idéia de olhar nos herbários mais antigos, os de Lamarck.

— Não precisava ter ficado sem dormir, professor! O senhor deveria ter ido descansar.

— Não vi o tempo passar. E, depois, eu, quando trabalho, trabalho!

— E o senhor tem certeza de que se trata mesmo dessa planta?

O professor Florus lançou à jovem um olhar no qual a malícia coexistia com a segurança.

— Tenho absoluta certeza. Olhe aqui.

Ele abriu a pasta. Sobre uma prancha via-se um contorno amarelecido. Pegando delicadamente uma das folhas secas, o professor colocou-a sobre o papel: a folha e o antigo traço impresso coincidiam perfeitamente.

— Não sei quando é que ela foi roubada, mas deve ter sido recentemente. E verifiquei: outras plantas alucinógenas também desapareceram! Isso é uma vergonha! Um verdadeiro desastre para as coleções do Museu! Serei obrigado a fazer um relatório disso!

Léopoldine estava perplexa.

— O ladrão devia estar bem-informado... Era preciso saber exatamente onde buscar, em meio a milhões de espécies...

O professor Florus levantou um dedo, ameaçador. Poderiam acreditado que ele era a encarnação viva da justiça.

— A pessoa que fez isso terá que dar satisfações à comunidade científica internacional!

Léopoldine esboçou uma careta de dúvida. Será que Alan, sozinho, teria achado aquela planta em meio a sete milhões de espécies catalogadas? Impossível. Na etiqueta da prancha do herbário, Léopoldine decifrou uma letra refinada e bem-feita, a do próprio Lamarck: *Datura pignalii. Trazida pelo Sr. Fuster em 1776. Os nativos de Nova Granada tinham em grande estima e veneração essa planta por ela lhes revelar mundos inacessíveis. Seus sacerdotes consumiam suas folhas, mastigando-as. O uso dessa planta causa uma grande alegria seguida de um estupor do qual alguns abusam, entregando-se à prática de atos que a moral reprova.*

O professor se dirigia, mancando um pouco, até a cafeteira elétrica.

— O prejuízo para o Museu é imenso! Nossa reputação está em jogo! Mas eu já disse a você, Léopoldine: aqui, tudo desaparece e ninguém está preocupado...

Léopoldine, pensativa, perguntou ao velho cientista:

— Diga-me, professor, por quanto tempo essa planta conserva suas propriedades alucinógenas?

O velho erudito considerou essa pergunta como um ultraje máximo à sua probidade:

— Ora essa, minha cara Léopoldine, as condições de conservação do herbário são irrepreensíveis! Essas plantas estão todas tal como foram descobertas... ou quase. Nós as submetemos diversas vezes a um envenenamento por metileno para exterminar todos os parasitas. E essa espécia *Datura* é altamente tóxica, você pode acreditar no que estou lhe dizendo!

— É mesmo?

— Um verdadeiro veneno! Essa planta pode tornar uma pessoa completamente louca!

Eis por que Alan se comportava de modo tão aberrante!

A pergunta permanecia no entanto sem resposta: quem teria dado a ele aquelas folhas?

Léopoldine e o professor Florus tomaram um café juntos. O livro de Newton repousava a menos de trinta centímetros da jovem, mas pelo fato de estar recoberto por diversas camadas de documentos, ela não se lembrou de modo algum da existência dele.

O professor Florus debulhava suas lembranças, que Léopoldine jamais se cansava de ouvir:

— Laurence Himbert? De temperamento bem apimentado, sem falar que é uma mulher muito bonita. Lembro-me de sua chegada ao Museu... Ela virou a cabeça de alguns, mas não conte comigo para lhe dar nomes. É preciso reconhecer que Laurence Himbert é uma mulher de personalidade, que tem suas próprias convicções, embora eu esteja muito longe de compartilhá-las. E, depois, é necessária certa coragem, nos dias de hoje, para cuidar da Fundação Teilhard de Chardin. Isso dito, não consigo compreender por que a fundação suscita tanta hostilidade. Sua criação, nos anos 60, não sofreu a menor oposição. Trata-se de um centro de pesquisas laico, presidido por cientistas. E o padre Teilhard de Chardin era um geólogo-paleontólogo unanimemente respeitado. Temos que reconhecer que, hoje em dia, assim que vêem a barra de uma batina, muitos já começam a tocar o alarme...

E o professor riu sozinho.

— Sabe que já me aconteceu trabalhar para a polícia? Nunca lhe tinha contado? Claro que eu não participava da investigação propriamente dita. Eu servia de *expert*, de certo modo.

— Imagino o senhor muito bem como Sherlock Holmes, professor.

— Ora, não exageremos. Um dia, vieram me consultar a propósito de um homem cujo cadáver fora descoberto, ainda morno, no grande estacionamento do bairro de La Défense. Nenhum documento de identidade, um desconhecido total. Porém, esmagada sob a sola de seu sapato direito, encontrava-se uma florzinha, realmente minúscula. Os peritos da polícia científica me pediram para identificá-la. Tratava-se de uma flor bastante rara em nossas regiões, uma saxífraga estrelada, *Saxifraga stellearis*, lembro-me muito bem. O homem tinha sido assassinado há umas quatro horas, não mais do que isso, o crime ocorrera, portanto, nas redondezas. Indiquei aos investigadores os lugares, na região parisiense, em que crescia essa variedade de saxífraga: muito fácil, ela gosta dos meios aquáticos. Dois dias mais tarde, descobriram que o defunto tinha visitado um de seus conhecidos que vivia nas margens do Sena, lá pelos lados de Mantes-la-Jolie. O tipo confessou depressa.

Léopoldine encarou-o com olhos admirados. O professor Florus deu uma de modesto:

— Isso não foi grande coisa... Mas me permitiu estabelecer bons contatos com a polícia científica. E o mais engraçado, Léopoldine, é que na mesma época um colega meu estava criando mudas de *Cannabis* no Jardin des Plantes. Bem, estou comentando isso com você... são coisas de vinte anos atrás... Mas ele tinha o direito de fazer isso; afinal, trata-se de uma planta... Só que ele nem teve tempo para observar o crescimento delas, pois tudo logo se transformou em fumaça... Entende o que quero dizer?

— Entendo perfeitamente.

— Como já disse a você, os sumiços, aqui no Museu, não datam de hoje... Aliás, eu me lembro... — continuou misteriosamente o professor Florus, como se acabasse de descobrir uma valiosa pepita no fundo de sua memória fenomenal — naquela época, Anita Elberg estava implicada numa história bem sombria...

— Sua expedição à Guiana?

— Não, nada disso! Uma história aqui mesmo no Museu... Um verdadeiro escândalo! Não me lembro mais exatamente do que se tratava. Se houvesse algum vestígio disso por escrito, eu sem dúvida teria conseguido me apoderar dele. Mas... nada! Não sei mais muito bem o que era... Só sei que todos falavam do caso... talvez isso me volte à lembrança — concluiu ele com um gesto de dúvida.

Léopoldine despediu-se do professor e desceu as escadas cantarolando uma melodia alegre. O dia seria lindo, ela estava certa disso. Enfim ela conseguira falar com Johann Kircher... E ele a tinha chamado pelo nome!

Perdida em seus devaneios, a jovem conservadora do Museu percebeu repentinamente que se encontrava no subsolo da Galeria de Botânica. Os intermináveis corredores estavam desertos. Diante dela, um imenso cubo cinza de três metros de largura ronronava: era a autoclave, na qual eram eliminados, pelo vácuo e pela injeção de gás letal, os eventuais parasitas das coleções de plantas e flores. Sentindo uma presença no local, ela se virou, reprimindo um grito: uma forma hedionda avançava lentamente em sua direção. Uma forma em que se viam dois olhos exorbitantes e um focinho imundo.

Capítulo 19

O professor Osmond não tinha a mínima idéia do que havia ocorrido depois de sua discussão com Godovski. Ele havia se dirigido, com passos calmos, até o laboratório, onde pensava encontrar o padre Magnani trabalhando.

De longe ele percebeu um grupo de pessoas diante da entrada da Galeria de Mineralogia. Reconheceu em meio a elas Michel Delmas e Johann Kircher, que estavam cumprimentando um homem vestindo um terno cinza e trazendo uma pasta de executivo presa a um dos punhos por algemas. A cena era suficientemente insólita para atiçar sua curiosidade. Ele esperou então que o grupinho entrasse no prédio para também fazer o mesmo; por sua vez, escondendo-se detrás de uma espécie de biombo destinado à exposição, para poder observar a cena. E o que viu o deixou sem fôlego.

O homem de terno cinza colocou sua pasta sobre uma mesa: dentro dela cintilavam, na penumbra da sala, uma dezena de diamantes de um brilho puríssimo. Quando o proprietário da pasta ficou de perfil, Peter Osmond precisou se conter para não deixar escapar alguma blasfêmia.

— *God damn...!*

O visitante, de cerca de sessenta anos, aparentava uma energia e uma força de vontade espantosas. Os maxilares quadrados e o corte de cabelos impecável deixavam perceber que se tratava de um homem de negócios e, também, especialista em comunicação. Mas ele era bem mais do que isso. Era extremamente perigoso e Peter Osmond sabia disso muito bem.

De repente o americano sentiu uma presença. À sua esquerda, o padre Magnani também estava observando a cena. O padre intimou-o ao silêncio colocando o indicador sobre os lábios, depois fez-lhe sinal para que o acompanhasse até a saída. Eles subiram as escadas cochichando como dois conspiradores:

— O que o senhor estava fazendo aqui? — perguntou Peter Osmond controlando com dificuldade o tom de sua voz.

— Eu poderia lhe fazer a mesma pergunta — respondeu o padre com um sorrisinho.

— Eu tinha certeza de que o senhor me responderia com uma boa tirada... O senhor não tem muito *fair-play*, padre Magnani.

— Digamos que sou alguém que tem várias missões.

— E uma delas é a de me espionar?

— Não estou espionando você, Peter, estou protegendo-o.

— Grande favor... O Altíssimo vela por mim! Já sou grandinho o bastante para me defender sozinho, padre.

— Tenho também uma missão de "observação", caso me permita o uso dessa expressão.

Devido à surpresa com as palavras do religioso, o americano se deteve sobre os degraus.

— O senhor espiona Tobie Parker?

— Nós o vigiamos há vários anos. Suas relações com os contrabandistas de diamantes não são da conta do Vaticano, mas sua influência espiritual... essa sim é bastante preocupante...

Naquele caso, o padre Magnani estava ensinando o padre-nosso ao vigário, por assim dizer. Peter Osmond havia denunciado várias vezes a influência daquele pastor midiático sobre os meios científicos americanos. Sua aura televisiva lhe conferia uma celebridade que não cessava de crescer, razão pela qual ele acumulara imensos recursos financeiros, provenientes em parte de suas atividades de pregador, mas sobretudo de seu comércio de diamantes. Toda essa fortuna era utilizada na construção de templos fundamentalistas e no apoio a inúmeras instituições pseudocientíficas, tais como a Creation Documentary, *Center* de Pasadena, que desenvolvia e difundia as mais fantasiosas teses sobre o surgimento do universo e o aparecimento da vida na Terra. Aqueles cristãos fanáticos pretendiam impor aos cientistas uma leitura literal do Gênesis: a criação do mundo em seis dias e nenhum a mais! Uns verdadeiros malucos, prestes a qualquer momento a montar uma expedição para encontrar os restos da arca de Noé no cume do monte Ararat, na Turquia.

O padre Magnani continuou sua exposição cochichando. Osmond se sentia num confessionário.

— Fomos informados de que Tobie Parker andou fornecendo algumas peças de suas coleções para a exposição do Museu. A proximidade do meteorito talvez não passe de uma coincidência, mas nós preferimos ter toda a certeza.

— "Nós" quem? As entidades astrais?

— Nós, que vivemos onde Pedro edificou sua Igreja.

— Que pudor... — zombou o paleontólogo. — Sem dúvida, lá em Roma vocês têm o senso da realidade. Vocês sabem muito bem que Parker aproveita esse tipo de ocasião para vender tranqüilamente os diamantes que ele tira de suas minas africanas...

— De fato... E com a cumplicidade do presidente Boubéia, seu amigo ditador. Parker tem uma concepção muito especial da caridade cristã.

— É... Ele é um pároco muito engraçado.

— Bela definição, Peter. Seja como for, a presença dele aqui em Paris é altamente suspeita.

Como um bom americano, Peter Osmond era fundamentalmente otimista:

— Não se preocupe... O meteorito está muito bem guardado. Ninguém pode entrar nesses prédios como se estivesse entrando numa garagem qualquer...

— Você não quer dizer num "moinho qualquer"?

— *Yes*. Num moinho. Não li como devia o *Dom Quixote*.

O americano sorriu lembrando-se do Cavaleiro de La Mancha, herói idealista e febril sempre ajudado pelo barrigudinho Sancho Pança. Realmente, essa lembrança alegre lhe seria bastante útil para enfrentar algo que ele estava prestes a descobrir.

Huguette Montagnac tirou a máscara de gás e disse:

— Cuidado, Léopoldine. Enquanto a câmara a vácuo estiver em ação, é melhor se manter à distância. Caso ocorra um vazamento, você corre o risco de morrer envenenada.

O ritmo cardíaco de Léopoldine voltou ao normal. A aparição de Huguette com sua máscara a havia apavorado, o que demonstrava que ela realmente andava com os nervos à flor da pele. Mas agora que tinha reconhecido o rosto melancólico da assistente, ela teria preferido que esta voltasse a cuidar de seus assuntos e a deixasse sozinha, o que lhe teria evitado o falatório com que Huguette a acabrunhava.

— Quanto a mim, sou extremamente prudente — continuou a assistente. — Meu médico me disse ontem mais uma vez: "Huguette, com a constituição que você tem, deve ser muito cuidadosa. Não se esqueça de tomar seus remédios, isso é muito importante." Eu o escuto porque é um bom médico. Pelo menos no que me diz respeito, só tenho razões para apreciar o trabalho dele.

— Sei, Huguette... Você...

— O importante é que a pessoa conheça a si mesma. Porque conhecer os outros... a gente não pode mesmo. Olhe só a coitada da Sra. Elberg, por exemplo. Eu a conhecia um pouco. Pois bem, jamais poderia imaginar que seria assassinada e ainda desse jeito. Quando a gente pensa nisso... é horrível!

— É mesmo. Aliás...

Léopoldine tentava encontrar uma saída, mas o acesso à autoclave era como um funil. Ela realmente havia caído na armadilha da sufocante simpatia de Huguette, cujo corpo flácido bloqueava a porta.

— Eu já lhe disse, Léopoldine, coisas muito estranhas acontecem entre estas paredes... Quando a gente vê todos esses animais nesses recipientes de formol... e todos esses esqueletos... É cadáver demais para o meu gosto... Isso tudo tem alguma influência no que acontece por aqui... só pode ter. O Mal está por toda parte, eu o sinto, e por mais que o padre tenha me dito para não me preocupar, eu sinto que há algo acontecendo...

Seu rosto gordo pareceu de repente esvaziar-se de todo o sangue, e Huguette se metamorfoseou em espectro.

— Coisas horrendas vão ocorrer, Léopoldine, pode acreditar no que digo. Tudo isso é só o começo. E não poderemos fazer nada contra isso tudo, essas forças podem mais do que todos nós. Está me ouvindo, Léopoldine?

— Sim, estou ouvindo muito bem, mas eu...

— E quando um novo drama acontecer, você não poderá dizer que não a avisei... Não, você não poderá dizer isso... — repetiu ela encarando fixamente Léopoldine, quase ameaçadora.

Sentindo-se cada vez pior, Léopoldine disse um "Oh!", apontando com o indicador para o espaço atrás de Huguette, que assim se virou devagar. A moça aproveitou então para deslizar rumo à porta, distanciando-se depois em marcha a ré.

— Obrigada por todas essas informações, Huguette. Agora preciso ir trabalhar.

A assistente pareceu voltar a si.

— Foi de bom grado, Léopoldine — suspirou ela com um amplo e desanimado sorriso. — Você sabe que eu gosto de ajudar quando posso.

Léopoldine dirigiu-se ainda a ela com um gesto de longe e deu o fora pelas escadas. Quanto a Huguette Montagnac, ela refletiu por alguns segundos, depois colocou novamente a máscara e tomou a direção do banheiro.

Capítulo 20

A primeira coisa que Peter Osmond notou foi a luz azulada que era filtrada pela porta entreaberta. Intrigados, ele e o padre Magnani se precipitaram, num mesmo impulso, para o laboratório.

As caixas de cultura tinham sido abertas e estavam imersas numa aura de luz ultravioleta. Todas as amostras tinham sido perdidas. No cúmulo da ira, Peter Osmond apoderou-se de um vaso de mistura e jogou-o contra a parede com todas as suas forças. O vidro explodiu em mil cacos.

Abatido, o padre Magnani se mantinha diante do cofre-forte. Vazio. O meteorito tinha desaparecido.

— *God damn! Fucking bastard!* — berrou Osmond.

Ele se agachou junto à porta. Não havia no chão o mínimo vestígio de coisa alguma. Osmond se levantou controlando-se com grande dificuldade.

— E pensar que confiei no senhor... Sou mesmo um cretino!

— Peter, você está cometendo um erro! Estou tão chocado quanto você...

— Ora... Poupe-me de seu fingimento! De onde é que o senhor estava vindo hoje de manhã?

— Eu tive um problema de transporte...

— Claro, isso mesmo! E tinha certeza de poder aplicar seu golpe à vontade, não é, já que tinha me enviado para o outro lado! Parabéns, padre Magnani! Seus superiores ficarão orgulhosos por seu trabalho!

— Isso é um absurdo... Eu...

Osmond resmungou. Ele se sentia envergonhado por ter sido enganado como um tipo inexperiente qualquer.

— Absurdo. *Of course!* O fato de que algo pudesse arrasar completamente sua fé é absurdo, é? O senhor espera que eu acredite que é a primeira vez que isso acontece! Sei muito bem que vocês, religiosos, são capazes de qualquer coisa para salvar seu Deus. Não se queimam mais pessoas em fogueiras, então elas são impedidas de dizer a verdade.

O padre Magnani protestou com veemência:

— Pare, Peter! Eu não sou seu inimigo! Nem eu nem a Igreja!

— Mas o senhor há de convir que isso tudo vem bem a calhar. Enfim estávamos de posse de algo que provasse que as narrativas bíblicas da Criação não passam de um pacote de tolices, enfim íamos poder dizer a Parker e a seus discípulos: agora basta, calem-se! E pronto! A prova desapareceu.

O padre Magnani se sentou, com os olhos cheios de lágrimas.

— Estou tão abatido quanto você mesmo. Não tenho nada a ver com isso. Sinto-me terrivelmente culpado por não ter conseguido cumprir minha missão como deveria.

Osmond olhou para o padre Magnani. O homem parecia sincero. O americano deu um pontapé numa cadeira, mandando-a para o outro lado do aposento. A maior descoberta científica dos últimos cem anos tinha desaparecido bem embaixo do nariz dele. Ele devia ter desconfiado, ele devia... ele devia ter decidido dormir ao lado do meteorito, para não perdê-lo de vista em momento algum. O Museu era um lugar de passagem. Todo mundo ia e vinha por ali na maior desordem. Ah! Se eles estivessem nos Estados Unidos, as coisas seriam bem diferentes...

Mas de que adiantava ficar ruminando seu próprio rancor? Osmond se postou à janela e deixou o espírito se evadir junto com os carros que subiam pela rua Buffon.

— Quantas pessoas estavam a par do segredo do cofre? — perguntou o tenente Voisin.

Peter Osmond deu um suspiro. Essa pergunta, que aquele policial lhe fazia com uma tão estranha descontração, ele a repetia a si mesmo ainda há cerca de meia hora.

— Que eu saiba, duas pessoas: o padre Magnani e eu.

Um grande silêncio pesava sobre a assembléia. Assim que ficara sabendo do mais recente delito, Michel Delmas tinha acorrido e só pôde constatar a catástrofe. Léopoldine, que chegara toda serelepe, logo levara um balde de água fria com o ambiente de assolação total que reinava no laboratório: Osmond e o padre Magnani, cabisbaixos e abatidos, não pareciam mais capazes do menor esforço e mostravam-se sem força de vontade alguma.

O policial Voisin andava pelo recinto em busca de indícios.

— Vocês suspeitam de alguém? Sabem de alguma pessoa que teria uma razão qualquer para lhes querer mal?

Peter Osmond olhou para o padre Magnani, que estava prostrado numa cadeira, como mergulhado num transe místico.

— Não, ninguém em especial — suspirou o americano. — Mas tenho muitos adversários. O senhor sabe, sou editor-chefe de uma importante revista científica. Quando recuso um artigo, ganho um inimigo. Quando contesto os resultados de certas pesquisas, ganho inimigos piores ainda. Mas isso se passa principalmente nos Estados Unidos. Aqui, na França, não tenho esse tipo de problema.

Michel Delmas achou que seria bom apoiar o discípulo e amigo:

— O professor Osmond tem sido chamado com freqüência pela justiça de seu país para denunciar charlatanices científicas. Ainda recentemente, ele testemunhou diante de um tribunal do Kansas contra pseudobiólogos que tentavam provar a existência de Deus por meio da complexidade da organização bioquímica das células.

— Muito bem... — disse Voisin, em dúvida, coçando a barba. — Eu não sabia que as querelas entre cientistas podiam se degenerar a tal ponto.

— Nos Estados Unidos são abertos processos por qualquer motivo — suspirou Osmond. — Mas é porque muito gente diz muita besteira... É preciso pôr limites na tolice humana.

— Eu ignorava que a tolice podia ser mensurada cientificamente.

O policial Voisin, cujas palavras espirituosas não faziam ninguém rir na maior parte do tempo, possuía a grande qualidade de jamais se sentir desapontado. Outra qualidade dele, esta profissional: ele possuía um dom singular de observação. O fato de conduzir um interrogatório e uma investigação ao mesmo tempo não afetava em nada sua concentração.

— E o senhor, padre Magnani? O senhor tem muitos inimigos?

O padre não deu mostras de ter percebido o caráter incongruente daquela pergunta, desde que dirigida a um membro da Igreja.

— Que eu saiba, não. Sou um cientista e raramente saio de meu laboratório. Mesmo que quisesse, não me sobraria muito tempo para arranjar inimigos.

O policial apreciou a resposta. Depois esboçou um sorriso.

— Olhem só... — murmurou ele quando inspecionava o cofre-forte.

Todos os olhares convergiram para o oficial de polícia que, agachado diante da fechadura do cofre, tinha tirado do bolso um lenço de papel para, com ele, tirar do esconderijo uma pastilhazinha preta. Michel Delmas empalideceu.

— Um microfone...

O policial Voisin virava o objeto, que não era maior do que uma moedinha de dez centavos, de um lado para outro, submetendo-o a seu olhar de especialista.

— Um microfone de ondas magnéticas. Hipersensível. Ele pode gravar as menores variações de nível sonoro. Ele memorizou os números da combinação do cofre, à medida que vocês a compuseram.

Léopoldine se lembrou de repente de uma cena anódina: ela estava indo pela Galeria de Mineralogia, quando viu um homem barbudo que mexia num aparelho, regulando-o, com fones de ouvido, e que tinha fechado a porta do recinto em que se encontrava quando a viu. Tudo, portanto, já estava pronto, no momento em que se dera a instalação do cofre-forte no laboratório...

Seu coração teve um sobressalto. O conservador das coleções, Johann Kircher, tinha acabado de chegar. O policial lhe mostrou o microfone.

— Sr. Kircher, o senhor sabe de onde provém o cofre?

— Da empresa que nos alugou o material para a exposição de diamantes que fizemos no térreo.

— O senhor sabe quem o instalou no laboratório?

— Foram alguns técnicos do Museu — explicou Michel Delmas. — Não acredito que possamos suspeitar de algum deles.

— Temo que muitas pessoas tenham tido acesso a este cofre antes de sua instalação — deplorou Kircher. — É verdade que estamos ocupadíssimos com a exposição. Não podemos vigiar tudo. E, depois, a porta da Sala Théodore Monod não é lá tão difícil de ser aberta. Sua fechadura é de um modelo comun. Ela não resistiria por mais de dez segundos a um ladrãozinho qualquer.

"A menos", pensou Osmond, "que esse ladrãozinho não tivesse nada de comum."

Enquanto Michel Delmas, Peter Osmond e o padre Magnani deliberavam para decidir que destino dar às pesquisas, Léopoldine conduziu o policial Voisin até o recinto em que surpreendera o homem com os fones de ouvido. Como era de prever, o aparelho tinha desaparecido e o autor — ou os autores — do roubo não tinha deixado o menor vestígio.

Quando ela voltou à Sala Théodore Monod, Peter Osmond estava sozinho, apoiado ao batente de uma janela, com o olhar perdido no vazio. Ela experimentou um profundo sentimento de compaixão pelo cientista americano e, aproximando-se discretamente, colocou a mão sobre o ombro dele.

— Tudo bem?

Osmond continuou em sua contemplação do vazio.

— Esse é o pior fracasso de minha vida — disse ele sem se mexer, com uma voz apagada. — Vinte e cinco anos de pesquisa, uma prova decisiva e... mais nada.

Houve um longo silêncio. Léopoldine tentou achar palavras que pudessem dar algum conforto, mas que no entanto ela sabia inúteis.

— Mas talvez consigamos reencontrá-lo... Talvez tudo não passe de um erro...

Peter Osmond balançou a cabeça.

— Você é gentil, Léopoldine, mas não há esperança. Essa gente não deixa nada ao acaso. Esse meteorito... ninguém nunca mais vai ouvir falar dele. Está tudo acabado.

Léopoldine sentia-se tocada pelo desânimo daquele homem aparentemente tão endurecido pela vida, tão forte.

— Seja como for — disse Osmond com um sorriso tênue —, agradeço por sua ajuda, Léopoldine. Gostei muito de trabalhar com você.

E ele voltou à sua meditação silenciosa. A jovem avaliava agora o vazio que se criava em seu próprio interior.

No caminho da Biblioteca Central, ela cruzou com Alex, excitadíssimo, com um jornal nas mãos.

— Você viu isso? Estão falando de mim! — disse ele, estendendo-lhe o *Le Parisien*.

Na página 6, uma foto do setor dos animais vivos estava estampada abaixo de uma manchete melodramática: *Acidente mortal no Museu Nacional de História Natural: um funcionário devorado por um leopardo.* Léopoldine percorreu rapidamente o texto. O jornalista assegurava que o funcionário, Alan Teyssot, um jovem sem antecedentes quaisquer e unanimemente apreciado por seus colegas, estava dando comida às feras quando uma delas, enfurecida, atacou-o e arrancou-lhe o braço direito. Apesar da intervenção de um intrépido colega que tinha corajosamente tentado dominar o animal, o infeliz tinha morrido devido aos ferimentos. Uma investigação tinha sido aberta para determinar as causas da tragédia. O autor da matéria insinuava que aquele não era o primeiro acidente mortal ocorrido no Museu desde o início da semana, mas não dava detalhes disso.

Léopoldine se mostrou impressionada pela capacidade criativa do jornalista, mas Alex não se detinha nesse tipo de consideração.

— Um funcionário intrépido! Sou eu, só pode ser eu!

Ele deu uma olhada desconfiada para os lados e cochichou:

— E você sabe o que andam dizendo? — sussurrou ele febrilmente. — Que foi Eric Godovski que matou Anita Elberg. Isso seria uma vingança a propósito de um meteorito roubado. Você imagina?

Léopoldine constatou com espanto que a máquina de fabricar fofocas estava funcionando a todo vapor. Ela observou Alex com um ar perplexo.

— Você acha que tudo isso é verdade?

— Sei lá! A única coisa de que tenho certeza é que um policial pediu para falar com Godovski depois da conferência desta manhã.

— E o que mais?

— Quanto ao resto...

Alex não sabia mais do que a maioria daqueles que difundiam as informações mais cabeludas que chegavam a seus ouvidos, e com um zelo que era tão grande quanto sua própria ignorância da realidade. Pois o que realmente tinha acontecido só poderia ser relatado por duas pessoas: Eric Godovski e o tenente Commerçon.

Capítulo 21

Peter Osmond, o padre Magnani e Michel Delmas dedicavam-se a avaliar, juntos, a situação. As culturas bacterianas eram inutilizáveis, mas a amostragem de rocha que tinha servido para a experiência do professor Buckler permanecia disponível, tanto quanto as medidas que haviam sido efetuadas naquela ocasião.

O americano, dando de ombros, disse num tom resignado:

— De qualquer modo, sem o meteorito não posso publicar trabalho algum. Eu seria acusado de charlatanismo. Os senhores já imaginaram isso? Peter Osmond, um trapaceiro! Seria uma ocasião de ouro para Parker e seu bando. Agora só me resta mesmo voltar aos Estados Unidos...

Michel Delmas permanecia em silêncio. Ele sabia que o amigo tinha razão. Sem prova material convincente, tudo estava perdido.

O americano exprimiu mais uma vez sua reprovação para consigo mesmo, devido à sua negligência. Nossa! Aqueles parasitas na tela do radiógrafo! Como é que ele não tinha adivinhado? Aquilo simplesmente era resultante das interferências devidas à presença do microfone! Ele tinha estado de tal modo absorvido por sua importante missão científica que havia esquecido as regras mais elementares da prudência.

De repente Osmond franziu as sobrancelhas.

— Por que motivo Parker estava aqui hoje de manhã?

O diretor mostrou-se pouco à vontade:

— Ah, bem... É que ele possui uma coleção de pedras excepcionais... Mas eu confesso a você que não cuidei pessoalmente dessa exposição. Foi o conservador Johann Kircher que entrou em contato com os diferentes participantes.

— Parker tem ligação com certos movimentos fundamentalistas. Você sabia disso?

Michel Delmas estava claramente muito incomodado.

— Fiquei sabendo disso recentemente. Para mim, no início, ele era um colecionador como qualquer outro. Tenho que cuidar de tantas coisas... Não tive tempo para verificar tudo...

Peter Osmond colocou a mão no ombro dele para dizer-lhe que não o incriminava por isso. O padre Magnani, por sua vez, parecia bem mais cético e olhava insistentemente para o diretor do Museu. Este último desviou os olhos.

Peï tinha descoberto a calota lisa de um crânio enfiado num tufo calcário da caverna. Ele notou que a parte superior do crânio era maior do que a de um macaco ou a de qualquer outro primata.

Sentada na sala de leitura da Biblioteca Central, Léopoldine decifrava as letrinhas miúdas e avariadas de um dos cadernos achados numa caixa de papelão empoeirada. Aqueles documentos a intrigavam cada vez mais. Segundo a enciclopédia *Universalis*, a Cruzada Amarela, expedição organizada pelo fabricante de automóveis Citroën em 1932, tinha levado com ela cerca de vinte franceses num périplo através da Ásia. Entre eles, alguns cientistas, tal como o padre Teilhard de Chardin, adido do Museu. As teses filosóficas do padre, que conciliavam a teoria da evolução com a fé cristã, haviam despertado a hostilidade da Igreja. Roma vira nele um propagador de doutrinas heréticas, um irresponsável que se arriscava a desviar os fiéis do dogma, mais cedo ou mais tarde. Suas pesquisas em geologia e em paleontologia tendiam de fato a provar que o processo da evolução seguia uma "lógica de complexão crescente levando à transfiguração da matéria pelo espírito num ponto Ômega, manifestação da transcendência de Cristo". Chocada por tais concepções suscetíveis de provocar confusão no espírito do crentes, a hierarquia da Igreja o tinha afastado, aproveitando suas missões para o estudo da Pré-História na China, onde ele vivera durante os últimos 25 anos de sua vida, antes de entrar na Europa e de morrer, depois disso, em Nova York, em 1955. Suas publicações filosóficas e religiosas haviam sido proibidas durante sua vida. Então Teilhard de Chardin tinha podido pelo menos prosseguir suas pesquisas científicas como bem tinha entendido. Assim é que tinha tomado parte da Cruzada Amarela. Segundo rumores, ele havia na ocasião feito descobertas espantosas. Descobertas que tinham desaparecido sem deixar vestígios. Seriam elas a esse ponto embaraçosas?

Sem deixar vestígios? Pois sim, exatamente, e ela as tinha agora em mãos, foi o que disse a si mesma Léopoldine. E se aquele caderno de notas fosse o do padre Teilhard de Chardin? E aquela caixa de papelão? E se...

A porta abriu-se repentinamente. Um ar de estupefação percorreu a sala de leitura. Foi como se o silêncio se materializasse. Uma bela e jovem mulher de traços delicados, toda vestida de branco e com os cabelos pretíssimos soltos batendo até a cintura, avançou até o balcão de empréstimos com passos felinos, quase irreais. Ela parecia flutuar sobre o assoalho, mas o que os leitores observavam com total incredulidade era seu peito triunfante que, sob o tecido finíssimo do vestido, estava orgulhosamente empinado. Seus seios magníficos eram um verdadeiro desafio à lei da gravidade. Léopoldine pensou imediatamente naquelas gravuras de jovens virgens acusadas de feitiçaria e condenadas à fogueira da Inquisição.

A jovem se deteve diante do balcão e estendeu um bilhete a Jacqueline. Sua voz era grave e melodiosa, muito sensual:

— Bom-dia. Desejo consultar essa obra. Tenho a autorização da Sra. Joubert.

Léopoldine foi ter com a amiga, que encarou demoradamente a desconhecida antes de pegar o papelzinho. Ela a observou de alto a baixo e lançou um olhar assombrado para Léopoldine. A obra em questão era intitulada *Os segredos da clavícula de Salomão*, Fonds Chevreul, 1686.

A estranha visitante esperava, impassível.

Léopoldine deu as chaves da reserva a Jacqueline, que foi buscar o livro.

— Pode sentar-se, minha colega vai lhe trazer o livro — balbuciou a jovem bibliotecária.

A esplêndida criatura sentou-se, muito ereta, e esperou, sem um olhar sequer para a dezena de admiradores que a encaravam boquiabertos. Jacqueline logo voltou com um pequeno volume encadernado em couro de bezerro recentemente encerado e o colocou diante da estudante, que tirou lentamente algumas folhas da bolsa, bem como uma caneta de ouro, e pôs-se a tomar notas. Em volta dela, ninguém conseguia voltar à leitura.

Jacqueline, exasperada, cochichou para Léopoldine:

— Olhe só para esses cretinos... Será que nunca viram uma mulher?

— Devo confessar que esta é bem espetacular... Como será que ela faz para manter tudo isso em pé sem sutiã?

— Ah... Isso é porque ela ainda é jovem. Pode apostar que daqui a alguns anos...

— Talvez seja por magia...

No ambiente de opressão que reinava há alguns dias no Museu, essa frase não era tão anódina quanto pôde parecer.

Léopoldine voltou à sua mesa e leu mais algumas páginas do caderno. Terrivelmente frustrada por não conhecer a origem do documento, ela resolveu ir consultar uma pessoa que provavelmente poderia lhe dar alguma informação.

No momento de sair, ela passou ao lado da estranha leitora que, sempre muito ereta e com o busto em exibição, alinhava algumas palavras, numa letra grande e caprichada.

Léopoldine observou que a jovem segurava a caneta entre o polegar, o indicador e o dedo médio, e que seu punho formava com o braço um ângulo reto. Sua mão tinha a forma de um casco. O casco de um bode.

A estudante levantou repentinamente os olhos e lhe deu um sorriso.

Ainda impressionada por aquela cena, Léopoldine desceu correndo as escadas da Biblioteca Central, contornou os escritórios da administração e aproximou-se de um pavilhão um pouco escondido por uma cascata de glicínias. Sobre uma das portas estava escrito numa plaquinha: "Fundação Pierre Teilhard de Chardin."

Ela empurrou a porta e deu de cara com Laurence Himbert. A expressão dos rostos de ambas foi o bastante para que avaliassem o quanto aquele encontro era desagradável, tanto para uma quanto para a outra. Mas ainda lhes era preciso salvar as aparências, ainda mais que as motivações de Léopoldine eram de ordem científica.

Laurence Himbert foi a primeira a reagir. Ela levantou as sobrancelhas e esboçou um sorrisinho cheio de desdém.

— Ora essa... Então as pesquisas de Teilhard de Chardin a interessam? Eu pensava que você estava ocupada com o professor Osmond.

Devido a essa observação, ela acabava de dar provas de que dominava perfeitamente os arcanos dos conflitos femininos, misturando ao mesmo tempo o desdém profissional e a presunção pessoal. Mas Léopoldine Devaire tampouco era desajeitada nesse tipo de duelos em que os combates se dão com luvas de pelica.

— Interessam-me, sim. Parece que é a senhora a administradora da fundação, não?

Laurence Himbert recebeu a afronta com classe e com uma descontração forçada.

— Pois é, ao que parece... Sou eu mesma. Em que posso ajudá-la?

Léopoldine tirou o caderno de sua pilha de documentos.

— Tenho aqui um manuscrito cuja autoria ignoro. Gostaria de saber quem é o autor. Talvez se trate do padre Teilhard de Chardin, mas não tenho certeza disso. Eis por que gostaria de consultar os arquivos pessoais dele.

Imediatamente, o olhar de águia de Laurence Himbert fixou-se no caderno. Autoritária, ela o pegou e foi sentar-se à sua mesa de trabalho. Antes que Léopoldine tivesse tempo para fazer o menor protesto, ela confirmou febrilmente:

— Sim, essa é a letra dele, disso não há a menor dúvida. Teilhard de Chardin tinha um jeito de escrever muito especial; ele apertava, quase grudava as palavras umas às outras. Há muitas rasuras no documento, porque ele era extremamente preciso e meticuloso em suas descrições. Onde você encontrou esse documento?

Uma qualidade que se devia reconhecer em Léopoldine é que ela possuía a capacidade de pôr de lado o orgulho desde que as questões de ordem profissional estivessem em jogo.

— Numa caixa de papelão que os funcionários do Museu trouxeram do quinto andar, da Galeria de Botânica. Essa caixa estava acompanhada de um baú, pelo que estou sabendo.

Laurence Himbert levantou a cabeça com grande interesse.

— Um baú? Onde ele se encontra?

— Ninguém sabe ao certo.

— Ele pode ser muito importante. Temos que reencontrá-lo a todo custo!

— Por que ele é tão importante?

Laurence Himbert se levantou e começou a andar de um lado para outro do aposento. Todo e qualquer vestígio de desprezo havia desaparecido de sua voz. Ela voltara a ser uma cientista e expunha o objeto de sua pesquisa:

— No início dos anos 30, Teilhard de Chardin participou de uma escavação onde encontraram algumas ossadas. Fala-se de um hominídeo, o Sinantropo, que também é chamado de "Homem de Pequim". Existe uma cópia dele num Museu da China, mas os fósseis originais se perderam durante a Segunda Guerra Mundial. Trata-se de um dos maiores mistérios da ciência moderna. Algumas pessoas relataram que um baú contendo várias ossadas foi carregado num navio americano que teria sido afundado por um submarino japonês em 1941. Outros dizem que o baú foi escondido em algum lugar da China e, depois disso, esquecido. Na verdade, ninguém sabe o que aconteceu com essas ossadas.

— E isso é tão grave assim? — perguntou Léopoldine. — Afinal, se existe uma cópia...

Laurence Himbert deteve-se bem diante dela e a encarou fixamente.

— Mas você não entende? — perguntou ela, visivelmente incrédula. — Graças à análise de DNA, poderíamos determinar em que momento da evolução se situa esse ancestral do homem! Talvez ela traga consigo a prova do nascimento da consciência humana, o último elo que resta a descobrir entre o homem e o macaco!

— O elo que falta na corrente! — exclamou Léopoldine.

Laurence Himbert aproveitou esse comentário para dar algumas explicações precisas:

— Prefiro utilizar o termo de "ancestral comum". E pensar que ele estava escondido no Museu há anos e anos, e que ninguém estava a par disso...

Léopoldine estava abobada com aquilo tudo: aquela era a última incógnita da equação de Darwin... O último elemento da longa história que, de Copérnico a Einstein, passando por Galileu, Newton e Darwin, havia subvertido totalmente a idéia que o homem fazia de si mesmo. E que tinha feito com que ele descesse de seu pedestal para começar a trepar em galhos...

Laurence Himbert, com ar decidido, levantou o indicador, dizendo:

— É preciso que recuperemos esse baú. Custe o que custar.

Sabe-se o que tal declaração de intenções poderia ter de arriscado. Ainda mais que, no Museu, certos elementos eram capazes de tudo para que as coisas desaparecessem para sempre.

As coisas... e até mesmo os seres.

Capítulo 22

O vento soprava novamente naquele final de tarde. As nuvens, pouco a pouco, cobriam o céu. O verão sempre termina do mesmo modo, disse a si mesma Léopoldine: um belo dia, incompreensivelmente, o ar fica mais frio, o céu mais pesado e cada qual sente que os dias bonitos já fazem parte do passado. Apesar da temperatura suave, o outono se instala, com seu cortejo de dias chuvosos e céu cinzento.

Uma terna melancolia acalentava a jovem, sentada a observar a queda graciosa das primeiras folhas das árvores. Aquilo não era tão desagradável assim, as pessoas se preparavam para ficar em casa, bem quentinhas, ao abrigo de paredes protetoras. Ela sentia uma espécie de doce melancolia durante o declínio do verão: um ciclo fechava e outro, mais lento, mais tranqüilo, se iniciava. O outono é a mais bela estação para os sonhadores que, como Léopoldine, gostam de mergulhar nos livros.

Tais perspectivas não pareciam agradar tanto assim Peter Osmond. Ele passeava, solitário, pelas alamedas do Jardin des Plantes, e se deteve diante do carrossel em que várias crianças brincavam e riam ao som de uma música alegre. Léopoldine foi juntar-se a ele, bem decidida a alegrá-lo um pouco. Ele se virou para ela dirigindo-lhe um sorriso entristecido.

— Muito bem, Léopoldine... Você chegou ao fim de seu dia de trabalho...

Ele tinha uma expressão ainda mais abatida do que há pouco, como se sua formidável energia se voltasse contra ele mesmo e o roesse por dentro. Léopoldine tentou transmitir-lhe um pouco de esperança:

— O senhor tem certeza de que não é possível salvar nada? Tantas experiências foram realizadas, tantas observações...

Ele balançou a cabeça, com os olhos perdidos no vazio, e disse:

— Não. Está tudo acabado. Vou voltar para casa. Se a polícia não vir nenhum inconveniente nisso, vou pegar um avião na segunda-feira. Quero ver meu filho. Estou com saudade...

— O senhor tem um filho? — perguntou Léopoldine, espantada.

— Sim. Ele tem 12 anos e vive em Princeton. Sua mãe e eu estamos nos divorciando e eu o vejo raramente.

— Desculpe-me, sinto muito...

— Você não precisa se desculpar, Léopoldine. É a vida... como se diz.

Léopoldine compreendeu de repente, pelo tom de Osmond, que ele lhe falava num tom de maior intimidade e que provavelmente tinha vontade de lhe confiar algo. O silêncio lhe pareceu assim a melhor das respostas. Osmond deu um longo suspiro e continuou, como se falasse consigo mesmo:

— Eu trabalho demais. Nunca dei a atenção necessária à minha família. Joanna não suportou isso. Ela me acusava de me interessar mais por minhas pesquisas do que por meu filho... O professor Peter Osmond tinha que manter suas atividades... — disse ele com um riso amargo. — Minha mulher tinha razão. Mas eu estava cego. E nem sequer percebi que ela estava se distanciando de mim.

Osmond parou de olhar para o carrossel; o fato de ver aquelas crianças brincando tornava a ausência de seu filho cruel demais. Ele arrastou Léopoldine para as alamedas.

— E, além disso, travei um combate contra as seitas fundamentalistas, e recebi ameaças de morte. Joanna não suportava mais viver sob uma tal pressão. Ela pegou Kevin e se foi, depois pediu o divórcio.

Um clarão de ira brilhou de repente em seu olhar.

— E como se fosse para me lembrar, meu pior inimigo encontrava-se hoje de manhã aqui no Museu!

Léopoldine se surpreendeu:

— Seu pior inimigo? Como assim?

— Isso mesmo, um pastor televisivo, esse tal de Tobie Parker. Um extremista religioso e, de quebra, traficante de diamantes. Ele apóia financeiramente os movimentos ultraconservadores, cujas teses eu venho contestando há muitos anos. E para cúmulo do acaso — completou ele cerrando os punhos — foi precisamente hoje de manhã que o meteorito foi roubado...

— O senhor acha que foi ele o autor do roubo?

— Não sei. Não tenho certeza alguma. Mas tenho suspeitas. Preciso de ajuda, Léopoldine — disse ele, pegando de repente a jovem pelos ombros. — Será que você pode me ajudar?

— Eu? Mas o que poderia fazer? — respondeu ela, intimidada.

— Em primeiro lugar, você poderia descobrir quem está por trás da organização dessa exposição e por que Parker participa dela. Depois, poderia encontrar indícios dos assassinatos que aconteceram nos últimos dias. A quantidade de coisas estranhas que se produzem aqui é grande demais. Não acredito nem um pouco no acaso.

— O senhor quer dizer que a morte de Anita Elberg...

— ... e a de Ho Wan Xanh, e a do outro funcionário, e o roubo do meteorito... Tudo isso está ligado, tenho certeza absoluta. Há alguém, no Museu, que está executando um plano. Quero saber o que significa isso.

E então, para grande surpresa de Léopoldine, Osmond falou dos resultados da análise de DNA que ele realizara a partir da etiqueta roubada do corpo de Anita Elberg. Pensando no que acabava de ficar sabendo, Léopoldine levantou mecanicamente a cabeça, olhando para a Galeria de Botânica, e avistou, numa janela do terceiro andar, o rosto redondo e flácido de Huguette, que os observava.

— Estou lhe repetindo: foi Alan que imaginou isso para me irritar!

Norbert Busson explicava pela décima vez a Alex que não, não tinha sido ele que havia feito aquela fotomontagem. Alex, emburrado, continuava limpando as gaiolas dos filhotes de passarinhos que o estudante alimentava com a maior dedicação.

— Você tem que reconhecer que é bem estranho. Você e seus amigos ecologistas... Vocês pretendem liberar a humanidade abrindo todas as jaulas e gaiolas... Vocês misturam tudo!

— Que loucura! Por que todos acham que vão perder algo cada vez que alguém fala da proteção dos animais? Pois é exatamente o contrário! A única coisa que pedimos é o respeito à vida sob todas as suas formas. Quando uma sociedade que se pretende humana e civilizada é capaz de maltratar seus animais e lhes infligir condições de vida tão pavorosas quanto aquelas em que vivem nossas vacas e nossos frangos confinados, não se deve ficar espantado com as conseqüências disso! Ninguém pode modificar o ecossistema sem perigo. Pode acreditar em mim: os homens que tratam os animais desse modo são capazes de fazer o mesmo com os seres humanos!

— Você está exagerando, como sempre!

— De modo algum! Eu...

Norbert permaneceu calado: Léopoldine e Peter Osmond acabavam de entrar na enfermaria dos animais, e o jovem tinha reconhecido imediatamente o paleontólogo, pois tinha visto fotografias dele em centenas de publicações.

— Norbert, quero lhe apresentar o professor Osmond, da Universidade de Harvard — disse Léopoldine. — Ele gostaria de lhe fazer algumas perguntas.

— Professor Osmond? Meu Deus, nem acredito...

Osmond não tinha tempo a perder com adulações ou gracinhas.

— Outro dia eu procedi a um *barcoding** e gostaria de obter a confirmação de uma coisa. Por acaso um leopardo recebeu cuidados e curativos recentemente aqui no Museu?

Alex estendeu imediatamente um registro a Norbert, que o consultou.

— Sim, na semana passada, um leopardo ficou dois dias em observação aqui, antes de voltar à jaula.

— E que tipo de intervenção este animal sofreu?

— Deram a ele uma vacina, e também refizeram sua tatuagem.

— E vocês não observaram nada de anormal?

— Nada digno de nota. Nos últimos tempos o bicho parecia um pouco nervoso, mas sem dúvida isso era devido à sua tatuagem, que irritava a pele dele.

— *Okay*, isso é tudo que eu queria saber. Agora — acrescentou ele fazendo um sinal com a cabeça a Léopoldine — podemos ter certeza que a toxicomania de Alan não era a única causa de sua presença na jaula.

Eles saíram, deixando Norbert abobado. Não era todos os dias que um dos maiores cientistas do mundo vinha a seu encontro, pessoalmente, para fazer perguntas absurdas!

O padre Magnani apressava-se para pôr termo a uma conversa telefônica bastante tensa:

— Preciso vê-lo hoje à noite... Sim, é muito importante... Não, por telefone não dá, é impossível... além do mais, é muito perigoso, talvez alguém esteja nos ouvindo... Bem, eu chego dentro de uns quinze minutos.

Ele desligou depressa. Peter Osmond tinha acabado de entrar no laboratório. Este lançou um olhar hostil ao eclesiástico e pôs-se a verificar e triar suas notas. Marcello Magnani foi até a janela e passou um dedo pela gola da batina: o tempo estava pesado, uma nova tem-

---

* Técnica genética de identificação das espécies por seqüencialização de DNA.

pestade se aproximava. Ele deixou que seu olhar errasse pelo jardim. Apitos estridentes avisavam aos últimos visitantes que era o momento de se dirigir à saída. Com toda evidência, ele estava afetado pela indiferença do colega.

— Bem, vou embora. Até logo — disse ele despedindo-se.

Tudo o que obteve, como resposta, foi um silêncio inabalável.

— Se tem a intenção de trabalhar até tarde, Peter — disse ele quando estava passando pela porta —, talvez seja melhor fechar a porta com a chave. Seria mais prudente.

Peter Osmond se virou. A preocupação era visível no rosto do padre.

O Jardin des Plantes tornou-se então o palco de um balé noturno bem curioso. A silhueta robusta do religioso se apressava rumo ao prédio da administração, enquanto a de Léopoldine Devaire, lépida e decidida, atravessava o pórtico da rua Cuvier. O professor Florus, sempre o último a ir embora do Museu, ia meio que mancando pelos corredores desertos da Galeria de Botânica, enquanto os dois tenentes de polícia, Voisin e Commerçon, munidos de uma lanterna, trocavam suas impressões sobre a situação.

— E Godovski? Você não o acha um pouco estranho? — perguntou Voisin ao colega.

— Sim, acho que é um neurótico. Se você visse o escritório dele... Um verdadeiro antro... Há esqueletos de pássaros por toda parte. Esse tipo é um caso.... Ele enxerga religiosos fanáticos por todos os lados, a ponto de afirmar que Michel Delmas, o diretor do Museu, é uma espécie de iluminado que esconde suas verdadeiras convicções. Acho que esse Godovski é, acima de tudo, um paranóico, simplesmente. Mas, por enquanto, não há nada contra ele.

— Ele tem algum álibi para o assassinato de Anita Elberg?

— Disse que estava em casa. Mas não há nenhuma testemunha.

Um silêncio de mau agouro seguiu-se a essas palavras. O policial Voisin retomou, num tom que se pretendia descontraído:

— Mas, afinal, o que foi que ele disse sobre Anita Elberg?

— Ele afirma que na verdade não a conheceu pessoalmente muito bem, pelo fato de que ele e ela trabalhavam cada qual numa ala do Museu.

— E que explicação ele deu para o Post-it: O. *chegou ao Museu*?

— Ele não explicou nada, diz apenas que ela teria querido avisá-lo de algum fato imprevisto e preocupante.

— Bem estranho tal aviso... vindo de alguém que ele não conhecia. E esse americano? O que você acha dele?

— Peter Osmond? Segundo Godovski, é um grande cientista.

— E na sua opinião? — insistiu Voisin naquele tom galhofeiro que lhe era peculiar.

— Constato simplesmente que acontecimentos estranhos coincidem com sua presença em Paris — respondeu o outro, respeitando uma estrita neutralidade.

— Então pensamos a mesma coisa — concluiu Voisin, imprimindo à própria voz um tom bem menos despreocupado do que costumeiramente.

Alex estava guardando seu avental azul de trabalho no armário do vestiário, quando observou que uma estranha agitação se tinha apoderado dos animais. Ele prestou mais atenção ao que ouvia: nada de alarmante, disse a si mesmo trancando o armário. Sem dúvida aquilo era devido à proximidade de uma tempestade. O instinto animal possui recursos de que o ser humano sequer suspeita — ou, para ser mais exato, de que não suspeita mais, porém essa simples nuança nos levaria a debates intermináveis.

Também muito agitado, o padre Magnani andava de um lado para outro do amplo escritório do diretor do Museu. Certos elementos perturbavam o religioso, que se entregava a uma observação minuciosa: o impermeável de Michel Delmas estava pendurado em um cabide, sua caneta, sem tampa, repousava em cima de sua esplêndida escrivaninha Luís XV e uma ponta do tapete Aubusson estava virada para cima, o que não combinava com a ordem e a harmonia gerais do recinto.

O padre Magnani inspecionava agora as estantes, nas quais repousavam diversas amostras de rochas, de fósseis e de minerais. Algumas eram de uma beleza excepcional. Ele notou especialmente um fragmento de quartzo, grande, do tamanho de um punho, que brilhava excessivamente sob o enorme lustre de pingentes. O padre se deteve diante da lareira encimada por um retrato de Georges Louis Leclerc, conde de Buffon, um fidalgo de peruca branca e redingote vermelho, visivelmente orgulhoso de sua própria pessoa e consciente da importância de sua missão. De repente um detalhe reteve sua atenção: dois recipientes repousavam numa prateleira de alvenaria acima da lareira. Dois recipientes absolutamente estranhos ao mundo de um geólogo. Um deles continha o feto de gorila, conservado em seu quinto mês de gestação. No outro, um feto humano, que se encontrava no mesmo estágio de desenvolvimento. O padre Magnani, depois de tê-los observado por alguns instantes, foi obrigado a admitir que não existia praticamente diferença alguma entre ambos.

Nesse mesmo momento, um longo urro dilacerou a tarde, um lamento que se prolongou infinitamente e depois declinou devagarinho, para depois recomeçar. O padre reconheceu o uivo de um lobo, ao qual logo depois se juntou, em coro, o conjunto de todos os outros animais do Museu. Aqueles gritos dilacerantes subiam rumo ao céu opaco no qual nenhuma estrela sequer brilhava.

Marcello Magnani pegou sua pasta e saiu apressado do Museu, murmurando uma súplica:

— *Domine, exaudi orationem meam, auribus percipe obsecrationem meam. Et perdes omnes qui tribulant animam meam.*

"Senhor, escutai minha prece, dai ouvidos a minha humilde súplica. E aniquilai os desígnios daqueles que afligem minh'alma..."

Enquanto isso, aconchegada em seu apartamento parisiense, Léopoldine Devaire estava estudando os manuscritos que havia encontrado e que permaneciam espalhados bem no meio de sua sala de estar. Ela mergulhava num oceano de papel, que decifrava com a paciência de uma especialista em papiros. Linha após linha, as letrinhas nervosas e apaixonadas de Teilhard de Chardin desenhavam os contornos de uma outra visão do mundo.

Vejam a presença de Deus na menor parcela do universo. Nada é profano. Essa frase, rabiscada de qualquer jeito à margem de uma página, mergulhou Léopoldine numa profunda meditação. A convicção daquele homem atravessava os anos para ir até ali interpelá-la, ela que jamais vira no céu nada além de um grande vazio silencioso

QUINTA-FEIRA

As ciências são escavações feitas por Deus.

Victor Hugo

Capítulo 23

Huguette Montagnac dirigia-se com passos lentos para o elevador. Deteve-se por alguns segundos para respirar. Tinha passado uma noite horrível. Pesadelos medonhos, uns piores que os outros, tinham literalmente virado a cabeça dela. Ela havia tomado seus remédios e feito suas orações, como todas as noites. Mesmo assim, uma espécie de demônio tinha se apoderado de seu espírito. Ela sonhara que o diretor do Museu, o Sr. Michel Delmas, zombava dela na frente de uns Senhores de peruca branca e trajes do século XVIII. Ele gritava para ela: "Você tem que acordar, Huguette! Você tem que acordar!" E isso — acordar — era realmente tudo o que ela queria. Mas como aquilo era dito no pesadelo, ela era obrigada a esperar. Resultado: quando abrira os olhos pela manhã, estava ainda mais cansada do que quando fora dormir.

Se dependesse dela, Huguette teria ficado na cama. Mas era preciso ir trabalhar, não havia outro jeito. Então, para se sentir melhor, lavara a cabeça. Normalmente isso a acordava por completo. Mas, como uma coisa ruim nunca chega sozinha, acabou ficando com os ouvidos encharcados de água. Então Huguette havia cortado pedacinhos de papel higiênico que depois enrolou como cotonetes e os introduziu pelos canais auditivos. Assim, ao término de uma hora não haveria mais água, com certeza. No metrô, muitas pessoas tinham olhado para ela com certo espanto. Sem dúvida porque ela estava esgotada, e isso devia ser visível.

Huguette ia apertar o botão do elevador, quando uma voz provocou nela um sobressalto:

— Bom dia, Huguette, tudo bem?

O Sr. Kircher, o conservador das coleções do Museu, estava ali carregando seus documentos empoeirados. Um belo homem o Sr. Kircher. E educadíssimo. Ela havia falado dele a seu psicólogo, e também ao padre, para lhes mostrar que ainda existiam homens decentes neste mundo.

— Ah, bom-dia, Sr. Kircher — respondeu-lhe ela com o sorriso mais encantador de que era capaz. — Peço desculpas, eu não vi o senhor chegar. É porque lavei meus cabelos hoje de manhã e, imagine o senhor, que ainda estou com os ouvidos cheios de água, portanto estou ouvindo mal. Daqui a uma hora estarei melhor. Esse é o tempo necessário para que a água seja absorvida, o senhor entende? Porque...

Johann Kircher observou os pedacinhos de papel que saíam pelas orelhas de Huguette. Espantado, ele balançou a cabela e preferiu detê-la imediatamente:

— Sim, entendo, Huguette. Diga-me, você sabe onde se encontram os Herbários Valois? Sabe do que estou falando, não? Aqueles que o Museu comprou recentemente...

Huguette mergulhou numa demorada reflexão. Com todos os remédios que tomava, ela sempre tinha as idéias um tanto embaralhadas pela manhã.

— Os Herbários Valois... Ah, sim, estou me lembrando... Foi uma bela aquisição que o senhor fez. Isso deve ser coisa muito antiga, eu acho. Bem, creio que... não tenho muita certeza...

— E você deve ter tratado de descontaminá-los, como é preciso, não é mesmo? — cortou Johann Kircher, que conhecia a tendência de Huguette às frases intermináveis.

O rosto da pobre coitada exprimiu a maior perplexidade. Ela parecia buscar uma solução para o enigma em todos os cantos da cabeça.

— Huguette — intimou o conservador, que não queria perder tempo —, vá correndo verificar! Isso é muito importante! Não podemos deixar que fungos e parasitas contaminem nossas coleções!

Completamente aflita diante dessa idéia, Huguette se virou com toda a vivacidade de que era capaz e se apoiou no botão do elevador. Ainda assim ela teve tempo para ouvir uma última reprimenda de Johann Kircher:

— E seja prudente! Não se esqueça de colocar a máscara de gás!

Huguette desceu até o subsolo em que ficava o equipamento e entrou no pequeno aposento no qual se erigia, maciça e silenciosa, a enorme cuba de metal. Examinou minuciosamente o quadro de comando da máquina. Alguma coisa parecia não estar certa. De fato, uma pequena lâmpada estava acesa, indicando que a autoclave estava desligada. Será que isso queria dizer que ela havia dedetizado o herbário no dia anterior? Tentou vasculhar no fundo de sua mente para se lembrar, mas foi em vão. O efeito dos remédios era tal que às vezes ela não conseguia se lembrar do que tinha feito há apenas cinco minutos. Se a máquina estava desligada, era ela que a tinha desligado, tendo sem dúvida esquecido de colocá-la novamente em modo de funcionamento.

Para maior segurança, ela acionou um ciclo de enxágüe. Um longo apito se fez ouvir e a máquina emitiu seu grunhido de costume: dentro dela, o vácuo destruía toda e qualquer espécie de parasitas. Huguette pegou uma cadeira e sentou-se. Era preciso esperar quinze minutos para que o ciclo terminasse. Ela tentou pensar em alguma coisa, mas nada lhe veio ao espírito.

Enfim, a operação chegou ao fim. Huguette desligou a máquina e abriu a porta blindada. Dentro dela, em meio aos herbários, ela descobriu, horrorizada, o corpo de Michel Delmas, com o rosto congestionado, a língua pendendo para fora da boca, os olhos esbugalhados e alguns filetes de sangue escorrendo da orelha até o nariz.

Huguette Montagnac deu um longo grito, que ninguém ouviu pelo fato de ela estar com a boca tampada pela máscara de gás. E como isso não mudava coisa alguma naquela situação, ela desmaiou.

A investigação determinou que Michel Delmas estava vivo no momento em que Huguette Montagnac havia desencadeado o ciclo de enxágüe pelo vácuo, operação que tinha sido fatal ao diretor do Museu. Teria ela escutado as batidas que este dera nas paredes da autoclave? Isso é pouco provável: as paredes eram extremamente grossas. Mas mesmo que isso tivesse sido possível, é preciso levar em conta o fato de que Huguette Montagnac tinha os ouvidos tampados pelos pedacinhos de papel, o que reduzia consideravelmente sua capacidade auditiva. O diretor do Museu não tinha nenhuma chance de escapar àquela morte horrenda.

Peter Osmond estava completamente abatido. O corpo de seu amigo e mestre estava envolto num saco mortuário. A seu lado, o professor Florus, trêmulo, apoiado em sua bengala, com as costas curvadas, enxugava as lágrimas. Um cordão de policiais impedia todo e qualquer intruso de se aproximar da cena do crime. Alertados por não se sabe que instinto e seguidos pelos fotógrafos da mídia, alguns jornalistas, entre os quais Lucien Michard, do jornal *Le Parisien*, rondavam o local como abutres. Apenas o padre Magnani tinha sido autorizado a entrar no recinto em que se encontrava a autoclave para abençoar o corpo.

Léopoldine estava ao lado do cientista americano. Ela se encontrava na Sala Théodore Monod, quando os dois homens tinham recebido um telefonema que lhes anunciava a morte do diretor do Museu, e ela havia decidido, depois disso, que não deixaria Peter Osmond sozinho. Ele parecia à beira de um ataque de nervos, esgotado por uma noite passada no laboratório vazio, pensando e se culpando pela perda do meteorito. Ele tinha adormecido sentado a uma escrivaninha, vencido pelo cansaço, e só tinha acordado para ficar sabendo daquela terrível notícia. Agachado junto a uma parede, com o olhar perdido no vazio, porém de certo modo determinado, ele repetia a meia-voz: "Hei de encontrar quem fez isso. Juro que o encontrarei." Léopoldine colocou a mão sobre seu ombro.

Um pouco mais longe, Johann Kircher dava apoio a Huguette, que estava passada devido aos acontecimentos, à beira de uma síncope. Kircher, ao ver que ela tardava a voltar, tinha se preocupado e partira à sua procura, tendo descoberto assim o funesto quadro. Ele preveniu então, imediatamente, a polícia. Estava acompanhando Huguette, quando seu olhar cruzou com o de Léopoldine. A jovem baixou os olhos.

O comissário Roussel, mais imperioso do que nunca, tinha se deslocado pessoalmente, e vinha vermelho de raiva, uma raiva ainda mais forte pelo fato de ele se sentir impotente diante daquilo tudo. Marcello Magnani aproximou-se de Osmond e lhe estendeu a mão. O americano ignorou seu gesto e levantou-se sozinho. O tenente Commerçon, com um caderninho na mão, foi abordar então, sem maiores preâmbulos, o eclesiástico. Aquela sucessão de catástrofes conferia uma autoridade extraordinária ao jovem policial.

— Por favor, senhor padre, o que o senhor estava fazendo no jardim, ontem à noite?

O padre Magnani virou-se para o policial e mediu-o com um olhar nada ameno.

— Já que o senhor está me fazendo essa pergunta, suponho que conheça a resposta.

— O senhor foi visto na sala do diretor por volta das 20 horas.

É de notar o excelente trabalho da polícia, a quem nada escapava — ou quase nada. Mas o padre Magnani não tinha, manifestamente, nenhuma vontade de parabenizar o policial Commerçon por seu senso de observação.

— Eu tinha um encontro marcado com o diretor, em sua sala. E tinha lhe telefonado pouco antes de ir para lá. Foi o tempo de pegar minhas coisas e atravessar o jardim, e... ele havia desaparecido. Esperei durante uma hora, depois fui embora.

— O senhor há de convir que é bem estranho.

— Isso é tudo o que vou reconhecer. Não tenho nada a ver com o desaparecimento do diretor, se é isso que o senhor está querendo insinuar.

— Não estou insinuando coisa nenhuma. Estou apenas constatando que o senhor foi sem dúvida a última pessoa com quem ele falou. Ele parecia preocupado? Ou nervoso? Alguém o tinha ameaçado?

O eclesiástico colocou o indicador sobre os lábios.

— Não, ele não havia recebido ameaças. Mas parecia de fato muito preocupado.

— O senhor também, aparentemente.

O padre cravou duramente o olhar no policial.

— De fato, estou preocupado. Há boas razões para isso, o senhor não acha? Estão acontecendo coisas extremamente graves no Museu, o senhor provavelmente se deu conta disso, não? E se eu lhe dissesse que tenho o pressentimento de uma desgraça?

— Não acredito muito em pressentimentos — balbuciou o policial Commerçon, pouco à vontade.

— Pois bem, vou lhe dizer uma coisa: eu também não acredito. Sou um cientista. E, no entanto, estou cada vez mais convencido de que certas forças obscuras estão operando neste lugar. Forças obscuras que são muito mais poderosas do que nós e que não as entendemos. O senhor pode se opor a elas, com sua patente da polícia. Mas tais forças são muito mais inteligentes do que nós. E elas não recuarão diante de coisa alguma e haverão de aniquilar qualquer um que se colocar no caminho delas.

Tinham ensinado a Commerçon que ele jamais deveria se deixar impressionar por uma testemunha. Mas diante do olhar penetrante do padre Magnani, ele não conseguiu mais articular som algum.

Os fotógrafos se espremiam diante das portas da ambulância. Indiferente à confusão, com os olhos esbugalhados e as mãos unidas, a pobre Huguette cantava salmos. Não havia dúvida alguma: seu equilíbrio psíquico tinha sido irremediavelmente afetado pelos acontecimentos daquela manhã.

Capítulo 24

O professor Florus tremia como varas verdes ao servir o café nas xícaras. Ainda sob o choque, ele tinha convidado Peter Osmond para tomar um bom expresso e tentar se recuperar. Ele se assegurou de que ninguém vinha na direção deles e pegou, com ares de conspirador, uma garrafa de conhaque que estava escondida num móvel cheio de dossiês.

— Pronto, isso vai nos ajudar — disse ele despejando um pouco do líquido na xícara de café do americano.

Eles beberam em silêncio a mistura.

— Ainda não consigo acreditar — disse Osmond depois de passados alguns minutos. — Michel era um homem notável. Quem podia ter alguma coisa contra ele? Ele não tinha inimigos. Era a gentileza personificada.

— Era sim, e lembro-me que fizemos juntos belas excursões. Lembro-me também de você, Peter, quando veio dar aulas no Museu. Michel o admirava muito.

— Ele era um mestre para mim. Foi ele que me ensinou tudo. Eu me contentei simplesmente em repetir seus ensinamentos.

— Michel era um naturalista completo... Um homem honesto,* como se dizia no século XIX. Pena que ele não tenha resistido a certos discursos... um tanto quanto folclóricos, nos últimos anos de sua vida...

— O que o senhor quer dizer com isso?

O professor Florus estava arrependido de ter deixado escapar aquilo. Ele havia falado demais, ou quase. E esboçou um gesto fatalista.

— Talvez seja o efeito da idade... Ele havia encarado com benevolência certas teorias bastante discutíveis...

— Foi o que tive a impressão de compreender ontem, durante a homenagem a Ho Wan Xanh.

— Ele tampouco, aliás, tinha sido poupado dessa espécie de contágio pela chama mística... Não os entendo, por mais que eu seja velho, tenho 74 anos e sei que não tenho mais muito tempo de vida, não vou começar a acreditar em Deus, assim, sem mais nem menos!

— Michel vinha sendo contestado por suas tomadas de posição?

— Ah, não... A comunidade do Museu é tolerante.

— Mas eu ouvi esse tipo... Eric Godovski...

O professor Florus arregalou os olhos.

— Godovski! Esse é um verdadeiro anarquista! Talvez ele seja competente como cientista, mas como homem é alguém insuportável!

O professor Florus, como os olhos vivos e maliciosos, baixou a voz e aproximou-se de Peter Osmond:

— Se você quiser um conselho, ouça-me: evite-o! — disse o velho cientista fazendo um gesto sem ambigüidade, como se varresse algo, com sua mão deformada pela artrite.

Eles tomaram mais uma xícara de café com conhaque.

Quando se despediu, Peter Osmond percebeu no corredor Johann Kircher, ajoelhado, examinando uma pilha de revistas velhas. O conservador as colocou numa caixa, que empurrou para o lado, levantou-se, tirou a poeira das calças e, com seus gestos elegantes de

* *"Um honnête homme"*, no original. (N.T.)

sempre, abriu uma estante. Que homem singular!, disse a si mesmo Osmond. Um assassinato acaba de ser cometido quatro andares abaixo e ele retoma o trabalho como se nada houvesse acontecido...

O americano tinha que reconhecer, por sua vez, que sua missão estava terminada. Sua inesgotável energia não tinha mais tarefa alguma concreta sobre a qual se concentrar. Essa perspectiva quase o deixou louco de raiva. Mas em vez de quebrar tudo que via a seu alcance, ele se conteve e decidiu fazer as coisas por ordem. Uma coisa depois da outra. Ele ia conduzir sua investigação de maneira científica.

As dependências do Museu não se reduziam unicamente aos vastos edifícios que davam para o Jardin des Plantes e para o setor dos animais vivos. Certo número de salas e laboratórios foi alojado além da rua Buffon, dispersos numa rede de ruelas e ruas sem saída indo até um terreno vago em plena preparação para um uso próximo.

Era nessa ilhota que se escondia o laboratório de Godovski, num prédio de pedras pretas digno de um filme de terror, coroado por uma cúpula e cuja porta com a pintura descascada era ladeada por duas colunas gregas. A fachada, coberta por trepadeiras, acrescentava um toque ameaçador e sinistro ao conjunto. Dentro do prédio, tudo era vetusto, sombrio e estragado. Osmond bateu à porta do escritório. Uma voz seca e desagradável respondeu ao apelo dizendo-lhe que entrasse.

O homem, vestido de preto como de costume, estava instalado como num trono em meio a uma profusão de esqueletos de pássaros dispersos por todo o recinto como numa dança macabra, parecendo prestes a alçar vôo. Osmond não pôde se impedir de compará-los com o homem agressivo e nervoso que estava diante dele, com seus olhos vivos e sua barba por fazer.

— Bom-dia, professor Osmond. Pensei que fosse a polícia, mais uma vez...

— Eu gostaria apenas de lhe fazer umas duas ou três perguntas.

— O senhor também? É sobre a morte de Delmas? Não tenho nada a ver com isso. E continuo não tendo álibi algum.

— Não o estou acusando, Godovski.

Este sentou-se novamente, dando um sorriso forçado.

— Enfim, alguém que acredita na minha inocência!

— Também não foi isso que eu disse.

— Eu achava que tinha me transformado num monstro. O anticristo em pessoa!

— Eu queria apenas saber o que você reprovava no comportamento de Michel Delmas.

Osmond estava diante da escrivaninha de Godovski, com os braços cruzados, bem apoiado sobre as duas pernas. Em volta deles, pilhas de livros estavam amontoadas sem ordem. Osmond notou um pôster do poeta Antonin Artaud, com o olhar alucinado, pendurado à parede. Godovski virou-se em sua cadeira e alisou a barba com um ar pensativo.

— Pessoalmente eu não tinha nada contra ele. O que me indignava era o que ele representava. Todos esses cientistas que gravitam em torno do Círculo das Ciências, seus debates sobre o espírito da matéria, a orientação evolutiva, esse tipo de blablablá...

— Mas cada um é livre para pensar o que bem entender.

— Mas não de andar por aí proferindo tolices. É como essa carola da Laurence Himbert, com todo o respeito... A lhe dar ouvidos, a gente poderia pensar que a evolução tem um único objetivo: chegar ao umbigo dela.

Osmond sentiu que a ira se apoderava dele. Aquele fanfarrão, decididamente, não fazia esforço algum para se tornar simpático. Ele apertou o próprio punho para se conter.

— O senhor seria capaz de insinuar que Michel Delmas não era um cientista digno de consideração?

— Jamais disse isso. Eu reprovava nele seu discurso comedido sobre a religião. Os cientistas têm o dever de ser neutros. Eles devem fazer com que o princípio da laicidade seja respeitado. Não há lugar para a religião aqui no Museu, nem em nenhum centro científico. A religião não é problema nosso e ponto final.

— Mas você não pode impedir um homem de ter suas convicções filosóficas, mesmo no caso de elas não lhe agradarem.

— Concordo com isso, mas ninguém tem o direito de exprimir essas opiniões no âmbito de seu trabalho científico. Isso é proibido! A ciência não tem que levar esse tipo de argumento em conta! Aqueles que cometem esse erro deveriam ser banidos para sempre da comunidade científica!

O olhar de Godovski lançava faíscas. Peter Osmond jamais havia encontrado uma tal hostilidade num colega. Isso ia muito além da neutralidade. O americano chegou a pensar que o ornitólogo talvez tivesse enlouquecido.

— Godovski, você vai longe demais. Você precisa separar as coisas. Michel Delmas era um grande cientista e pouco importam as crenças que ele tinha no final de sua vida. Lembre-se de Théodore Monod: ele não escondia de ninguém suas convicções espirituais, mas seus trabalhos científicos sempre gozaram da maior autoridade.

Godovski deu uma horrível gargalhada. Ele brandiu o indicador, ameaçando:

— O problema, professor Osmond, é que por trás deles, sem dúvida sem que eles mesmos saibam, outras pessoas aproveitam para fazer com que suas idéias, estas sim bem mais perigosas, avancem. Quer uma prova disso?

Godovski pegou um jornal, abriu-o e leu em voz alta:

— *É evidente que a teoria darwiniana da evolução é questionada por inúmeros cientistas. Ela deve ser submetida a uma reavaliação atenta. Não é absolutamente certo que Darwin não tenha se enganado quanto a certos aspectos do processo de seleção natural. O evolucionismo não é uma teoria suficientemente validada por provas. Em conseqüência disso, tal teoria pode ser considerada como uma espécie de crença. Nesse caso, por que motivo deveríamos excluir outras teorias, elas também perfeitamente válidas, dos programas escolares, como, por exemplo, as teorias religiosas?*

Godovski fechou o jornal, com ar triunfante. Osmond estava boquiaberto.

— Quem escreveu essa imbecilidade?

— Um bioquímico francês chamado Yves Mathiolet. Ele foi nomeado ontem para substituir Anita Elberg na chefia da Comissão dos Programas Escolares. Isso não lhe traz nada à lembrança, professor Osmond?

Osmond balançou afirmativamente a cabeça. Claro, ele já tinha ouvido esse tipo de argumento nos Estados Unidos. No curto espaço de um segundo, ele se lembrou das incontáveis controvérsias que o tinham oposto aos criacionistas. Nos anos 80, ainda jovem professor em Princeton, ele havia deposto diante de um tribunal para ir denunciar o Creation Documentary Center, de Pasadena, o famoso centro de pesquisa científica criado pelos fundamentalistas cristãos. Desse modo ele havia desmontado passo a passo todas as teses absurdas de um pretenso geólogo cujo intento era explicar como é que o Dilúvio, o célebre mito do Gênesis, modelara a crosta terrestre dez mil anos atrás. Ele havia convencido o juiz ao citar um trecho de um livro de Henry Morris, um criacionista conhecidíssimo: *Não pode haver nenhum erro científico na Bíblia. A ciência é um conhecimento, e a Bíblia, um livro que oferece a verdade e o conhecimento concreto a respeito de todos os assuntos de que trata. A Bíblia é um livro de ciências!* A corte e o público tinham tido dificuldade para se manter sérios. Ainda mais que o tal livro, intitulado *Inúmeras provas infalíveis*, datava de 1974! Que fosse ainda possível publicar tais asneiras no final do século XX era algo que tirava toda e qualquer credibilidade daqueles que defendiam aquele tipo de teoria. O Creation Documentary Center tinha perdido o processo. E de um dia para outro Peter Osmond tinha se transformado numa celebridade em seu país.

Mas com a volta dos republicanos ao poder, os criacionistas tinham voltado à carga com uma estratégia mais sutil. Eles partiam de uma simples constatação: já que os Estados Unidos são uma democracia, todas as opiniões têm direito a existir. Se os partidários de Darwin podem ensinar livremente a teoria evolucionista na escola, por que é recusado o direito de ensinar uma outra, mais próxima das teses cristãs? No decorrer das audiências, eles tinham aplicado ao pé da letra os princípios americanos da defesa: não estou dizendo que tenho razão, mas como meu adversário tampouco pode provar que tem razão, pode-se concluir que não estou errado. Durante três dias, Peter Osmond tinha batalhado contra aqueles pseudocientistas que queriam mostrar que o homem, esse milagre da natureza, não podia atingir um tal grau de complexidade sem a intervenção divina. Ele era perfeito demais para ser um fruto do acaso: essa era a tese dos defensores do "Desígnio Inteligente". Mas Osmond tinha conseguido convencer a corte da Pensilvânia que um tal raciocínio não tinha o menor valor científico: só se pode postular aquilo que se pode provar. Quem podia demonstrar a perfeição do ser humano? Não existe nenhuma prova de sua complexidade. E caso esta fosse demonstrada, por que deveria ser atribuída a um criador divino? Em virtude de que lei científica? Por conseqüência, a teoria de Darwin, ainda que não explique tudo, permanece como a única plausível. O prestígio do "Gigante de Harvard" — tal como o chamara o *New York Times* — tinha aumentado ainda mais.

Essa glória tinha sua contrapartida: Peter Osmond havia recebido inúmeras ameaças de morte. Ele as levava a sério, consciente de que os cristãos fanáticos já haviam assassinado médicos que praticavam o aborto. Mas ele não recuava diante do perigo: esse era o preço a pagar para que a verdade triunfasse. E, depois, tudo aquilo se passava nos Estados Unidos... Na França, ao contrário...

Osmond e Godovski trocavam um olhar no qual se lia a consternação, quando bateram à porta.

— Pronto! — resmungou Godovski. — Suponho que sejam meus amigos da polícia!

De fato, os tenentes Voisin e Commerçon se encontravam do outro lado da porta e vinham com uma expressão grave.

— Gostaríamos de lhe falar — disse Voisin. — Queira nos acompanhar, por favor.

Godovski virou-se para Osmond e abriu os braços, exprimindo sua impotência diante da situação. A impressão era de que ele se limitava a constatar a inelutabilidade de alguma lei científica.

— Desculpe-me, professor Osmond. Tenho que satisfazer a curiosidade desses senhores. Quando penso que se eles se dessem ao trabalho de consultar certos arquivos, encontrariam resposta para todas as perguntas que fazem...

Peter Osmond franziu as sobrancelhas. O que será que Godovski queria dizer com isso? Esse homem era realmente bem misterioso.

O cientista americano quis sair da sala, mas o policial Commerçon o deteve colocando um dedo sobre seu ombro.

— Sr. Osmond... Não se afaste muito do Museu. Gostaríamos de interrogá-lo também...

Eles se mediram com os olhos. Aquele jovem oficial de polícia de repente tinha começado a se achar bem importante. O americano deu um sorriso. Commerçon lembrava um pássaro... como era mesmo o nome dele? Ah, sim... o pavão, isso mesmo, ele se parecia com um pavão. Uma bela plumagem, mas basta abrir o bico e... ele emite um som horrível, um barulho de roldana enferrujada.

Peter Osmond saiu do laboratório de Godovski ainda mais perplexo do que quando ali chegara, meia hora antes. E se esse cara tivesse razão... Ele estava consciente de que, com Michel Delmas, seu principal apoio no Museu havia desaparecido. Além de Léopoldine, ele precisava de mais um novo aliado. Tanto no plano científico... quanto no espiritual.

Os dedos de Léopoldine esvoaçavam sobre o teclado do computador. Com olhos espertos, ela selecionava palavras-chave, desenvolvia conexões hipertextuais escolhidas a partir de menus que desfilavam pela tela, incluía novas informações para suas buscas, progredia em meio ao entrecruzamento de tantas informações, voltava à fonte do conhecimento, à maneira dos paleontólogos quando traçam a origem de uma espécie a partir de um simples fóssil achado em alguma rocha.

Em apenas uma hora, ela havia alcançado o alvo de suas pesquisas. A exposição que devia ocorrer no Museu recebera o apoio financeiro de diversos patrocinadores: o Banco CVP, a Seguros Mímesis, o Grupo Atlantis (editorial e mídia), o Fundo True Values...

Léopoldine selecionou a True Values para buscar sobre este item outras informações na rede. Esse fundo de investimentos americano — isso é o que afirmava a introdução do documento que ela encontrara — tinha como objetivo o financiamento e o desenvolvimento de instituições e centros de pesquisa de caráter filantrópico. O texto de apresentação insistia na dimensão moral e humanista dos projetos que recebiam seu apoio. Diversas fotos mostravam crianças alegres numa escola recentemente inaugurada, ou homens debruçados, na maior concentração, sobre máquinas-ferramentas perdidas no meio de algum campo.

Léopoldine tinha verificado o estatuto da companhia: *True Values. Sociedade anônima com capital de 1.500.000 dólares. Presidente: Tobie Parker.* Uma página cheinha revelava os nomes das instituições que haviam se beneficiado dos auxílios da empresa nos últimos anos: Associação Caritatis, Centro Europeu de Pesquisa Biogenética de Lausanne, Banco Mundial de Auxílio ao Microcrédito, Grupo Oliver, Academia das Ciências Morais de Dublin...

A jovem lembrou-se então da apresentação sucinta que Osmond lhe tinha feito do telepregador americano e de seus elos manifestos com um ditador africano. True Values: ou como reciclar eticamente o dinheiro oriundo da exploração de diamantes... e de homens.

Capítulo 25

Marcello Magnani também estava sentado, diante de um notebook, sozinho, e examinava pela décima vez a animação em três dimensões que ele preparara e que descrevia a trajetória do meteorito através do espaço. Como tudo aquilo parecia irrelevante agora... A morte de Michel Delmas o abalara profundamente. Quem poderia ser louco o bastante para organizar um estratagema como aquele e assassinar um homem de modo tão cruel?

Quando tinha se aproximado do corpo para lhe dar a última bênção, ele observara marcas de golpes no rosto do diretor. Era capaz de apostar que Delmas tinha sido raptado e levado à força, na mais extrema violência, de seu escritório até a autoclave. Como é que o, ou os, seqüestrador tinha preparado aquilo? Havia muita gente no jardim, e especialmente os dois oficiais de polícia, que aliás o tinha visto passar quando estava indo ao encontro de Delmas. O assassino tinha preparado tudo de modo a não correr riscos, e os policiais não viram coisa alguma.

Peter Osmond interrompeu suas reflexões ao entrar na Sala Théodore Monod, onde se sentou diante do padre. O americano esquadrinhava o rosto do outro, como se tentasse encontrar nele o menor indício de maldade.

— No que o senhor estava pensando? — perguntou ele bruscamente.

— Acho, Peter — disse ele sem renunciar à sua boa educação —, que não é muito difícil adivinhar. Estava pensando em Michel Delmas. Nesse crime horrível.

— E, segundo o senhor, quem é o culpado?

— Não sei nada além do que você sabe. Seja como for, foi um ato cometido por algum espírito totalmente desequilibrado. Primeiro a morte de Anita Elberg, depois a de Michel Delmas...

— E a de Ho Wan Xanh...

O padre Magnani levantou uma sobrancelha, espantado.

— Mas não foi um acidente?...

Peter Osmond balançou negativamente a cabeça.

— Eu examinei bem o prédio. Os estragos causados pela explosão são consideráveis. O vazamento de gás foi portanto grande. O senhor acha que Ho Wan Xanh teria ficado tranqüilamente em sua sala quando o forte cheiro do gás se esparramava por todo o andar? Impossível!

O padre Magnani encarou Peter Osmond, absolutamente estupefato, perguntando-se como é que ele não tinha pensado naquela evidência antes.

— E o funcionário do setor dos animais vivos...

— Esse também é um crime disfarçado de acidente. Tenho certeza.

— Mas isso é apavorante...

— E temo muito que isso tudo ainda não tenha terminado.

O padre olhou para seu interlocutor com uma expressão mais circunspecta.

— Por que você está me contando tudo isso?

— Preciso de informações, Marcello. Essas informações... não vou encontrá-las sozinho. Ao passo que você, com o apoio de seus amigos... você poderia obtê-las. Então lhe direi tudo o que sei e, em troca disso, você me dirá também tudo o que lhe será transmitido por sua hierarquia. Toma lá, dá cá.

O padre Magnani manteve um curto silêncio. Pelo sim, pelo não, ele tentava refletir sobre a proposta. Um clarão de malícia brilhou em seus olhos.

— Mas eu achei que éramos "inimigos", não?

Osmond pensou antes de responder:

— Digamos que podemos assinar um pacto de não-agressão... Pelo tempo que for necessário para desenrolar os fios desse... embrulho.

— Esse é o trabalho da polícia.

— A polícia não vai chegar a coisa alguma, e isso por duas razões. A primeira delas é científica: creio que para desmascarar o patife que cometeu tais crimes são necessárias certas aptidões que a polícia não possui. Apenas um cientista pode compreender o modo como funciona a mente intelectual desse assassino, pois ele faz parte de nossa... comunidade.

— Você também acha que é alguém do Museu?

— *Of course!* Ele conhece bem o local. Sabe dissecar corretamente um cadáver, encontrar plantas tóxicas, sufocar um homem na autoclave... Ele tem uma inteligência superior... e possui cultura científica.

O padre Magnani refletiu por mais alguns segundos.

— E por que razão você acha que posso lhe ser útil?

Peter Osmond se levantou.

— Esta é a segunda razão. Estou convencido de que o motivo é espiritual. A presença de Tobie Parker é um sinal disso.

— De fato — concordou o padre Magnani — a coincidência é bem estranha.

— Mais do que estranha. De tanto combater os fundamentalistas, aprendi algo essencial: eles não deixam nada ao acaso.

O padre Magnani encarou novamente seu interlocutor.

— Fico espantado pelo fato de você pedir ajuda à Igreja.

— É a sua ajuda que peço, não a da Igreja.

— Isso dá no mesmo.

O americano encarou o padre, olhando-o no fundo dos olhos.

— Pois bem... Admitamos que faço uma aposta. A aposta de Pascal, pode-se dizer. Apenas por alguns dias.

Peter Osmond estendeu a mão ao padre Magnani, que a apertou. Como se esse simples *shake-hands* tivesse insuflado nova energia ao americano, ele se moveu, dando em sua própria perna uma bela palmada.

— *Okay*. Então... você pode me dar informações sobre um bioquímico chamado Yves Mathiolet?

— Você não perde tempo, hein?

— É porque não há um só segundo a perder.

Um clima muito desagradável reinava de fato no Museu, que se tornara uma verdadeira colmeia, na qual zumbiam rumores e cochichos. A notícia da morte de Michel Delmas tinha se espalhado por todos os prédios da instituição à velocidade do som, isto é, a da voz humana telefonando de uma sala para outra, trocando proposições angustiadas pelos corredores e entre quatro paredes. Era evidente que cada um possuía sua própria teoria sobre os acontecimentos dos últimos dias, mas todos preferiam se exprimir na maior discrição: a violenta polêmica ocorrida durante a homenagem ao professor Ho Wan Xanh tinha deixado marcas.

O nome do professor Eric Godovski estava em todas as conversas, uns defendendo sua integridade, outros estigmatizando sua virulência contra o diretor do Museu. Pouco antes, no início da tarde, o ornitólogo, ao término de um interrogatório apertado, tinha sido levado em prisão preventiva. Reagindo a esse golpe inesperado, alguns pensando que em caso algum ele poderia ter cometido aquele assassinato, justamente porque tudo o designava como o principal suspeito, ao passo que outros sublinhavam que sua veemência tinha se concretizado, de modo lógico e racional, naquela ação criminosa.

As silhuetas se cruzavam, encetavam uma conversa a meia voz, separavam-se, depois os conciliábulos recomeçavam no segredo dos laboratórios, ao abrigo, dentro dos elevadores ou nos sombrios subsolos. Diversas teorias eram criadas na maior rapidez. Cada um tentava defender seus argumentos. As vítimas eram associadas umas às outras, especulava-se sobre os elos entre Elberg e Godovski, entre Elberg e Delmas, sem esquecer o funcionário devorado por uma fera. A morte acidental de Ho Wan Xanh ficava cada vez mais sujeita a revisão. As explicações mais aberrantes brotavam nos crânios tornados calvos por trinta anos de cogitações ininterruptas, que se reuniam em secretas conjeturas. Um avançava a hipótese de crimes passionais, outro evocava cerimônias satânicas, um terceiro sugeria a existência de vinganças póstumas, ou mesmo de fenômenos paranormais e de forças maléficas. É verdade que diante da enormidade dos acontecimentos alguns pesquisadores, ainda que eminentes, renunciavam às explicações racionais para se engajar nas vias tortuosas do fantástico e do esotérico, invocando fantasmas e forças do mal, sem sequer hesitar em convocar a lembrança dos Templários ou o espírito de Nostradamus.

Os espíritos mais afeitos à pesquisa experimental são suscetíveis de passar por períodos de dúvida e questionamento... Seria por isso lícito pôr abaixo séculos e séculos de cartesianismo? Claro, a seqüência dos assassinatos que se tinham abatido contra o Museu tinha do que abalar os mais equilibrados psiquismos, e o aspecto macabro da encenação de tais crimes não deixava de impressionar. Mas seria uma razão suficiente para chegar a conclusões nas quais o racional sequer era mais admitido?

É preciso acrescentar que essa efervescência aumentava devido a um assédio permanente da mídia. A notícia do assassinato de Michel Delmas tinha chegado imediatamente a todas as redações, e cada uma delas despachara imediatamente para o local do crime seus melhores farejadores. Não se podia mais dizer o número de desocupados de olhar perscrutador que, desde que a ocasião se apresentava, detinham um funcionário do Museu para tentar obter informações — inclusive os mais sórdidos rumores — e tomar conhecimento das impressões gerais. Por conseguinte, todas as teorias encontravam ouvidos interessados, e os jornalistas podiam escolher para redigir matérias nas quais o estranho concorria com o sensacionalismo. Logo, logo as especulações mais loucas tornaram-se mais relevantes do que o aspecto puramente factual dos acontecimentos. Alex foi solicitado por inúmeros repórteres e não se fez de rogado, tendo entregue a eles suas reflexões, nas quais fez questão de incluir a maioria dos rumores que circulavam pelo Museu inteiro. Não é nada certo que o rigor tenha sido respeitado por ele: sua versão dos fatos mudava de um jornalista para outro. Entretanto, a situação evoluía com tal rapidez que as especulações de um dia podiam se tornar as verdades do seguinte. Além do quê, os repórteres não hesitavam em acrescentar pequenos detalhes capazes de tornar suas matérias ainda mais apetitosas. Em tais circunstâncias, o problema da exatidão do testemunho de Alex tornava-se perfeitamente insignificante. O que se sabe é que ele logo passou a compilar incessantemente pilhas e pilhas de jornais em que aparecia sua foto.

Note-se ainda que a personagem de Huguette Montagnac atingiu, no mesmo período, um status quase mítico, tornando-se o símbolo incongruente da cientista mergulhada na aberração mental, vítima do dever e da busca obstinada da verdade científica.

Que o leitor cético consulte os jornais daquela época: neles encontrará matéria para uma profusão de romances.

Capítulo 26

Como Peter Osmond já esperava, o professor Yves Mathiolet mostrou-se extremamente cortês e recebeu seu visitante em sua sala de trabalho com todo o respeito que lhe era devido. Na luxuosa biblioteca do cientista, Osmond notou as diversas obras que ele assinara. Sobre sua escrivaninha, uma foto o mostrava recebendo a *Légion d'honneur* das mãos do presidente da República francesa em pessoa.

— O senhor sabe... — dizia Mathiolet saboreando suas próprias palavras — o Círculo das Ciências não representa para mim grande coisa. São uns charlatães. Há alguns meses, apresentei um trabalho num colóquio que eles organizaram, coisa que eu ignorava! Eles fizeram com que eu caísse na armadilha! Aliás, procedem freqüentemente desse modo para atrair participantes que venham de fora. Eles se escondem por detrás de uma identidade de fachada, geralmente uma associação cujo nome é inventado para a circunstância. Se eu tivesse sabido, naturalmente não teria participado.

Sem dúvida, aquele francês devia pensar que sua importante presença e sua inteligência superior mereciam tratamento à altura. Seu físico espelhava seu espírito: imponente e empolado.

Suas bochechas tremeram, ao mesmo tempo que, por uma careta, ele exprimia seu desprezo:

— Esses métodos são indignos. Eles fazem publicidade para si mesmos utilizando cientistas renomados.

— E o que o senhor pensa das opiniões filosóficas deles?

O professor Mathiolet juntou fortemente as mãos.

— Ouvi dizer que eles são próximos de certas teses de Teilhard de Chardin... Francamente, cada qual pode pensar o que bem entender... Se têm vontade de acreditar em Deus, isso é problema deles. Mas é evidente que uma consangüinidade muito grande só pode produzir efeitos desastrosos. De qualquer modo, os estratagemas que eles utilizam são mais do que conhecidos. Um dia ou outro eles terão que dar contas à justiça por seus feitos, pode escrever o que estou lhe dizendo.

Fazia meia hora que Yves Mathiolet enrolava Osmond com suas brilhantes frases retóricas, tomando todo o cuidado para nunca deixar transparecer suas próprias opiniões. Como um peixe viscoso, ele não se deixava segurar. O americano tentou furar de outro modo a carapaça do interlocutor:

— O Círculo das Ciências não rejeita o evolucionismo. Isso é essencial — disse ele, por provocação.

— De fato, isso é essencial. Quanto a isso, pelo menos, eles jogam aberto. No entanto, eu não desejo ter contato com eles. Ainda mais que novas responsabilidades me foram confiadas. Agora estou na direção dos Programas Escolares, o que é uma tarefa que exige muito, como o senhor deve imaginar, sem dúvida.

Ele olhou para o relógio de pulso e fingiu surpresa.

— Aliás, preciso me despedir do senhor, pois tenho pela frente uma importante reunião.

Ele se levantou. Osmond notou que ele era ainda maior do que imaginara ao vê-lo sentado. O professor Mathiolet endireitou a gravata, abotou o paletó e acompanhou Peter Osmond até a porta.

A expressão de desdém de seu rosto desmentia totalmente sua pretensa boa educação. Osmond apertou-lhe a mão gorda e flácida e voltou ao Museu, dizendo a si mesmo que teria podido fazer perguntas àquele tipo durante dez horas, sem parar, que mesmo assim ele não teria deixado filtrar coisa alguma de suas verdadeiras convicções.

Ele voltou pela rua Monge. A noite caía suavemente sobre Paris. As luzes dos postes se acenderam sobre o balé de carros, ao passo que as saídas do metrô despejavam sobre a rua multidões apressadas e concentradas, que o empurravam sem sequer lhe dirigir um olhar. Peter, que jamais teria imaginado que sua estada se passaria sob tão tristes auspícios, achou de repente a Cidade-Luz bem sem graça e hostil.

Ele pegou a rede de ruazinhas que iam serpenteando até o Museu. Como Paris tinha lhe parecido romântica, quinze anos atrás! Os edifícios de arquitetura refinada, os cais do rio Sena em que flutuavam os barcos, as ruelas ao abrigo do sol em que a gente podia se isolar para um devaneio repentino... Tudo isso pertencia definitivamente ao passado. Hoje, ele só via rostos fechados e portas anônimas, sinais funestos e silêncios ameaçadores. Uma cidade enclausurada em seus segredos. Como ele teria gostado de poder voltar para casa, ver seu filho...

Uma onda de nostalgia apoderou-se dele. Teve vontade bruscamente de evocar os velhos bons tempos, como alguém que se aconchega nas dobras quentes do passado, e então soube a quem proporia passar aquela noite com ele.

Nos corredores do Departamento de Biologia Evolutiva ecoavam gritos e insultos. Laurence Himbert estava completamente fora de si.

— Seu maluco! Você acha que me mete medo, é?

— Vá passear, Himbert, você e sua carolice!

Como uma gata prestes a saltar sobre sua vítima, com os olhos brilhando e as garras afiadas, Laurence Himbert enfrentava uma silhueta maciça, em que Osmond reconheceu Servan, o homem que dera um encontrão nele no dia em que chegara ao Museu. Pelo sorriso irônico que trazia aos lábios, adivinhava-se que por pouco ele ia bater na colega. Laurence tentou recuperar o controle e fingiu que ia voltar à sua sala, antes porém de lançar ao adversário:

— Você é um charlatão! Não há outra palavra!

— Quem é você para me julgar? Você não entende nada de genética, Himbert! E nada da ciência em geral!

— Então você acha que pode modificar o gene da inteligência? Essa é uma fantasia de velho racista! Todo mundo sabe que isso é impossível!

— Suas faculdades mentais não podem ir tão longe, isso é óbvio.

— Então você acha que pode continuar eternamente conduzindo suas pesquisas sem prestar contas ao Museu? Com Michel Delmas talvez fosse possível, mas agora isso vai mudar, eu garanto!

Servan deu uma risada de menosprezo, enquanto seus olhos continuavam brilhando.

— Você vai entrar em contato com o Espírito Santo? Hein? Vai ligar o seu "atrator orgásmico", é? — perguntou ele, ironizando.

— Parabéns, Servan, você é muito espirituoso. Vou acabar acreditando que seu cérebro está em pleno crescimento, como o dos polvos...

— É mesmo, eles têm essa chance, o que não é o seu caso...

— Você é um cientista fracassado, Servan. Além do mais, é um homem perigoso. Você não respeita nenhuma regra...

A fisionomia de Servan se transformou. Seus traços ficaram mais duros e a boca se torceu num ricto de ódio.

— Suas regras não me interessam. Sou um homem de ciência, um verdadeiro, e não um chefinho de departamento que se impôs graças à sua bunda!

Laurence Himbert pegou um velho abajur de escrivaninha que se encontrava sobre uma estante. Não há a menor dúvida de que, sem a intervenção de Osmond, ela o teria atirado na cabeça do execrável professor. Ela se pôs a urrar como uma histérica, esbugalhando os olhos.

— Você vai lamentar essas palavras, seu velho imbecil! Eu vou substituir Michel Delmas na chefia do comitê de ética e farei tudo, está me ouvindo bem?, farei tudo para obter sua demissão! Seu fim está próximo, Servan!

A péssima cara do colega estampou um sorriso cheio de desprezo. Ele colocou as mãos sobre o coração, fingindo o mais cruel medo.

— Ai... Como você me dá medo...

E ele deu uma gargalhada trovejante. Depois disso encarou o americano, que tinha colocado a mão sobre o ombro da amiga.

— Olhem só! O justiceiro americano chegou! O Zorro do paleolítico! E aí? Tudo certo? — disse ele fazendo um ruído que mais parecia uma explosão.

Depois, fixando os dois com seus olhos de demente, ele se despediu com um gesto rápido e desapareceu por um corredor.

Laurence Himbert se jogou nos braços de Osmond e caiu no choro.

— Não estou entendendo mais nada... O que está acontecendo, Peter? Todos ficaram loucos... E esses assassinatos... A gente só fala nisso...

Ele tentou reconfortá-la como podia. Ela enxugou as lágrimas e balbuciou:

— Estou com tanto medo, não me deixe sozinha... Toda essa violência contra mim... Tenho a impressão de estar sendo sufocada...

— Acalme-se. Ninguém lhe fará mal. Vou acompanhá-la até sua casa.

Ela balançou a cabeça com uma expressão desolada.

— Tenho que comparecer a uma atividade programada para a publicação de meu livro. Não estou com a menor vontade de ir, mas não posso desistir. Você quer me acompanhar?

— Está bem, acompanho sim.

Não é possível dizer que aquela cena havia tranqüilizado Peter Osmond, mas pelo menos ele teve a impressão de que enfim era útil para alguma coisa.

Ele olhou para Laurence Himbert, que retocava a maquiagem diante do espelho de seu laboratório. Quanto tempo fazia que ele não via uma mulher realizando aqueles gestos simples e delicados? Ele nem conseguia se lembrar, e comprendeu a que ponto vivia num mundo povoado apenas por grandes idéias abstratas, porém singularmente vazio de poesia.

Enquanto Laurence Himbert se aprontava para mergulhar no turbilhão de homenagens e mundanidades que a esperava, no último andar da Galeria de Mineralogia, na solidão de um sótão, Léopoldine Devaire viajava, sob uma tênue luz, pela China dos anos 30. Mergulhada nos cadernos de Teilhard de Chardin que havia trazido de casa, ela se imaginava num pequeno acampamento ao pé de uma montanha a oeste de Pequim, no local em que os arqueólogos tinham desenterrado uma série de esqueletos que tinham todas as características de hominídeos. Sob o clarão de uma laterna, ela lia por cima do ombro de um robusto homem do rosto macilento, todo vestido de preto. Sentado sobre uma caixa metálica, com um caderno sobre os joelhos, o homem escrevia na maior rapidez, expondo com suas letrinhas pequenas e nervosas as descobertas do dia e já elaborando os planos de uma visão infinita do universo, uma perspectiva mais do que material, um esboço de projeto místico. Sozinho em seu minúsculo canto na Terra, Teilhard de Chardin lançou uma passarela entre si mesmo e Deus.

Torturada pelo cansaço, Léopoldine quase dormiu sobre as folhas. Ela bocejou, se espreguiçou, pegou sua bolsa, apagou a luz e saiu de mau grado de seu mundo de papel.

E, no entanto, o espetáculo que esperava por ela era absolutamente real e encantador.

Capítulo 29

O Círculo das Ciências havia instalado sua sede num prédio moderno de cinco andares, todo de vidro e metal, situado no bulevar Saint-Michel, a dois passos do Jardim de Luxemburgo. No rol de entrada, por trás de um amplo balcão de madeira clara, recepcionistas riscavam nomes em listas de convidados. Numa sala contígua, outras serviam em bandejas champanhe e canapés. Homens de terno e elegantes parisienses usando colares de pérolas conversavam e circulavam em meio a pessoas bem-nascidas. Vestindo sua bermuda e sua camiseta com a inscrição "*No logo*", Peter Osmond não se sentia realmente em seu próprio mundo. Para dizer a verdade, o efeito da presença dele ali era a de um fazendeiro do Arkansas que estivesse de volta dos campos e que tinha vindo cair diretamente num coquetel mundano sem trocar de roupa. Aquelas pessoas, com exceção de algumas damas com seus sorrisinhos, levavam a boa educação a seu ponto máximo, fingindo que nem reparavam naqueles trajes. O convite de Laurence — disse ele a si mesmo — não tinha sido uma boa idéia. No entanto, ele se resignou bem depressa à sua condição de excêntrico e, renunciando a uma mutação genética de última hora, apoderou-se de uma taça de champanhe que lhe estendia educadamente uma jovem de uniforme. Peter Osmond não podia suspeitar de que, sozinho, ele era mais inteligente do que o conjunto de todos os convivas reunidos para aquela pequena cerimônia.

Enquanto a dama que ele acompanhava era entrevistada por um jornalista, Osmond deu uma volta pelo salão. Cartazes informativos lembravam os colóquios organizados pelo Círculo das Ciências. Sob fotos de cientistas de olhar penetrante e cheio de gravidade, textos noticiosos explicavam, muito a propósito, que alguns dos colóquios haviam contado com a parceria da UNESCO ou da ONU, e, em alguns casos, até mesmo com o apoio do presidente da República francesa. Nos clichês, reconheciam-se os homens políticos devido à tranqüila fatuidade dos mesmos, que dissimulava admiravelmente a total incompreensão que tinham dos assuntos abordados nos tais colóquios.

Osmond pensou novamente no que afirmara Yves Mathiolet. Um homem como ele teria de fato sido vítima de abuso por parte do Círculo das Ciências? Isso era pouco provável. Aquele francês, decididamente, não lhe inspirava confiança. Osmond observou também, sobre um bolsinho do uniforme das recepcionistas, o logotipo verde do Grupo Oliver. Ninguém podia ignorar que o grande grupo farmacêutico estava financiando aquela recepção. Quem era mesmo a pessoa que havia evocado aquilo? Ele vasculhou brevemente sua mente: fora Godovski, no anfiteatro Verniquet. A lhe dar ouvidos, era evidente que tal aliança não podia ser garantia de transparência, e muito menos de objetividade. Godovski talvez fosse de fato exasperante, mas parecia bem-informado. Peter prometeu a si mesmo que teria outra conversa com ele... isto é, caso a polícia permitisse.

Ele deslizou em meio à multidão que se amontoava junto ao bar e conseguiu convencer um garçom de expressão sombria que era um convidado e que também merecia uma taça de champanhe. O homem lhe dirigiu um olhar cético e estendeu-lhe uma taça, de má vontade. Aquela recepção era, no final das contas, bem divertida, decretou Peter Osmond, olhando para o salão. Ele se sentia semelhante a um entomologista que perscruta as características anatômicas de diferentes insetos: um homenzinho gorducho e careca lembrava um escaravelho, ao passo que uma dama alta, com um prêt-à-porter noturno que escutava o primeiro atentamente assemelhava-se a uma libélula. Ou antes a um louva-a-deus: seu sorriso era o de um predador. E ainda um outro tipo, magro, com os olhos vivazes por detrás de espessos óculos... uma verdadeira formiga...

Essa observação cansou bem depressa o paleontólogo, que se aproximou do canto VIP em que Laurence Himbert, belíssima em seu tailleur Chanel, respondia às perguntas de um segundo jornalista sob a objetiva de uma câmera.

— Então a senhora afirma que a evolução responde a uma lógica interna, uma finalidade?

— Seria mais certo dizer que, se a evolução responde a uma lógica interna, a finalidade depende de cada um. Em meu último livro, demonstro a coerência com que evoluem os seres vivos, e isso desde o estágio embrionário. Se o homem chega a esse estágio de complexidade, isso não pode ser efeito do acaso e da seleção natural. A adaptação ao meio ambiente não explica tudo.

— Essas hipóteses concordam com as teorias mais recentes que são reagrupadas pela denominação "Desígnio Inteligente"?

A bióloga pareceu incomodada pela pergunta.

— Bem... Colocam coisas demais sob esse rótulo. Aproveito essa ocasião para afirmar que às vezes desviam meus propósitos para me atribuir teses que nada têm a ver com minhas próprias pesquisas.

— Certo, mas a senhora já publicou em algumas revistas espiritualistas, como a *Parallèle*...

Ela cortou o entrevistador secamente:

— E daí? Não tenho o direito? *Parallèle* não é uma revista científica... Outros fizeram o mesmo que eu sem que ninguém visse nisso algum inconveniente...

— Mas o que a senhora pensa dos críticos que a acusam de favorecer, antes, suas convicções religiosas, ao passo que a ciência deve ser absolutamente neutra?

Laurence Himbert deu um suspiro exasperado. Seu sorriso se apagou lentamente.

— Lamento dizer-lhe que a neutralidade da ciência não existe. É um mito para o qual a maioria dos cientistas apela sistematicamente para justificar a própria irresponsabilidade e cegueira. Em que sentido o fato de encorajar a indústria nuclear, os transgênicos ou a clonagem humana pode ser neutro? Não se pode caucionar qualquer coisa sob o pretexto de que ela faz a ciência avançar! Esses cientistas se pretendem neutros quando na verdade fazem o jogo dos lobistas, que tiram partido das experiências deles. Tudo isso não passa da mais pura hipocrisia!

— Mas o Círculo das Ciências, do qual a senhora é uma das integrantes mais importantes, recebe o apoio do Grupo Oliver, não é mesmo?

— De fato, e não tentamos esconder isso de ninguém. Mas, nem por isso, faço questão de frisar, deixamos de ser totalmente independentes. Não temos contas a prestar aos responsáveis do Grupo Oliver. Eles não intervêm em nossas pesquisas, e é por isso que faço questão de parabenizá-los.

Osmond sorriu; aparentemente, Laurence Himbert não se dava conta da ambigüidade de seus propósitos. Ela vilipendiava os cientistas oficiais e sua aparente objetividade ao mesmo tempo que reivindicava para si mesma essa mesma objetividade, assumindo a proteção de um poderoso patrocinador. Mas esse problema era tão velho quanto a própria ciência, e não seria naquela noite que ele seria resolvido!

O americano perambulou durante mais algum tempo por entre a multidão. A convidada principal da recepção ainda teria que continuar respondendo por algum tempo às inúmeras solicitações dos convidados. Ele se deteve à altura de uma banca de apresentação na qual os livros de Michel Delmas, de Ho Wan Xanh e de Laurence Himbert estavam expostos bem à vista. Ele folheou um livro de Delmas e sentiu um aperto no coração ao ver sua foto na contracapa: seu velho professor, com a gravata-borboleta impecável, sorridente e entusiasta como um jovem pesquisador que tivesse acabado de sair da faculdade... O homem a quem ele devia tudo, seu pai espiritual...

Ele levantou a cabeça. Uma dama elegantíssima o observava de soslaio, como se suspeitasse que ele queria roubar o livro. Em vez de se irritar, ele colocou a obra em seu lugar, virou-se para a indiscreta e endereçou-lhe uma esplêndida careta, mostrando-lhe a língua, como Einstein fizera em outros tempos. A pobre coitada disfarçou, virou o rosto para todos os lados como uma galinha e se foi cacarejar um pouco mais adiante.

O ultraje reservado à grande burguesa aqueceu um pouco o coração de Peter, que notou de repente um fato irrefutável: dos três autores expostos na banca, dois tinham acabado de ser vítimas de morte violenta. Ele não era supersticioso, mas a presença de Laurence Himbert em meio àquelas duas figuras desaparecidas tinha algo de aterrorizante.

Por felicidade, sua amiga veio ter com ele nesse mesmo momento. Completamente entregue ao prazer de ser o centro das atenções, ela brilhava, literalmente.

— Estou vendo que você vai buscar seus conhecimentos nas melhores fontes! — exclamou ela dando uma gargalhada.

Era evidente que sua euforia era devida tanto ao champanhe quanto à exposição à mídia. Osmond julgou preferível não jogar um balde de água fria em tanto entusiasmo, compartilhando com ela aqueles pensamentos que sem dúvida não passavam de estúpidos pressentimentos.

— Pois bem — disse ele brincando com ela e dando de ombros —, se você me fizer uma dedicatória, prometo que lerei seu livro até o fim.

— Mas claro que sim! Você sabia que já recebi críticas elogiosas no *Nouvel Observateur* e no *Express*? Consegui até um artigo no *Le Monde*!

— Godovski é que vai ficar contente!

— Ah... Godovski... Se você soubesse como é que estou pouco me lixando para ele... O que é que ele pensa? Aquele pássaro de mau agouro? Que eu sacrifico centenas de embriões humanos para satisfazer aos sacrossantos critérios da experimentação reprodutível? Realmente... puro delírio...

Osmond preferiu reservar seus argumentos para uma outra ocasião. Ele deu um sorrisinho.

— Segundo ele, a evolução tem um único sentido: o centro do seu umbigo, Laurence.

— Ah, é mesmo? Em geral, ele utiliza um vocabulário menos cuidadoso.

— E ele também a trata por... que palavra é mesmo que ele usa? Ah, sim: carola!

— Aí sim reconheço o vocabulário dele!

Laurence pegou duas taças de champanhe. Com o olhar alegre, ela propôs um brinde:

— A que brindamos? — perguntou ela, maliciosa.

Osmond mergulhou em suas lembranças. Outrora, eles haviam com freqüência brindado ao amor recíproco que os unia, e não tinha dúvida alguma de que, naquela época, eles o consideravam como intangível e eterno. Depois, como ocorre com tudo o que existe na Terra, a relatividade tinha se abatido sobre o mesmo...

— À ciência? — sugeriu Osmond, respeitando uma neutralidade prudente e profissional.

— Pois que seja — consentiu ela. — Não é muito romântico, mas pelo menos quanto a isso estamos de acordo.

— *Yes*... Pois no que diz respeito à lógica interna do embrião...

— Eu sei... — disse ela levantando os olhos para o céu — você não acredita em nada e se contenta em observar os fatos sem questionar suas causas últimas...

Osmond pensou que, inevitavelmente, a conversa entre ambos acabaria em grandes debates teóricos, como cada vez que um cientista encontra um colega. Ele não queria entrar em polêmicas, mas ainda assim não podia permitir que ela dissesse uma coisa daquelas! De repente, ele entrou inteiramente naquela controvérsia e tudo o que havia em volta — lustres de cristal, vestidos elegantes, bandejas de canapés — deixou de existir.

— Eu questiono as causas últimas, Laurence, como todo mundo... Mas realmente não consigo perceber o que é que Deus vem fazer em toda essa história! O que você pretende provar, afinal de contas? A fórmula química da divindade? Quantos átomos de hidrogênio e quantos átomos de carbono ela possui?

— Peter, não seja idiota! Até parece que estou escutando Godovski! Segundo ele, somos frustrados ou senis. E até mesmo agentes do imperialismo americano, como você!

— *My God!* — indignou-se ele.

— Não fale daquilo que não conhece — disse, divertida, Laurence Himbert.

De repente seu rosto tornou-se sombrio. A expressão de alguma ferida secreta veio à tona nela:

— Acho que você não pode avaliar as dificuldades que encontro cotidianamente. A luta permanente para obter financiamentos e publicar os resultados do meu trabalho... E com as conseqüências que tudo isso implica para os meus programas de pesquisa sobre as propriedades modelizáveis do genoma humano... Tudo isso porque pessoas como Godovski fazem com que eu passe por uma iluminada, ou, pior ainda, por incompetente. Sinceramente, quando você escuta essa gente, acaba concluindo que o obscurantismo mudou de campo. Hoje em dia são os cientistas que desempenham o papel dos inquisidores, condenando todos os que não pensam exatamente como eles: um cientista que crê em Deus é um charlatão e ponto final. Você pensa que eu seria alvo de tantos processos de intenção se fosse budista?

Osmond olhou para a amiga e percebeu o quanto aquilo a perturbava: ele jamais havia encarado o problema sob aquele ângulo.

Embalados por sua conversa, os dois iam andando agora por um salão escuro em que eram projetadas as animações em três dimensões do Big-Bang, bem como a reconstituição da explosão de uma supernova. Olhando para os lados, Osmond verificou se ninguém os espionava. Ele baixou o tom de voz:

— Mas que resposta você dá a Godovski quando ele afirma que, durante seus colóquios, você não se apresenta como membro do Círculo das Ciências, mas sim como pesquisadora apoiada pelo Grupo Oliver?

Um acesso de raiva passou pelo olhar de Laurence Himbert.

— Mas francamente... Então você acha que os participantes não vêm em todo conhecimento de causa? Reunimos mais de dez mil pessoas durante os diferentes debates que organizamos. Não é possível enganar tanta gente assim! E para nós é um ponto de honra convidar pessoas que não compartilham obrigatoriamente de nossos pontos de vista. Por exemplo, cientistas famosos, como... caso lhe interesse que eu cite nomes...

— Já tenho inimigos bastantes nos Estados Unidos... Mas Godovski não é o único a dizer isso. Há também um bioquímico, Yves Mathiolet.

— Mathiolet? — exclamou Laurence Himbert. — Mas ele veio porque quis! E na brochura de apresentação do colóquio em que ele se exprimiu, a menção ao Círculo das Ciências estava inscrita, com todas as suas letras! Ou ele é um mentiroso ou é um imbecil.

Osmond relembrou aquele homem enorme: ele parecia tudo, menos um imbecil.

Laurence levou o amigo até o salão principal, onde a multidão estava começando a se tornar mais rala.

— Venha, vou lhe apresentar o presidente do círculo, Jacques Royer.

Osmond viu que um homenzinho de cerca de cinqüenta anos já vinha se aproximando; ele tinha uma expressão jovial e rubicunda. Mais um bendito personagem com aparência e espírito de vendedor de seguros. Aquilo era mais do que o americano podia suportar.

— Ah, não! Vamos continuar nossa noitada em outro lugar! — disse ele pegando Laurence Himbert pelo braço. — Aqui não me sinto em meu meio natural!

Capítulo 28

No andar térreo da Galeria de Mineralogia, totalmente deserta a uma hora daquelas, Léopoldine descobria as vitrinas em que dezenas de diamantes venciam a escuridão como se fossem verdadeiras lascas de estrelas. Sob a iluminação suave dos spots, as pedras cintilavam, rivalizando umas com as outras em pureza e graça fluida. Dispostas em seus estojos de apresentação, feitos de veludo grená e azul-escuro, elas assemelhavam-se a lágrimas ali deixadas por um gigante de pedra.

Completamente enfeitiçada, Léopoldine contemplava todo aquele esplendor de contornos tão delicadamente trabalhados. Ela se sentia como uma garotinha que assistisse, maravilhada, à eclosão de pérolas de um orvalho mineral, cada diamante oferecendo ali uma ilustração singular daquilo que a Terra havia produzido de mais refinado.

De repente, ao contornar uma vitrina, ela deu de cara com um vestido de luz. Léopoldine arregalou bem os olhos. Aquilo era tão lindo que se tornava irreal: um vestido longo, todo bordado com finíssimos diamantes multicoloridos, um feixe de calor, delicado e flamejante. Léopoldine ficou absorvida com o espetáculo durante muito tempo. Ela jamais vira algo tão magnífico.

— Esse vestido a agrada?

Ao choque estético veio juntar-se o daquela voz saída das sombras, aquela que a fazia tremer. O rosto de Johann Kircher apareceu recortado na luz filtrada do recinto. Juntos eles admiraram por alguns instantes aquele tecido de fibras e pedras.

— Ele é esplêndido, não?

— Sim. Realmente soberbo. De onde vem esse vestido?

O conservador não respondeu. As respirações dos dois se confundiam no silêncio. Léopoldine sentiu o olhar de Kircher que pousava nela, e encontrou, enfim, forças para olhá-lo também. Então ela se sentiu maravilhada. Eles permaneceram face a face, sem uma palavra, durante um longo tempo.

Johann Kircher tirou uma chave do bolso e abriu a vitrina. Léopoldine compreendeu o que ele pretendia fazer. Ela não queria, mas não podia lutar contra a vontade daquele homem que estava tirando o vestido da vitrina para estendê-lo a ela.

— Por favor, dê-me esse prazer — disse ele com uma voz suave. —Vista-o, eu lhe suplico. Eu gostaria tanto de ver como fica em você.

Léopoldine pegou o vestido com as pontas dos dedos, quase temendo que ele se desfizesse como num sonho. Ela não acreditava que detinha em suas mãos aquela maravilha. A mão de Kircher pousou sobre seu braço.

— Por favor, Léopoldine.

Terrivelmente perturbada, a jovem procurou com os olhos um canto protegido pela escuridão. Ela se isolou, despiu-se completamente e envolveu o próprio corpo naquele véu de luz. A dois passos, a respiração de Kircher se fazia ouvir, profunda e oprimida.

O Fiat Panda preto saiu do Panteão e virou à direita, adentrando as ruazinhas do 5º *arrondissement* de Paris, depois estacionou diante de um velho bistrô na rua das Feuillantines, fechado a uma hora tardia daquelas. De todo modo, os ocupantes do carro não tinham a intenção de fazer uma parada ali, pois já haviam bebido o suficiente naquela noite. Para dizer a verdade, uma batida policial, mesmo superficial, que verificasse o nível de álcool no sangue deles os teria enviado imediatamente para a delegacia. Mas depois da tensão daquele dia, eles tinham sentido, tanto um como o outro, a necessidade de relaxar um pouco num bar de Saint-Germain-des-Près. Eles tinham evocado suas lembranças e os conhecidos perdidos de vista há muito tempo. No carro, eles riam e cantavam juntos velhas baladas rock dos tempos em que eram estudantes. "*Smoke on the water...*", urrava o passageiro com uma voz de falsete que nem o próprio vocalista do Deep Purple teria deixado de apreciar, antes de retomar o famosíssimo solo de guitarra com a graça de um reator de avião, o que fazia morrer de rir a motorista.

— Peter, você teria dado um cantor de rock extraordinário! — exclamou Laurence Himbert.

— Mas bem que eu tentei! Quando estava no segundo grau, tinha uma banda, e eu era o guitarrista. A gente conhecia todas as músicas.

— E o que virou isso?

— A gente nunca chegou a lugar algum. Cada um seguiu por um caminho.

E eles estouraram de rir.

— Caramba — disse o americano fazendo sair seu corpão magrelo do carro —, por que é que na Europa vocês constroem carros tão pequenos? Vocês não podem fazer algo semelhante a um Buick ou a um Chevrolet, como nos Estados Unidos?

— É que nós não temos mania de grandeza! Você deveria saber disso.

Peter Osmond cambaleou levemente, pois o álcool desafiava, em seu corpo, o centro de gravidade. Ele havia reencontrado seu tom de voz costumeiro e vociferava sem se conter:

— Ora, Laurence... Por que somos tão diferentes?

Ela pegou o braço do amigo e eles caminharam lentamente, saboreando a suavidade da noite.

— O que você quer dizer por... "nós"? — perguntou-lhe ela num tom traquinas.

— Pois bem, os europeus e os americanos.

— Era realmente apenas nisso que você pensava?

Peter Osmond se sentiu enrubescer como um adolescente.

— Isto é, quero dizer... Você e eu, também... Somos muito diferentes. Você é linda, encantadora, distinta...

— E você é um velho hippie fora de moda!

— Fora de moda nada! Sou apenas menos distinto... E, depois, é verdade que você tem uma concepção da ciência que não é a mesma que a minha, e tais concepções são realmente irreconciliáveis.

— Não vamos recomeçar com isso, Peter... É graças a nós que o fanatismo recua. Porque conseguimos conciliar as teorias de Darwin e a fé religiosa. Provamos que a ciência não é diabólica.

— Apesar de seu "atrator *sinfônico*"?

Laurence Himbert lhe deu um tapinha amigo no braço.

— Você é malvado... E fica zombando de mim!

Ele se deteve, perscrutou o céu, depois olhou para ela.

— Faz três dias que venho dizendo a mim mesmo: será que tudo isso tem algum sentido? Será que fiz as melhores escolhas? Será que as coisas entre nós dois teriam podido dar certo?

Ela deu de ombros, com uma expressão um tanto fatalista, dizendo:

— Pelo menos, com minhas concepções filosóficas, encontro um sentido para tudo!

Ele riu satisfeito. Com os olhos embaçados, tentou se orientar no espaço.

— Ah... A propósito de sentido... Para que lado fica meu hotel, em sua opinião? É na rua do Fer-à-Moulin...

Ela tirou um molho de chaves de sua bolsa e mergulhou os olhos nos de Peter. Eles brilhavam como diamantes no céu.

— E se a gente continuasse um pouco mais?

E como Osmond não compreendesse, ela acrescentou:

— Isto é... E se a gente tomasse um último drinque?

Eles permaneceram por um bom tempo um diante do outro, sem dizer uma palavra sequer.

* * *

Léopoldine emergiu lentamente das trevas, com sua silhueta frágil e graciosa envolta no brilho das pedras. Cada um de seus passos fazia com que os reflexos de luz brincassem iluminando seu corpo. Johann Kircher olhava para ela, imóvel, fascinado, esperando que se aproximasse. Ele lhe estendeu a mão, que ela aceitou. Atraiu-a para si, contemplando-a. Kircher parecia transtornado, como se aquele espetáculo revelasse nele um verdadeiro sofrimento. Fechou os olhos e suas mãos trêmulas pousaram sobre os quadris da jovem, depois subiram em direção a seu peito para acariciar-lhe as pontas dos seios. Léopoldine fechou os olhos e deixou cair para trás a cabeça, abandonando-se às carícias do homem que ela tanto havia desejado secretamente.

Laurence Himbert colocou seu copo sobre a mesa e, ondulando ao ritmo da música de Compay Secundo, aproximou-se de Peter Osmond e passou-lhe um braço em volta do pescoço. Osmond tentou sem muita convicção desfazer-se daquele abraço.

— Laurence... Por que você está fazendo isso?

Mas ela fez como se não escutasse e começou a dar-lhe inúmeros beijinhos no pescoço, murmurando: "Isso é muito bom, é bom demais..." Se Peter Osmond estava decidido a não ir mais longe, ele não exprimiu sua recusa de modo muito ardente. Simplesmente manteve o braço longe do corpo da amiga, sem soltar o copo de uísque.

— Oficialmente ainda sou casado...

Mas a cientista fazia deslizar suas mãos sob a camiseta do americano, acariciando-lhe as costas.

— Você é só um pouquinho casado... Você me disse que está separado de sua mulher....

— É verdade, mas...

Com a mão ainda ocupada, Peter Osmond encontrou um móvel providencial, sobre o qual colocou o copo. Ela podia agora ficar totalmente à vontade para continuar em direção aos rins do parceiro, coisa que ela fez como se fosse movida por uma misteriosa lei da atração. No entanto, o americano tentou uma última e fraca manobra de diversão dialética:

— Laurence... Isso não tem futuro.

A mulher conhecia seus poderes. Ela empinou o peito, revelando assim a opulência de seu decote. Ao mesmo tempo, fez com que suas unhas deslizassem ao longo das costas do homem, como uma gata com as garras afiadas. Como previsto, tal carícia logo fez efeito. Uma espécie de descarga elétrica percorreu Peter dos pés à cabeça. Ele colocou fortemente as mãos sobre o corpo de Laurence e a beijou impetuosamente. Três segundos mais tarde os dois arrancavam as roupas, indo na direção da cama.

Os fatos que vieram em seguida são suficientemente eloqüentes para que mereçam comentários. O observador neutro e objetivo se limitará a constatar que o processo de sedução que presidiu, por um lado, ao flerte entre Léopoldine Devaire e Johann Kircher e, por outro, à união entre Laurence Himbert e Peter Osmond, seguiram cursos muitos diferentes, e que tudo o que se pode fazer é confessar a grande diversidade dos comportamentos humanos. No entanto, é preciso notar que tais descargas hormonais ocorriam num contexto marcado por uma seqüência de mortes violentas. Seria lícito ver nisso uma coincidência ou, antes, uma relação de causa e efeito? A proximidade da morte poderia ter uma incidência sobre os comportamentos reprodutores dos seres humanos?

Forçoso é admitir que essa pergunta, evidentemente desprovida de sentimentalismo, revela-se escancaradamente darwiniana!

SEXTA-FEIRA

Apenas um espírito rachado pode
conceber aberturas para o além.

CIORAN, *Silogismos da amargura*

Capítulo 29

Dois homens discutiam em voz baixa na Sala Théodore Monod. A julgar pela atitude de ambos, seria possível jurar que estavam juntando seus pertences pessoais antes de deixar definitivamente o local. Era de fato o que faziam Peter Osmond e o padre Magnani. Mas enquanto triavam e compilavam as notas tomadas no decorrer das observações que haviam feito, eles elaboravam um verdadeiro plano de batalha.

— Agora tenho algumas informações a mais sobre esse Yves Mathiolet — murmurou o padre. — Ele fez parte de seus estudos nos Estados Unidos, mais precisamente na Universidade de Austin, no Texas. Aliás, ele foi um estudante muito brilhante.

— E depois disso?

— Ele terminou o curso como o melhor de sua turma, em 1979, e depois deu aulas em Austin durante alguns anos, antes de voltar à França, em 1988. Primeiro ele passou num concurso na Universidade de Montpellier, depois em outro, em Lyon, em 1992. A partir de 1995, passou a dar aulas em Paris-Dauphine. E desde então não deixou de ficar cada vez mais importante no meio universitário.

— Você está realmente super bem informado, Marcello.

O eclesiástico deu um sorrisinho modesto.

— Tivemos acesso a diversas fontes. Digamos que a colaboração entre o Vaticano e o Estado francês se revelou bastante eficaz.

— Sabia que podia contar com você.

— Todos os canais de informação levam a Roma, Peter. Nesse caso, tais canais são de uma preciosa ajuda.

— O que você quer dizer?

— Yves Mathiolet tem relações estreitas com uma igreja evangélica, a Tempo da Clara Via. Uma igreja conhecida por seus elos com os meios protestantes mais tradicionalistas, especialmente os norte-americanos.

— *Of course!* A Universidade de Austin esteve no centro de inúmeras controvérsias durante os anos 80. Lá também alguns cientistas quiseram questionar o ensino das teorias evolucionistas.

— Exatamente. A agitação durou alguns anos, até que uma decisão da Corte Suprema viesse dar razão aos partidários de Darwin. Mas eu descobri outra coisa. E isso realmente vai interessar a você.

O padre Magnani remexeu em sua papelada — um amontoado de notas que ele deveria arrumar — e mostrou ao americano um documento.

— Veja só quem encontrei entre os ex-alunos de Mathiolet em Austin.

Osmond ficou boquiaberto.

Léopoldine verificou pela última vez seu cabelos e sua maquiagem no espelho do banheiro da biblioteca. Ela procurou compor uma aparência totalmente natural e se dirigiu, em seguida, com passos ligeiros, para a saída.

O tempo estava magnífico, como se o verão não quisesse terminar, e ela estava tão feliz que Alex, que a tinha visto na manhã daquele mesmo dia, lhe tivesse dito: “Humm... Você está apaixonada.” De fato, ela não podia esconder. Ela pensava sem parar naqueles beijos, naquelas carícias, depois naquele passeio romântico pelas ruas de

Paris, até a ponte da ilha Saint-Louis, e nos reflexos das luzes no Sena. Ele a tinha acompanhado até em casa e, como um gentleman, não havia exigido nada além. Não teria sido ela que recusaria, mas Léopoldine era sensível a esse tipo de atitude delicada. Eles tinham tempo para se conhecer. E isso só faria exacerbar o desejo recíproco que sentiam.

Para se ausentar, ela dera como pretexto um trabalho urgente, depois avançou ao longo da Galeria da Evolução, onde os turistas já eram bem numerosos, penetrou no majestoso prédio e se dirigiu para o lado direito, rumo ao setor administrativo. Na ponta do corredor, uma placa de bronze: "Conservador-chefe." Ela inspirou profundamente e bateu à porta. Uma voz, a voz dele, respondeu, dizendo que entrasse.

Com o coração disparado, Léopoldine entrou. Johann Kircher estava instalado em sua mesa de trabalho, um amplo espaço transparente repousando sobre tubos metálicos sutilmente arrumados em espiral. Rente às paredes, uma estante de vários andares inteiramente consagrada à história das ciências, numa delas um lince embalsamado era visto ao lado de uma ametista da mais fina qualidade e de uma máscara aborígine. O lugar, em que se casavam perfeitamente a madeira e o aço, a arte e a ciência, irradiava uma impressão de ordem, clareza e equilíbrio.

Johann Kircher levantou os olhos do livro que lia e se dirigiu a ela num tom gélido:

— O que posso fazer pela senhorita?

Ela ficou antes de tudo surpreendida. Tinha imaginado tantas coisas... Trinta e seis cenas possíveis depois daqueles instantes passados na Galeria de Mineralogia... Tudo, menos aquela expressão fechada, aquele olhar distante...

— Humm... Eu... Eu queria dizer ao senhor...

— Estou ouvindo.

Desorientada pela frieza de Kircher, Léopoldine assumiu uma postura profissional e improvisou algo para dizer:

— Sim... Eu queria... queria lhe pedir... O senhor sabe, com respeito a esse baú... o senhor se lembra, não? Falei disso com o senhor outro dia...

Johann Kircher se levantou lentamente, colocou-se diante da janela e se perdeu na contemplação da perspectiva do Jardin des Plantes.

— Pois não?

— Eu queria saber apenas se o senhor o encontrou... porque eu analisei os documentos que estavam junto com o baú e...

— E?

— Tenho quase certeza que esse baú pertencia a Teilhard de Chardin. Ou então que lhe era destinado. Enfim, tenho certeza que o baú tinha alguma relação... com ele.

Léopoldine tinha se aproximado um pouco com passos silenciosos. Como ele não lhe dava nenhuma atenção, ela decidiu colocar a mão sobre o antebraço de Kircher.

Este teve um sobressalto e se desvencilhou. Ela o encarou, perplexa.

— O que foi que eu fiz?

— Nada — disse Kircher com uma expressão de desdém. — A senhorita não me fez nada, absolutamente nada.

— Mas ontem à noite...

— O dia de ontem pertence ao passado. Não falemos mais disso.

Léopoldine sentiu que suas pernas bambeavam.

— Mas... Será que sonhei?

Kircher olhava fixamente para um ponto no horizonte.

— Escute... As circunstâncias eram especiais, eu estava entregue a uma espécie de exaltação. Talvez o que aconteceu tenha se devido àquela quantidade de diamantes à nossa volta... Não sei o que me deu. Sinto muito, mas prefiro que mantenhamos relações estritamente profissionais.

Ele se virou para Léopoldine. Por um breve instante, parecia ter experimentado algum sofrimento ao pronunciar aquelas palavras. Mas logo retomou um controle total de si mesmo:

— Bem, agora, queira me desculpar, mas tenho uma reunião muito importante com os serviços de segurança. Caso eu tenha notícias desse baú, mandarei lhe dizer. Obrigado, senhorita.

Incrédula, Léopoldine o encarou em silêncio. Ela jamais teria suspeitado de uma tal grosseria por parte de um homem que fazia tudo para passar uma imagem tão irrepreensível de si mesmo.

Ela saiu da sala apressada, batendo a porta.

Peter Osmond sentia-se bem. Um pouco cansado por uma noite um tanto curta, claro, mas bem consigo mesmo. Ele tinha precisado resistir à tentação de ficar com Laurence, que, mais carinhosa do que nunca, lhe tinha proposto que ficassem na cama até tarde. Isso o teria agradado bastante, mas ele não queria se arriscar a fazer com que aquela situação ambígua perdurasse ainda mais. E, principalmente, ele tinha uma investigação a fazer. Mas aquele episódio tinha dado a ele segurança quanto à sua capacidade de sedução, o que nunca é coisa negligenciável, mesmo para um cientista apegado aos trabalhos do espírito.

Eis por que agora ele subia com passos decididos pela rua Legendre, formada por uma interminável sucessão de imóveis anônimos do 17º *arrondissement* da capital francesa. Ele passou diante da encantadora igreja de Batignolles e de sua pracinha arborizada, e prosseguiu por cerca de cem metros antes de chegar ao número 23. Uma grande fachada branca de um andar, sem inscrição especial. Ele empurrou uma porta de madeira rústica e adentrou um vasto recinto recentemente pintado de branco. Uma mesa estava disposta diante de austeros bancos de carvalho alinhados em dez fileiras. Nem crucifixo nem a menor indicação de uma obediência religiosa qualquer. Numa espécie de lousa, à sua esquerda, viam-se inscritos, em grandes letras pretas, os dizeres: "Igreja Evangélica da Clara Via". Osmond se aproximou e leu outras diversas informações: "*Dia 15 de setembro, às 20 horas. Conferência: 'A Bíblia: história de uma exegese', por Martin Whistler. Dia 17 de setembro, às 20 horas: Encontro com Hyeronimus Papp, autor de* A ética científica e a lei. *Dia 18 de setembro, às 13 horas: Reunião de reflexão sobre o tema 'A moral sexual no século XXI'*".

Os grupos fundamentalistas se escondiam sempre por detrás de títulos vagos para poder enganar melhor os que eventualmente se sentissem incomodados por eles. Eles haviam compreendido que o confronto direto fazia com que passassem por sectários psicorrígidos e que, portanto, era de seu interesse avançar dissimulados por uma máscara.

Uma porta bateu, produzindo um eco. Um homem de terno escuro, de cerca de cinqüenta anos, com os cabelos grisalhos, havia entrado por uma porta lateral. Ele se assemelhava mais a um homem de negócios do que a um pastor. Peter reconheceu a aparência daquele tipo de pastor cujos trajes eram habilmente estudados para suscitar uma impressão respeitável. Ele não tinha a mínima vontade de encetar uma discussão filosófica com aquele homem. Então saiu do templo e afastou-se rapidamente, indo em direção às grades douradas do parque Monceau.

Léopoldine estava sentada num banco, no setor de animais vivos. Ela estava cabisbaixa e, a seu lado, Alex vociferava:

— Ele ousou fazer uma coisa dessas com você? Então ele seduz e, depois, no dia seguinte, joga fora sua presa como se fosse uma meia velha? Eu vou quebrar a cara desse tipo, esse sacana!

Era óbvio que Alex estava de fato disposto a executar sua ameaça. Ele não suportava a idéia de que alguém pudesse brincar daquele modo com os sentimentos da amiga. O fato de que era o conservador-chefe do Museu que agia daquele modo não fazia, para ele, a mínima diferença. Nem sequer a diferença de tamanho entre eles, que devia estar por volta dos sessenta centímetros. Para Alex, a lealdade era o mais importante e aquele tipo de comportamento representava, para ele, o pior dos insultos. E depois, sua recente fama nos jornais lhe conferia uma aura de justiceiro. Pelo menos ele pensava assim.

— Mas é o cúmulo! Quem ele acha que é?

— Mas é culpa minha — disse Léopoldine —, eu não deveria ter acreditado. Sou muito ingênua.

— Mas você não se dá conta? — exclamou Alex no auge da raiva. — Porque esse senhor tem um pouco de poder, acha que tudo é permitido? Eu vou lhe ensinar a ter um pouco de educação, você vai ver!

— Deixe isso pra lá, Alex... Da próxima vez, não vou cair na armadilha...

O jovem funcionário do Museu não sossegava. Ele tinha surpreendido Léopoldine sentada naquele banco, com os olhos perdidos no vazio, indiferente ao vaivém dos visitantes. Tinha precisado insistir para que ela lhe explicasse por que estava naquele estado.

— Não achava que ele fosse assim. Ontem ele estava tão gentil, tão atencioso...

— É sempre assim com os homens, Léo, uma mulher não deve se fiar nas aparências.

Alex sabia do que estava falando.

— E então? Vamos dar a volta por cima, hein? — disse ele colocando sobre o ombro da amiga sua mão protetora. — Se quiser, fico com você hoje à noite. Tinha algo para fazer, mas posso cancelar.

A jovem balançou negativamente a cabeça.

— Não. Você é muito gentil, mas prefiro ficar sozinha. Sabe de uma coisa? Preciso trabalhar. Ainda não fiz nada hoje!

Léopoldine olhou para as marmotas, que brincavam em suas tocas. Elas não tinham aquele tipo de problema... Viviam na despreocupação. Palavras como "traição" ou "fidelidade" não significavam coisa alguma para elas. Quem tinha tido a maldita idéia de inventar o amor? Será que Darwin poderia dar alguma resposta para isso? Seria possível isolar o gene do amor?

Como se isso fosse uma resposta para sua pergunta silenciosa, ela avistou Servan. Aquele lá... talvez ele conhecesse bem a genética, mas não tinha a mínima idéia do que fosse um sentimento... Que trapalhão! Mas, ora essa... De onde é que ele estava vindo? Servan estava fechando a porta de um velho depósito situado às margens do setor de animais vivos, bem atrás do viveiro. Léopoldine sempre tinha pensado que aquele local estava fechado e que não servia para nada.

— Alex, diga-me...

Mas Alex, depois de ter verificado que ninguém os vigiava, tinha tirado do bolso um estranho cigarro, mal enrolado, e o mostrava a Léopoldine com uma expressão conspiratória.

— Quer? Vamos fumá-lo ali naquele canto. Isso aqui faz com que todas as preocupações vão embora.

— Alex! Você é incorrigível! — disse ela sorrindo e estalando um beijo na bochecha dele.

Ela saiu do setor de animais vivos com o coração ainda pesado, mas um pouco aliviada por ter conversado com o amigo. O que seria a vida se não existisse a amizade? Eis aí algo que a ciência jamais conseguiria provar...

Ela se dirigiu para a Galeria de Mineralogia, maldizendo ainda a si mesma por sua ingenuidade. Como é que pudera entrar no jogo de Johann Kircher? Ela já havia passado da idade de acreditar no príncipe encantado! Por detrás de sua aparência afetada, aquele cara não passava de um sedutor vulgar, um dândi de baixa categoria. Ela achava ainda mais difícil se perdoar por sua fraqueza ao pensar que devia concentrar toda a sua energia em tarefas bem mais interessantes. O professor Peter Osmond e o padre Marcello Magnani não eram gente do tipo que se perde em futilidades, nem que aceitam comportamentos absurdos!

Ela ficou extremamente espantada ao descobrir os dois homens em pleno conciliábulo, perto de uma fotocopiadora instalada no corredor. Sem dar uma olhada sequer para o documento, que estavam reproduzindo pela trigésima vez, eles se olhavam com gravidade. O zumbido da máquina quase cobria a voz deles:

— O senhor acha que eu deveria ir a essa entrevista coletiva?— sussurrava Osmond.

— Claro — opinou o padre Magnani. — Não para participar de um eventual debate, mas para ver quem estará presente. É bem provável que agora eles comecem a avançar sem máscaras.

— E pensar que Royer também...

— Tenho certeza quase absoluta.

Eles se calaram assim que Léopoldine apareceu.

— Ora, estou surpreendendo vocês em plena missa? — disse Léopoldine num tom de esperteza.

Ela se emendou logo depois, tomando consciência de que estava diante de um homem religioso:

— Desculpe, padre...

— Não é nada, Léopoldine. Mas você tem razão, preferimos conversar um pouco afastados. É mais seguro.

A curiosidade de Léopoldine foi mais uma vez aguçada. Era evidente que algo de importante era tramado pelos dois homens. Ela cruzou os braços e esperou, bem decidida a saber mais detalhes.

— Então, está certo — continuou Osmond. — Você me convenceu.

— Bom — disse o padre Magnani, enfiando de qualquer jeito as fotocópias em sua pasta. — A gente se vê amanhã, Peter?

— Combinado.

Eles trocaram um olhar cúmplice. Léopoldine tinha a impressão de assistir a um filme de espionagem cujos protagonistas utilizavam uma linguagem cifrada. O padre foi-se discretamente.

— Professor, o senhor vai me dizer o que estão preparando? — perguntou Léopoldine com certa impaciência.

Como única resposta, Osmond colocou o indicador sobre os lábios, apontando para o espaço em volta com um gesto amplo e sem ambigüidade: as paredes tinham ouvidos.

Eles esperaram ainda um minuto antes de se afastarem da fotocopiadora.

Naquele final de semana e naquela hora, a maioria dos funcionários do Museu já tinha ido embora e os passos dos dois ecoavam pelos corredores vazios. Léopoldine deu uma olhada pela janela: o céu estava encoberto, mais uma tempestade se aproximava. As estantes e as vitrinas tornavam-se menos visíveis na penumbra. Uma planta verde que se erguia contra a luz parecia uma silhueta fantasmagórica, ainda mais porque se encontrava ao lado de uma rocha cuja forma lembrava os jazigos de Pompéia tomados pela lava do Vesúvio. A atmosfera tornava-se novamente opressora.

A jovem esperou que eles ficassem sozinhos no elevador para interrogar Osmond baixinho.

— O que está acontecendo? — murmurou ela.

— Marcello conseguiu arranjar um convite para uma entrevista coletiva que o Círculo das Ciências dará amanhã de manhã à imprensa — respondeu Osmond. — Não tenho nenhuma vontade de assistir a isso, mas ele acha que seria bom que eu fosse ver, na qualidade de redator da *News in Evolution*.

— O que o senhor quer dizer por "arranjar um convite"?

— Humm... Uns amigos de Marcello conseguiram um convite desses e... fizeram uma cópia falsa...

— Entendo... Mas por quê?

— Porque, segundo ele, é aí que se encontra a chave do mistério. Não posso lhe dizer mais do que isso por enquanto. E você? Tem alguma novidade sobre Parker?

Léopoldine tirou do bolso uma folha cheia de anotações.

— Tobie Parker passa por um fundo de investimentos chamado True Values para fazer a lavagem do seu dinheiro.

— True Values — disse Osmond em tom de galhofa. Os "valores verdadeiros"... Ele com certeza tem a esperança de patentear a santidade.

— O site da True Values afirma que esse fundo se engaja junto a instituições que têm vocação para missões humanitárias. A lista das associações e das empresas em que o fundo investe é bastante diversificada. Veja minhas notas.

Eles haviam chegado ao térreo. Com os olhos pregados nas notas de Léopoldine, Osmond se imobilizou sem lançar um olhar sequer para a exposição de pedras preciosas. Quanto à jovem, aquele espetáculo encantador evocou-lhe uma lembrança tão cruel que ela arrastou o americano para fora dali.

O vento começara a soprar. Os guardas apitavam e anunciavam ruidosamente o fechamento do Jardin des Plantes. Grupos de curiosos andavam pelas alamedas para se impregnar da atmosfera daqueles lugares venerados e, de repente, ameaçadores. Como abutres, eles observavam as várias pessoas que saíam dos prédios, imaginando o peso da responsabilidade que cada qual teria na tragédia que estava ocorrendo naquele lugar. Quem seria o matador em série do Museu? Eles se sentiam tranqüilizados pelo fato de não pertencerem àquele microcosmo. Num banco, um homem lia a última edição do *Le Monde*. Na primeira página, uma manchete anunciava: *Uma série de assassinatos sem explicação no Museu Nacional de História Natural.*

Léopoldine e Osmond se apressaram rumo à saída da rua Cuvier, a fim de escapar o mais depressa possível dos olhares inquisidores. Eles continuavam sua conversa em voz baixa. Osmond apontou para uma palavra entre as notas da jovem.

— Oliver... Eles estão em todos os lugares! Eu me pergunto o que pode motivar uma paixão dessas pelas ciências exatas... Léopoldine, tenho uma missão muito importante a lhe confiar. Mas, antes de mais nada, preciso avisá-la de um perigo. Você precisa se manter afastada, a todo custo, de uma certa pessoa. Não quero me meter em coisas que não me dizem respeito, mas...

Léopoldine preferiu interromper imediatamente as insinuações de Osmond:

— O senhor está querendo falar de Norbert? Sei que suspeitam dele em relação ao acidente de Alan... Ele não tem nada a ver com isso. É um rapaz honesto, talvez um tanto desajeitado...

Uma voz fez com que os dois se detivessem. A voz dele:

— Srta. Devaire.

A delgada silhueta de Johann Kircher apareceu num canto da estufa. Imediatamente, o coração de Léopoldine disparou, suas pernas começaram a tremer e ela perdeu completamente o senso de orientação. Mesmo assim, lembrando-se do comportamento paradoxal do conservador-chefe, ela conseguiu se controlar e manteve uma postura glacial em relação a ele.

— Pois não, Sr. Kircher?

— Sinto muito incomodá-la, mas...

Kircher desviou os olhos de Léopoldine e se concentrou na escultura de bronze que se erguia a dois passos deles.

— ... Gostaria de conversar com a senhorita, amanhã cedo, sobre os cadernos dos quais me falou. A senhorita poderia ir até a sala da reserva dos livros raros, às 10 horas, por favor?

Léopoldine estava por demais escaldada para consentir muito rapidamente. Ela fingiu que estava pensando.

— Dez horas... Acho que não será possível, tenho uma reunião importante... Digamos... às 11 horas, caso o senhor não se importe.

— Muito bem, às 11 horas. Até amanhã, então.

Kircher respeitou evidentemente a mais escrupulosa boa educação e deu atenção também ao americano, dizendo-lhe:

— Professor Osmond, sinto muitíssimo pelo fato de suas pesquisas terem terminado de modo tão abrupto. O senhor conservará uma lembrança muito ruim de sua estada no Museu.

— Quem lhe disse que minhas pesquisas estão terminadas? — respondeu friamente Osmond.

Léopoldine olhou bruscamente para o americano. O que significava aquela reação? Orgulho? Ciúme? Sua animosidade contra o conservador era flagrante... Este, ainda assim, tinha mantido uma atitude gentil: como a entrada principal — a da rua Geoffroy-Saint-Hilaire — estivesse momentaneamente impraticável devido à poda das árvores, ele lhes indicou a saída mais próxima, a trinta metros de onde se encontravam, perto do prédio da Baleia.

— Infelizmente — deplorou ele —, a perda desse meteorito parece irreversível. Apesar do avanço das investigações, não pudemos achá-lo... nem aqueles que o roubaram.

— Eles estavam muito bem informados — prosseguiu Osmond, com um tom neutro.

— Seja como for, saiba que o senhor sempre será bem-vindo aqui.

— Muito gentis suas palavras, mas gostaria de observar que ainda não fui embora.

Léopoldine distanciou-se um pouco. Aqueles conflitos repetitivos a esgotavam. Ela sentia necessidade de se proteger contra a surda agressividade que se apoderava de todos e se esparramava pelo ar como uma tempestade.

Quando chegou a um patiozinho interno situado nas proximidades do laboratório dos mamíferos e das aves, ela se sentiu observada. Levantando os olhos para uma janela no segundo andar, cruzou o olhar de Laurence Himbert.

Esta olhava fixamente para a frente. Absolutamente imóvel.

Com a imobilidade de um cadáver.

Capítulo 30

Kircher se precipitou na direção de uma porta, que ele com o auxílio de um cartão magnético, e, seguido por Osmond e Léopoldine, orientou-se pelos corredores malconservados do velho pavilhão em que se amontoavam diversos mamíferos de pequeno porte e roedores embalsamados, tais como arganazes, castores, visões e raposas, surpreendidos em atitudes cheias de vivacidade, empinados sobre as patas traseiras ou com a goela aberta deixando à mostra dentes brilhantes. Um pouco mais longe, sob a luz crepuscular que caía da janela, distinguiam-se dezenas de pássaros embalsamados, de penas multicoloridas e com as asas abertas.

No meio de toda aquela fauna petrificada, exposta sob um clarão opaco e vestida apenas com um avental branco, encontrava-se, como um espectro, Laurence Himbert. O assassino tinha levado a perversão ao máximo, chegando a sugerir uma certa pose para o corpo, tendo lhe dobrado ligeiramente os braços, como os de uma manequim de cera. Ele havia colocado o cadáver sobre um pedestal transparente, sobre o qual fixara com um suporte metálico, a fim de mantê-lo de pé. O rosto da morta se revelava horrivelmente inexpressivo. Um levíssimo esboço de surpresa mal se desenhava nele.

No avesso do avental estava espetado um alfinete com uma etiqueta semelhante àquela que Osmond tinha recolhido no cadáver de Anita Elberg. Mas dessa vez a etiqueta trazia uma inscrição, duas palavras impressas em letras maiúsculas:

HOMO DEGENERIS.

— Então o senhor passou o dia inteiro na biblioteca? — perguntou o policial Commerçon a Johann Kircher.

— Exatamente. O senhor quer saber se tenho testemunhas? — replicou o conservador com alguma irritação.

O policial foi surpreendido por seu tom agressivo. Ele achou que seria conveniente deixar as coisas claras com Kircher:

— O senhor me dá licença, Sr. Kircher? Estou fazendo minha investigação.

Um forte trovão ecoou junto com essas palavras. A tempestade tinha começado. A equipe da polícia judiciária tinha vindo correndo para o local e, como de costume, só fez constatar que chegara tarde demais. O comissário Roussel andava de um lado para outro de uma sala de leitura um tanto malconservada, na qual os policiais procediam às audições. Roussel xingava Deus e todo mundo, e, sobretudo, vociferava contra si mesmo, incapaz que estava de pôr um fim àquela série de assassinatos, mesmo tendo enchido o Museu de policiais à paisana. Como é que era possível transportar cadáveres daquele modo, nas barbas da polícia, sem que ninguém visse coisa alguma? Aquilo era um desafio ao bom senso. A maioria dos visitantes já tinha saído do jardim no momento em que ocorrera a descoberta do corpo de Laurence Himbert. O criminoso tinha portanto conseguido colocá-la diante da janela com uma relativa discrição. Que história! Que audácia! Para realizar um feito desses, ele tinha precisado se esconder, utilizar instrumentos, uma mesa... Aliás...

O comissário Roussel interpelou o chefe da polícia científica:

— Barnier? Você pode me explicar como é que esse maluco procedeu?

— Para dizer a verdade, comissário, é preciso admitir que ele foi muito engenhoso. O assassino utilizou um método de embalsamamento de cadáveres muito sofisticado. Depois de ter esvaziado o corpo, ele lhe deu forma recorrendo a hastes de poliuretano. Em seguida encheu a camada epidérmica com poliestireno expandido, a fim de lhe dar uma aparência relativamente humana; enfim, ele a costurou e fixou com o auxílio de uma resina de síntese à qual acrescentou um endurecedor bastante poderoso para que pudesse obter uma polimerização rápida. Essa resina de poliéster se solidifica em menos de uma hora. Dessa maneira, ele pôde preparar o corpo e transportá-lo com bastante rapidez e sem a menor ajuda. Isso é que é trabalho bem-feito!

— Grato pela apreciação da qualidade do trabalho! Quando eu conseguir pôr as mãos nesse monstro, não vou esquecer de lhe dar os parabéns em seu nome. E o resto?

O técnico olhou para seu superior hierárquico com uma expressão de total incompreensão. Será que ele também tinha perdido a cabeça?

— Que resto, comissário?

— O resto do corpo, ora essa! Onde está?

— O senhor quer dizer as vísceras e...

— Exatamente. Mas não precisa entrar nos detalhes.

— Não tenho a mínima idéia. Estamos procurando.

O comissário Roussel fez um gesto exprimindo raiva. Procurando... Isso era tudo o que ele vinha fazendo há quatro dias... Interrogar pessoas que não tinham visto nada e procurar indícios invisíveis... Seu superior o tinha informado de que, caso não conseguisse resultados nos mais curtos prazos, ele seria destituído daquela investigação. Isso nunca tinha lhe acontecido em 25 anos de trabalho! Sua reputação estava em jogo.

Quanto ao tenente Voisin, ele interrogava Peter Osmond. Aniquilado, o americano só conseguia responder às suas perguntas com monossílabos. Sim, ele conhecia bem Laurence Himbert. Sim, ele tinha se separado dela naquela manhã, por volta de oito horas. Não, ele não tinha a menor idéia da identidade do assassino. Sim, ele tinha um álibi, o padre Magnani podia testemunhar que haviam passado quase o dia inteiro juntos, conversando, na Sala Théodore Monod. Ele mencionou rapidamente o conflito entre Laurence Himbert e Servan. Mas no momento em que descobriam o corpo de Laurence Himbert, Servan tinha sido visto do outro lado do Museu, perto da Galeria de Geologia, e isso era algo irrefutável.

— Tratem de convocar esse Servan! — gritou o comissário Roussel. — Vou cuidar pessoalmente de seu interrogatório. Quanto ao senhor, professor Osmond, vou lhe pedir que fique à disposição da justiça francesa!

O cientista americano levantou a cabeça.

— Como?

— Não quero ser desagradável — disse o comissário —, mas tenho observado que os crimes se sucedem uns aos outros depois que o senhor chegou ao Museu. O senhor há de convir que essa coincidência é perturbadora.

Peter Osmond deu um pulo e, de pé, pôs-se a berrar:

— *What are you saying, bastard?* O senhor acha que sou capaz de fazer uma coisa dessas?

— Silêncio! — gritou Roussel. — Vamos continuar essa conversa em minha sala!

Cerrando os punhos, Osmond conseguiu se controlar. Ele se forçou a respirar profundamente e fuzilou o comissário com os olhos. Depois abriu a porta com um pontapé e saiu do recinto dando um encontrão num policial fardado que tinha acorrido, alertado pelos gritos do americano.

Com a testa apoiada à janela de uma sala do térreo, Léopoldine olhava a chuva caindo sobre as árvores. Os relâmpagos enchiam com sua luz espectral o Jardin des Plantes. Cada grunhido dos trovões era como uma alfinetada em seu sistema nervoso. Ela tremia como uma folha, incapaz de expulsar de sua mente a visão daquela silhueta fantasmagórica. Quem? Quem era louco o suficiente para cometer um ato tão abominável quanto aquele? Uma crueldade daquelas era algo... diabólico. Léopoldine estava com medo. Cada parte de seu ser estava congelada de pavor.

A mão de alguém veio pousar sobre seu ombro. Ela deu um grito. Johann Kircher falou então com a mais suave das vozes:

— Você está tremendo, Léopoldine. Não está se sentindo bem?

Ela inspirou profundamente.

— Não consigo parar de pensar naquilo. É horrível.

— Acho que o melhor para você seria voltar para casa. Quer que eu a acompanhe?

Léopoldine sentiu que sua força de vontade vacilava. Ela encarou Johann Kircher agradecendo. Mas Peter Osmond se interpôs:

— Não, pode deixar que eu vou cuidar dela.

O tom em que o americano falou não dava lugar a contestação alguma. Os dois homens se mediram com os olhos. Léopoldine se interpôs:

— Vou ficar com o professor Osmond — disse ela. — Creio que ele precisa de um apoio. Obrigada.

O conservador se retirou com elegância. Léopoldine e Peter Osmond se afastaram.

— Vamos recapitular — disse Roussel diante de seus adjuntos, na sala do comissário. — Laurence Himbert passou a noite com Osmond. Ele afirma que eles se separaram de manhã. A zeladora do prédio de Himbert afirma que o viu partir por volta das oito horas. Himbert saiu de seu apartamento por volta das 9h30. Osmond foi para o Museu e passou o dia com o padre Magnani, com exceção do período entre 13 e 15 horas, em que foi passear pelas ruas de Paris.

— O que é estranho — comentou o tenente Voisin.

— De fato. Mas teria ele tido então o tempo suficiente para matar Himbert e para... submetê-la a um tratamento daqueles?

— Não — afirmou Barnier. — Para realizar uma operação daquelas, é preciso no mínimo cinco horas. E isso caso a coisa seja feita por um especialista em dissecação.

— Então a que horas, segundo você, Laurence Himbert foi assassinada? — perguntou Roussel com uma voz arrogante.

— Eu não poderia lhe dizer com precisão — disse o técnico, intimidado. — Seria preciso esperar mais um pouco para que façamos algumas análises complementares...

— Mas não temos mais tempo! — grunhiu o comissário Roussel dando um murro na mesa. — A que horas, aproximadamente?

— Eu diria... que foi entre 11 e 13 horas.

— O que faz do americano um possível suspeito — aventurou-se a dizer Commerçon.

— Afirmativo — completou Roussel. — Aliás, sua reação de agora há pouco não foi muito clara. Era como se se recusasse a admitir a realidade.

— Mas por que teria ele matado Delmas? — perguntou o oficial Voisin. — Ele o respeitava, era seu mestre. E Himbert? Ele tinha acabado de passar a noite com ela...

— Já vi coisas ainda mais estranhas, acredite. Tipos roídos pelo rancor ou pelo remorso que acabam explodindo um dia... Seja como for, esse cara não tem a consciência tranqüila. E não esqueçam o *Post-it* encontrado na sala de Elberg... Não... isso tudo é demais para um homem só! Commerçon, amanhã você começa a segui-lo e não desgrude mais dele. Tenho certeza que ele está escondendo alguma coisa.

— Certo — concordou Commerçon, anotando as ordens em seu bloquinho, como tinha o hábito de fazer.

— E o padre? — perguntou alguém.

O comissário Roussel se virou para identificar o autor daquela pergunta estúpida. Ele estava prestes a ter um de seus legendários acessos de raiva, mas acabou se controlando.

— Sim, e o padre? — disse o tenente Voisin que, como sempre, pensava em voz alta. — Alguém que poderia ser atormentado por escrúpulos morais... É o padre...

Roussel pensou e respondeu rapidamente:

— Osmond disse que eles passaram o dia juntos, conversando.

— Isso é o que ele disse. Ele pode muito bem ter passado o dia fazendo outra coisa. Afinal, desde o roubo do meteorito, ele não tem mais nada a fazer em Paris. Tem todo o tempo livre do mundo e pode ter pedido ao padre Magnani que lhe fornecesse esse álibi. Coisa que o padre teria aceitado de bom grado, já que tem outros planos em mente...

— Você está querendo insinuar que Osmond e Magnani se protegem reciprocamente? — perguntou Roussel.

— E por que não? — respondeu Voisin, dando de ombros. — Nesse caso, tudo escapa ao entendimento. Até agora, o padre Magnani foi eliminado da lista de suspeitos pelo simples fato de ser padre. Faço questão de observar que, tanto no caso de Anita Elberg, quanto no de Michel Delmas, nos contentamos em ouvir seu testemunho, nada mais.

Um grande silêncio se impôs com essa constatação. Tudo o que se ouvia era o barulho da chuva lá fora.

— E olhe que ele foi visto na sala de Michel Delmas, no dia em que ele morreu — continou Voisin.

— E é preciso dizer ainda — completou Commerçon — que ele era um dos únicos que conheciam o segredo do cofre em que o meteorito estava. Esse é outro ponto digno de nota.

O comissário deu um suspiro.

— Isso tudo é muito delicado. Seria preciso que obtivéssemos maiores informações sobre ele. Mas discretamente.

Voisin concordou. Já Commerçon fez outra pergunta:

— E Godovski?

— Quanto a esse aí, suspendemos sua prisão preventiva — disse o comissário Roussel. — Mas ficaremos de olho nele. Em todo caso, uma coisa é certa: ele não tem nada a ver com a morte de Laurence Himbert. Enfim uma certeza, pelo menos...

O comissário permaneceu em silêncio por alguns segundos. Ele foi até a janela e perscrutou as trevas, como se quisesse ver em meio a elas alguns lampejos de verdade.

— Agora — retomou ele voltando para o meio do grupo —, e no caso de se tratar de um único assassino, o que é que sabemos dele?

A equipe mergulhou numa profunda reflexão. Commerçon retomou a palavra:

— Ele é uma pessoa forte. Laurence Himbert não foi assassinada no local em que seu corpo foi encontrado. Portanto, ele teve que transportar o cadáver com o pedestal em que estava fixado. Isso exige certa força física.

— Sim, e o criminoso é um homem — admitiu o comissário Roussel. — Mas, quanto a isso, acho que não temos dúvida alguma. E o que mais?

— Ele tem grande mobilidade — prosseguiu Voisin. — Desloca-se como deseja pelas dependências do Museu. Deve portanto inspirar a mais completa confiança naqueles que por acaso o encontram.

— Esse é um segundo ponto. O que mais?

— Ele é muito forte psicologicamente — disse Barnier. — Podem acreditar em mim: para proceder ao tratamento que sofreu Laurence Himbert, é preciso ter nervos de aço. O autor disso é um verdadeiro psicopata.

— O que significa que é completamente seguro de si mesmo — completou Roussel.

— Ele é sistemático e possui um sangue-frio fora do comum.

— É uma espécie de justiceiro — concluiu o comissário Roussel.

— Como se acreditasse estar investido de uma missão...

— Em suma, é o perfil psicológico de um grande cientista ou o de um padre — resumiu Roussel.

Um silêncio profundo se instalou no grupo. Era evidente que os quatro policiais experimentavam aquela sensação especial que tem o caçador quando vê a rede se estreitar em volta de sua presa.

Enquanto isso, sozinho em seu quarto de hotel, ajoelhado no chão, o padre Magnani estava imerso em suas orações. Um telefonema da polícia o havia informado da morte de Laurence Himbert e ele não conseguia superar o desespero que se apoderara então de sua alma. Ele contemplou o crucifixo e implorou ao Salvador que lhe desse paz de espírito.

— Mas como, Senhor... Como é possível uma coisa dessas? Vós, que sondais as profundezas do coração de cada um, podeis dizer-me? Podeis acolher essa ovelha perdida em Vossa Igreja? O Mal, nesse grau tão elevado, é realmente possível? Ó Senhor cheio de misericórdia, tende piedade deste pobre pecador.

Capítulo 31

Léopoldine e Osmond andavam sem destino pelas ruas alagadas. Com uma voz suave e triste, Peter contava sua paixão por Laurence Himbert ainda jovem, doutoranda e loucamente apaixonada. Ele havia debulhado algumas de suas lembranças como se fossem pepitas que tinham deixado de brilhar para sempre, tendo se transformado em pedras. Certo passeio a Versalhes, um piquenique em plena Ponte des Artes e a maneira que lhe era peculiar de ouvi-lo, brincando com ele, e com a cabeça pousada sobre seu ombro... Ele não quis evocar a última noite, nem o sombrio pressentimento que a tinha precedido quando se encontrava no Círculo das Ciências. Naquele instante, uma onda de nostalgia misturada a uma grande raiva o invadiu e ele fez uma pausa. Examinou as fachadas às margens do Sena, que tinha achado tão românticas alguns dias antes, e se apoiou no parapeito, com os olhos virados na direção do rio que corria sem parar, indiferente ao tempo e aos dramas.

Léopoldine colocou a mão no ombro dele.

— Em que está pensando? Diga-me, Peter...

Ele se virou lentamente para ela e a abraçou, pois tinha vontade de tomar alguém em seus braços, apenas para se sentir um pouco menos sozinho. Para que o absurdo da existência lhe parecesse menos absoluto. Sem jeito, Léopoldine deixou-o. Depois, ao sentir que estava mais relaxado, ela lhe deu uns tapinhas nas costas. Léopoldine não tinha absoluta certeza, mas os sobressaltos que agitavam o corpo de Peter Osmond pareciam ser provenientes de um autêntico acesso de choro.

— Vamos tomar uma bebida quente. Isso vai lhe fazer bem.

Léopoldine abriu a porta de seu apartamento. Ela teria sido muito cruel deixando o americano sozinho na noite parisiense. Ela fez com que ele se sentasse na sala, enquanto Titus, com seus miados, protestava contra a demora de sua dona para voltar para casa. A volta aos pequenos problemas da vida doméstica era no final das contas o melhor meio de tomar um pouco de distância do horror que os rodeava há alguns dias.

— Quer um café?

— Você não teria um pouco de uísque? — perguntou Osmond. — Acho que estou mesmo precisando de alguma coisa mais forte... que me ajude a levantar o moral...

— Algo para levantar o moral? Já, já!

Léopoldine procurou num armário e encontrou uma garrafa de rum. Aquilo seria suficientemente forte para acabar com todas as preocupações, como costumava dizer Alex. Ela lhe serviu uma dose que ele esvaziou num gole. Uma segunda teve o mesmo destino. Foi apenas no terceiro copo que Osmond bebeu mais devagar e se descontraiu um pouco. Seu olhar estava perdido no vazio, mas sua mente funcionava na maior velocidade. Ele acabou meditando em voz alta:

— Esse tal de Servan... Em sua opinião, que tipo de homem ele é?

Léopoldine refletiu durante alguns segundos. Ele estava procurando a expressão mais adequada e achou apenas uma:

— Do tipo maluco.

E acompanhou essas palavras de um gesto universalmente conhecido para designar os fracos da cachola.

— Você já foi ao laboratório dele?

— Sim! E não será tão cedo que hei de esquecer essa visita!

— Por quê? Como é lá dentro?

— Um verdadeiro depósito! É sujo, tem cheiro de lugar fechado, as janelas estão quebradas, há livros esparramados por todo lado...

Léopoldine se interrompeu de repente, pois acabava de se lembrar de algo... o livro de Newton! Ela o tinha esquecido na sala do professor Florus! E tinha que ir buscá-lo no dia seguinte, sem falta.

Mas Osmond continuava com seus pensamentos:

— E o material do laboratório dele? É recente?

— Super! Tudo é novíssimo.

— E no entanto ele não tem nenhum financiamento do Museu, segundo tudo o que me disseram... Então... de onde vem esse dinheiro?

— De instituições privadas, suponho...

— Sim, mas quais? Gostaria também de saber mais um pouco sobre o papel do Grupo Oliver no Círculo das Ciências...

— Você tem alguma idéia?

— Tenho, sim, mas preciso de uma confirmação. Amanhã de manhã gostaria que você fosse fazer uma visita aos responsáveis do Oliver para conhecer as motivações oficiais do grupo. Se Tobie Parker investiu tanto dinheiro nessa empresa, sem dúvida tem boas razões para isso.

Léopoldine arqueou as sobrancelhas.

— Mas o que vou dizer a eles para justificar minha visita?

— *Well*... Você é conservadora do Museu e está preparando um relatório sobre o patrocínio científico. A partir do momento em que se trata de deixá-los falar de si mesmos, os doadores nunca dizem não. Mas evite mencionar o meu nome, pois isso poderia fazer com que eles ficassem com a pulga atrás da orelha!

Léopoldine sorriu e bebeu alguns goles do chá que havia preparado. Ela fez uma careta de dúvida.

— Vou tentar conseguir um encontro, mas tenho medo de encontrar os mesmos problemas que tive com Servan.

— Confie em mim — disse Osmond, esvaziando seu copo de rum. — Esses grandes grupos têm necessidade de se comunicar e jamais perdem uma ocasião. Tudo vai correr bem.

A jovem concordou balançando a cabeça, depois franziu as sobrancelhas, como se a lembrança da entrevista com o geneticista viesse atormentá-la.

— Na verdade, queria lhe perguntar uma coisa. Sobre o que, exatamente, trabalha esse Servan? Ninguém parece levá-lo a sério.

Osmond suspirou, jogou a cabeça para trás e esboçou um sorriso.

— Oh... Ele estuda o tamanho do cérebro... Um velho mito. Os teóricos racistas do século XIX já acreditavam numa relação entre o tamanho do cérebro e a inteligência humana. Sem falar das experiências dos nazistas... Essa estupidez toda já foi rejeitada pela ciência há muito tempo. O que espera demonstrar esse Servan?

— Uma justificação genética das hierarquias sociais, talvez? — aventurou-se a dizer Léopoldine, que tinha se sentado no chão, com os joelhos dobrados sobre o queixo.

— Provar que alguns foram feitos para comandar e outros para obedecer... Uma velha história, também... Desde que Darwin propôs suas idéias sobre a seleção natural, certos cientistas têm querido retomá-las para aplicá-las às sociedades humanas. O próprio sobrinho de Darwin, por exemplo, Francis Galton, preconizava a seleção dos seres humanos de acordo com sua capacidade biológica. E até mesmo no século XX, um prêmio Nobel de medicina, Macfarlane Burnet, pensava que a criminalidade era de origem genética e que era preciso isolar preventivamente todos os que corriam o risco de se tornar delinqüentes.

— Mas isso é monstruoso! E deram a ele o prêmio Nobel?

— Pois deram, sim... Inicialmente, essas pessoas são cientistas. Mas desde que recebem o prêmio Nobel, começam a pensar que são filósofos. E aí...

Osmond fez um gesto vago que parecia englobar o universo inteiro da imbecilidade em sua mais insondável profundeza.

— Mas você também, Peter... Você é filósofo... Quando luta contra os criacionistas nos Estados Unidos, tem que se confrontar com argumentos filosóficos.

— Eu diria, antes, pseudocientíficos... — suspirou Osmond, apropriando-se definitivamente da garrafa de rum. — Mas é verdade, você tem razão, a ciência não pode prescindir de passar por uma reflexão metafísica.

Ele encheu mais um copo e saboreou o gosto do álcool.

— No caso que nos diz respeito, estamos em plena filosofia, caso queira minha opinião. Ou, para ser mais preciso, no delírio de um homem que se toma por filósofo.

— Você acha, é?

— Considere bem os fatos: Ho Wan Xanh, Michel Delmas, Laurence Himbert, três cientistas, mas também três pessoas que acreditavam em Deus. Isso não é obra do acaso.

— E Anita Elberg? E Alan?

— Ainda não tenho a resposta. Mas tenho certeza que é preciso buscá-la pensando numa querela metafísica que terminou mal. Talvez mesmo...

— Sim?

Léopoldine era toda ouvidos. A tênue luz irradiada pelo abajur da sala confinava o rosto do americano numa semi-obscuridade misteriosa.

— Uma querela religiosa.

Léopoldine deixou que essa informação fosse apreciada por seu espírito. Mas, caramba... Nós estávamos na França do século XXI... Ninguém mais matava em nome de Deus!... Pelo menos não no Museu... Ela se recusava a acreditar. E no entanto... Tudo se passava como se, sob as aparências de uma instituição organizada, obediente às regras mais estritas da vida científica, se desenvolvesse uma vida subterrânea, inquietante, fervilhante de demônios e de idéias estapafúrdias. Uma vida subterrânea...

— Uma vida subterrânea... — murmurou ela.

Osmond encarou a jovem.

— O que é que você disse? Uma "vida subterrânea" por quê?

Peter se levantou num salto. O cientista racional e empírico havia de repente vencido o homem abatido e cheio de dúvidas.

— Léopoldine, talvez esteja aí a resposta para todas as nossas perguntas! Tudo estava diante de nossos olhos, bastava enxergar!

Ela arregalou os olhos. Mas que diabos tinha o americano?

— O subsolo do Museu! Existem subterrâneos no Museu, não?

Com a mão sob o queixo, Léopoldine avaliava aquela pergunta.

— De fato, há sim. Parece que reabriram algumas galerias durante a construção da zooteca, sob a esplanada, no início dos anos 80. Mas aquela rede de subterrâneos é tentacular, qualquer um pode se perder nela facilmente. Nos anos 30, encontraram lá o cadáver de um cientista, Victor Jacquemont, que estava morto há muito tempo.

— Mas como isso é possível?

— Victor Jacquemont morreu durante uma missão que o levara a Bombaim, em 1832. Seu corpo só foi remetido ao Museu em 1881. E depois, como ocorre freqüentemente aqui, puseram-no em algum canto e ele foi esquecido... depois reencontrado por acaso, cinqüenta anos mais tarde. Jacquemont foi inumado sob a Grande Galeria; quiseram assim prestar-lhe uma homenagem.

Abobado, Peter Osmond escutava a jovem explicar aquela aberração com a maior naturalidade do mundo. Aqueles franceses... Eles podiam perder as calças no meio da rua... sem sequer se abalar... O importante era que ninguém questionasse o prestígio deles. Mas Osmond deixou de lado tais considerações antropológicas e bem pouco científicas.

— Precisamos conseguir a planta do Museu anterior à construção da zooteca. Será que você pode conseguir isso? Que horas são?

Como sempre acontecia com o paleontólogo, as coisas tinham que ser feitas imediatamente. Léopoldine não gostava de se sentir forçada daquele modo. Ela se levantou e fez um gesto pedindo calma.

— Escute... Você não se incomoda que eu o trate de você, não?

Osmond arqueou a sobrancelha e sorriu.

— Ora... então agora você não me chama mais de "senhor"?

Para evitar que a confusão que sentia — e que se estampava em seu rosto enrubescido — se tornasse visível demais, Léopoldine tratou de ir juntar a louça que estava esparramada sobre a mesa.

— Acho que agora podemos nos tratar por você... Aliás, eu prefiro... Bom, quanto à planta do Museu, vou ver o que posso fazer. Primeiro vou passar na sede do Oliver, depois vou cuidar dessa planta, quando estiver com a cabeça mais fria. Mas, por enquanto, acho que seria bom que dormíssemos um pouco, não acha?

Houve então, por um curto instante, um certo incômodo, pois, afinal, eles eram dois desconhecidos, ou quase, confinados num pequeno apartamento parisiense. Mas se Peter ficou perturbado, nada desmonstrou. Léopoldine, por sua vez, esforçou-se para não deixar nada transparecer também, o que acabou aumentando seu embaraço.

O americano encontrou uma solução para aliviar as coisas, apontando para o sofá.

— Posso dormir ali? Se isso não incomodar você...

— Tudo bem. Vou lhe dar um cobertor.

Osmond sentou-se novamente e encostou as costas no sofá. Maus pressentimentos se apoderaram dele novamente. Ele pensava que talvez fosse melhor não dar as caras em seu hotel. Um encontro indesejável podia acontecer de um momento para outro.

Isso foi amplamente demonstrado no dia seguinte.

SÁBADO

O homem foi posto por Deus no centro da natureza
a fim de aprimorá-la e em seguida oferecê-la a Ele.

Paul CLAUDEL

Os animais, os quais fizemos nossos escravos,
não gostamos de considerá-los nossos iguais.

Charle DARWIN

Capítulo 32

Pelo menos por uma vez, as buscas da polícia frutificaram e os restos do corpo de Laurence Himbert foram encontrados na manhã seguinte. Porém, eles tinham sido jogados num local em que a dignidade da bióloga fora profanada para além da morte: estavam num lugar que normalmente é chamado de "fossa de apodrecimento" e que consiste numa grande cuba de metal, de cinco metros por três, situada um pouco às margens do Museu, num perímetro em que estavam sendo realizadas reformas, a cerca de trezentos metros da Galeria de Geologia e de outros prédios da administração. Esse lugar, indiscutivelmente o mais sinistro do Museu, era utilizado pelos naturalistas para recuperar as ossadas dos animais com os quais eles desejavam em seguida fazer alguma experiência. Em vez de utilizarem abrasivos ou outros produtos químicos corrosivos para destruir a carne, procedimento que poderia danificar a delicada arquitetura óssea, os zoólogos preferiam confiar tal trabalho a uma legião de vermes, que davam conta do recado, e muito bem, em apenas alguns dias. Depois, tudo o que tinham a fazer era pegar de volta o esqueleto, a fim de reconstituí-lo em laboratório para obter um notável espécime, mais real do que se poderia imaginar.

Apesar do isolamento relativo e do caráter pretensamente hermético do local, o cheiro pestilento tinha servido de pista aos policiais. Um dos homens havia, enfim, aberto a pesada porta de aço e descoberto um conjunto de órgãos humanos embalados num saco de lixo azul. Ele tinha apenas tido o tempo para efetuar as primeiras observações, depois tinha saído do lugar e vomitado até as tripas. Levando-se em conta o fato de que nenhum animal havia sido embalsamado nas últimas semanas, a polícia não tinha tido dificuldade alguma para estabelecer uma relação entre a morte de Laurence Himbert e a exumação daquilo que restava do corpo dela.

Além do aspecto propriamente mórbido do gesto, os investigadores foram obrigados a admitir que o assassino dava mostras de um desprezo pela vida humana sem precedentes nos anais da polícia judiciária. Não seria exagerado afirmar que eles realmente estavam lidando com um monstro.

As forças da ordem tentaram dissimular aquele novo elemento para não comunicá-lo aos enviados especiais que se revezavam dia e noite nas cercanias do Museu Nacional de História Natural. Como era de temer, a informação logo se disseminou pelas redações, apenas alguns minutos após a macabra descoberta. As edições das 13 horas dos jornais de televisão iam abrir com aquele novo elemento do caso do assassino do Museu.

Sozinho no rol do Círculo das Ciências, Peter Osmond observava os detalhes da reprodução da tela de Hieronymus Bosch: O *Jardim das Delícias*. Em meio à orgia de corpos retorcidos, esquartejados, mutilados e queimados vivos, uma espécie de homem azul, com a cabeça de pássaro, usando como chapéu uma panela que engolia o corpo de um desgraçado. A criatura tinha o olhar fixo e concentrado nos monstros que realizavam suas tarefas com uma total ausência de culpa. Ele tremeu ao pensar que as fulgurantes inspirações de um pintor flamengo do século XV encontravam uma realização cinco séculos depois dentro de uma venerável instituição parisiense.

— Professor Osmond?

Uma encantadora recepcionista vestindo um uniforme vermelho sobre o qual se via o crachá do Grupo Oliver deteve-se diante dele com um amplo sorriso.

— Seu nome não constava da lista, isso sem dúvida deve-se a algum erro. Estamos felicíssimos com sua presença nessa entrevista coletiva. O senhor pode, por favor, vir comigo?

O americano seguiu pesadamente a jovem. Ele tinha uma cara de poucos amigos: barba por fazer, cabeleira desarrumada, traços cansados que revelavam uma noite apocalíptica. Seus raros momentos de sono tinham sido entrecortados por pesadelos que nada deixavam a desejar às visões de Bosch. Ele tinha visto corpos despedaçados, cadáveres flutuando em meio a relâmpagos fulgurantes, sombras indo ao longo de paredes feitas de crânios e fêmures, esqueletos pendurados em forcas... Se tivesse que escolher, ele teria preferido acordar e retomar a consciência. Sabendo, claro, que o estado de vigília poderia não ser menos apavorante que o da alucinação do pesadelo. Ele tinha saído do apartamento de Léopoldine sem fazer barulho, tomara duas grandes xícaras de café com creme num bistrô e então se dirigido, a contragosto, para o Círculo das Ciências, de acordo com o que o padre Magnani lhe recomendara.

Peter Osmond entrara o mais discretamente possível no salão em que havia ocorrido, dois dias antes, a recepção. O orador, o famoso professor Royer, que o convite apresentava como um eminente biólogo da Universidade de Estrasburgo, já tinha começado sua entrevista diante de um magro público de jornalistas e fotógrafos sentados em volta de uma mesa em que tinham sido servidos cafés e croissants. Com o ar mais afável de que era capaz, ele estava explicando ao auditório o objeto do próximo colóquio do centro, previsto para o início de outubro. Claramente, os poucos repórteres presentes tinham em mente os acontecimentos recentes do Museu.

— Decidimos nos interessar pela noção de processo. O que significa exatamente esse termo? Trata-se de um dos pontos mais importantes da ciência moderna. Até o Renascimento, o homem se contentava em observar a beleza da natureza e deduzia dela que devia existir uma ordem imanente. Mas, com o decorrer dos séculos, que constatou-se que nem tudo era tão harmonioso assim e que essa ordem não era tão evidente quanto parecia. De fato, como explicar a evolução dos seres vivos segundo um processo linear, ao passo que tal processo é marcado por tantas catástrofes e rupturas? Como justificar os terremotos, as erupções vulcânicas ou as epidemias de peste? Queiram notar que isso diz respeito a diversos campos científicos, como a geologia e a biologia, tanto quanto à evolução das próprias sociedades humanas. Como encontrar um sentido para a História depois de Hiroshima ou dos genocídios que marcaram o século XX? Como ressituar as guerras santas e as perseguições religiosas de todo tipo num contexto mais amplo? Isso tudo não é uma simples questão científica. Apelar unicamente para a teoria neodarwinista não é suficiente.

Um jornalista, visivelmente confuso pelo alto vôo de Royer, perguntou-lhe:

— Desculpe-me, mas gostaria de saber o que o senhor quer dizer com teoria neodarwinista.

— É muito simples — respondeu Royer com um sorriso gentil. — Isso consiste em pensar que os fenômenos são guiados pelo acaso, e que eles se organizam brevemente antes de serem subvertidos por uma mutação que abre caminho a uma nova organização, ela mesma destinada a outra mutação e assim por diante. Segundo essa teoria, não existe nenhuma coerência histórica na evolução da vida. É uma espécie de árvore cujos galhos — alguns deles — deixam de crescer e na qual outros parecem brotar de maneira acidental — explicou ele descrevendo com seus dedos um pouco tortos uma ramificação barroca e inquietante.

Assegurando-se de que sua explicação gestual tinha sido bem compreendida pelo auditório, ele continuou, mas agora encarando fixamente Peter Osmond, que tinha se sentado na terceira fileira de cadeiras.

— A teoria neodarwinista, que conta entre seus defensores cientistas muito renomados, não admite que haja um sentido para a evolução. Segundo ela, se passássemos o filme da evolução um bilhão de vezes, a probabilidade de chegar a um novo homem seria praticamente inexistente. Sua aparição sobre a Terra é um puro efeito do acaso.

Chegado a esse ponto de sua exposição, Royer não pôde conter um sorriso irônico e vagamente condescendente.

— No que nos diz respeito, não acreditamos em acaso no domínio da ciência. Claro, se refizéssemos o filme da evolução dez vezes e acabássemos finalmente chegando mais uma vez ao homem, admito que isso seria realmente um incrível golpe de sorte, sobretudo se chegássemos a esse espécimen que está aqui diante de nós...

Os jornalistas gostaram da brincadeirinha. Agora que o orador tinha obtido a simpatia de alguns deles, ele não se incomodou mais em distribuir suas verdades de modo mais direto:

— Mas se um homem tivesse apenas uma chance num milhão de aparecer ao término do processo evolutivo que, segundo Darwin e seus sucessores, teria durado 4,5 bilhões de anos, então, nesse caso, creio que não poderíamos mais falar de acaso. Nesse estágio, há certamente alguma intenção, e é isso que queremos provar no decorrer de nossas conferências.

O professor Royer não tinha mais a aparência do excelente cientista cheio de bonomia. Osmond tinha sob os olhos um homem convicto — e cujas convicções não podiam em caso algum ser objeto de negociação. Era um desses espíritos tacanhos que Osmond já tinha encontrado pelos tribunais afora, um desses espíritos que se disfarçam de cientistas para melhor poder dissimular o comportamento sectário. Royer enviou a ele um olhar de puro ódio, mas logo se conteve e concluiu suas palavras com uma pirueta:

— Bem, pelo menos são essas as nossas intenções pessoais. Espero que os senhores divulguem isso.

Boa parte dos presentes aquiesceu. O homem era hábil, isso era indiscutível. Royer esperou pelas perguntas. Osmond fez um esforço sobre-humano para não abrir a boca; afinal, não tinha ido ali para criar polêmicas, mas sim para observar, mesmo sendo óbvio que aquela conferência à imprensa assemelhava-se bastante a uma declaração de guerra. Ele acabou por pensar que o padre Magnani tinha razão.

O público levantou-se para se retirar. Osmond notou então uma mulher vestindo um tailleur preto impecável, de cabelos castanhos muito curtos e rosto exprimindo força de vontade. Por um estranho instinto, ela se sentiu observada e virou-se na direção do americano. Eles trocaram um único olhar, e dessa troca se desprendeu a violência produzida pelo choque de duas lâminas que produzem uma faísca. Ela se virou novamente e se dirigiu muito depressa rumo à saída. Osmond quis segui-la, mas ele deu um encontrão num jornalista, que derrubou sua xícara de café sobre seu bloco de notas. Confuso, o americano pediu desculpas, mas, quando chegou ao bulevar Saint-Michel, tudo o que viu foi o vaivém dos passantes que aproveitavam o sábado para fazer compras ou passear.

Para Osmond, a presença daquela mulher, no círculo, era um sinal. Um sinal de que o perigo se tornava mais tangente.

Confortavelmente instalada na poltrona de uma sala clara, cuja janela, vasta, dava para um jardim interno, Léopoldine estava diante de um homem jovem, dinâmico e sorridente que se desdobrava em elogios à empresa para a qual trabalhava, gesticulando exageradamente. A sede social do Oliver obedecia aos critérios do gigantismo, da pureza e da transparência de uma empresa moderna: um prédio novo em folha, construído no meio de um espaço verde localizado em pleno centro de Paris.

— Então a senhorita está preparando um relatório sobre as motivações das grandes empresas francesas para investir no mecenato científico? Isso é absolutamente apaixonante! O fato de que uma grande instituição como o Museu Nacional de História Natural em

Paris se interesse por nossas atividades nos sensibiliza muitíssimo. Claro que a pesquisa científica, em seu sentido mais amplo, diz respeito a um grupo farmacêutico como o nosso. Aliás, o Oliver é uma sociedade totalmente aberta ao mundo. Essa é a divisa de nosso grupo: *Avançar juntos num mundo mais são.*

O responsável pela comunicação, jovial e voluntário, mas quase totalmente careca, apesar de ter apenas uns trinta anos, esforçava-se por transmitir seu entusiasmo e sua fé à interlocutora diante dele. Aparentemente, nada era mais lindo nem mais valorizante do que trabalhar para o grupo farmacêutico Oliver.

— Possuímos filiais em mais de cinqüenta países, e em todos eles nos esforçamos para transmitir a mesma mensagem: nosso desenvolvimento está a serviço de sua saúde. O Grupo Oliver está a seu serviço, ele lhe oferece os produtos mais úteis para o seu próprio desenvolvimento.

Léopoldine não tirava dos lábios seu sorriso mais encantador, realçado ainda por um batom vermelho que escolhera a fim de atrair para si mesma toda a sorte possível. Mesmo assim, ela se permitiu uma pequena observação:

— Quando o senhor diz que oferece seus produtos...

O homem deu uma risada gostosa e recostou-se em sua poltrona, esboçando um gesto que exprimia um desmentido.

— Claro, nós somos uma empresa, portanto precisamos ter lucros... Mas o que queremos fazer com que as pessoas compreendam é que nossos lucros contam infinitamente menos do que a satisfação que temos ao ver que confiam em nosso trabalho.

A jovem dirigiu seus olhos realçados por um pouco de rímel ao folheto que o diretor da comunicação do grupo lhe havia providencialmente entregue. Ao lado do inevitável logotipo verde e vermelho, rostos radiantes provavam o quanto estavam felizes por terem consumido as pílulas de ginseng Thaï, o fortificante feito com óleos naturais Flore, os comprimidos para rejuvenescimento da pele Energe e outros ainda para o trânsito intestinal, sugestivamente batizados de Cascata.

— Vocês visam uma clientela em especial ou pretendem atingir o grande público em geral? — perguntou Léopoldine no mais profissional dos tons de voz.

O comunicador deu um sorriso maravilhado e seus braços descreveram uma curva que, segundo se entendia facilmente, representava a totalidade do globo terrestre.

— Queremos colocar nossos produtos ao alcance do mundo inteiro! Por isso, aliás, fazemos grandes esforços para que os preços sejam baixos. Inclusive posso lhe anunciar desde já que, daqui até o final do ano, os produtos Oliver estarão à venda em todos os supermercados. Desejamos acompanhar o movimento global da sociedade rumo a um mundo mais são. Nossa preocupação principal é responder à busca de sentido que move nossos compradores. Os produtos Oliver são naturais e respeitam o meio ambiente e o bem-estar dos indivíduos. Eis nosso credo: consumir os produtos Oliver é dar um sentido à vida. Aliás, nossos parceiros respondem favoravelmente às nossas propostas, fato que nos convence plenamente do acerto de nossas escolhas. Nossa política de crescimento é sustentada por um volume de negócios de...

Léopoldine não ouviu a litania aritmética recitada com o entusiasmo de um escoteiro por seu interlocutor. Ela percorreu o folheto da empresa e, quando teve a impressão de que ele havia terminado de prestar contas do balancete contábil de seu patrão, orientou a conversa na direção adequada, sempre continuando a utilizar a arma de seu maravilhoso sorriso:

— O que mais me impressiona no Grupo Oliver é o número incrível de associações científicas que recebem apoio financeiro dessa empresa.

O relações-públicas arrumou a gravata estampada com lindos motivos florais, assumindo um ar de perfeita auto-satisfação.

— Devo confessar que todos os funcionários do Grupo Oliver sentem com isso um grande orgulho. Para nosso grupo, o desenvolvimento de sinergias com os principais atores em matéria de pesquisa é uma questão de honra. Nossa preocupação corresponde à nossa ética empresarial. Queremos reconciliar a ciência e o homem.

A jovem esboçou uma expressão admirada diante de tantas declarações pomposas baseadas em grandes princípios.

— Você acha que a ciência e o homem vivem atualmente uma ruptura?

— Pois bem... Não exatamente — disse o outro torcendo a ponta da gravata com grande concentração —, mas achamos que a ciência tem a obrigação de trabalhar levando em conta a moral. A ciência tem que se colocar a serviço do homem, e não o contrário. *Ciência sem consciência não passa da ruína da alma*, dizia... humm...

O homem deu um sorrisinho que traía seu incômodo. Léopoldine completou a frase como se nem notasse o embaraço:

— Rabelais. Essa é a razão pela qual vocês patrocinam os colóquios do Círculo das Ciências?

— Evidentemente. Achamos que os pesquisadores reunidos no Círculo das Ciências contribuem para o avanço da reflexão sobre o sentido do engajamento científico. O que nos interpela de modo muito especial nas pesquisas desse grupo é o aspecto interdisciplinar dos trabalhos que realizam. Já é tempo de fazer com que a ciência saia de sua torre de marfim. De tanto se especializar, ela perdeu de vista a globalidade de seu objeto de estudo. Os cientistas estão separados do mundo, eles se interessam apenas por problemas específicos demais e acabam negligenciando o sentido real de seu próprio trabalho e, portanto, sua responsabilidade diante dos outros homens. É precisamente essa postura ética que desejamos apoiar e promover.

— Mesmo se para isso for necessário misturar o estudo da astrofísica com o do zodíaco? Ou a biologia com os métodos de relaxamento oriental? — ironizou Léopoldine.

O homem começava a dar sinais de nervosismo. Visivelmente, perguntas daquele tipo não entravam nos moldes predefinidos de sua argumentação.

— Ora essa... É preciso ampliar os horizontes... E depois... nenhuma teoria é indiscutível, não é mesmo?

— Nem mesmo uma teoria tão estabelecida quanto a da evolução, de Darwin?

O diretor de comunicação retomou um pouco de sua segurança:

— É normalmente admitido no seio da comunidade científica que as teorias de Darwin não são satisfatórias. A idéia da seleção natural não pode, sozinha, dar conta da evolução dos seres vivos. Ainda mais que ela alimentou ideologias perigosas, como as ideologias comunista e nazista, por exemplo. O que falta, na teoria de Darwin, é uma dimensão mais moral e humana. Em todo caso, sua teoria não corresponde à imagem que atribuímos aos produtos Oliver. No que nos diz respeito, fazemos questão de acompanhar a necessidade de liberdade dos indivíduos. Isso é essencial.

Léopoldine sentia que era chegado o momento de colocar suas peças mais francamente naquele jogo.

— O senhor sabia que, entre os acionários do Oliver, encontra-se um certo Tobie Parker, cuja participação no grupo se dá por intermédio de seu fundo de investimentos True Values?

O diretor de comunicação olhou para sua visitante como se ela acabasse de falar em alguma língua estrangeira.

— Pois bem... A política de desenvolvimento financeiro de nosso grupo não é algo de que eu me ocupe...

— O senhor sabia que Tobie Parker está ligado a algumas atividades totalmente antiéticas, como a exploração de minas de diamantes em que a mão-de-obra é submetida a condições de trabalho humilhantes?

O homem tentou mais uma vez dissimular seu embaraço, emitindo um risinho tímido e extremamente falso.

— A pesquisa tem necessidade de dinheiro, infelizmente. Esse é que é o xis do problema. Todas as fontes de financiamento são bem-vindas.

— Então o senhor reconhece isso — aquiesceu Léopoldine, com ar falsamente indiferente. — É verdade que Tobie Parker se contenta em realizar seus negócios com um ditador africano, o que não nos atinge diretamente. Aliás, não duvido que o Oliver esteja implicado na concepção de vacinas de baixo custo destinadas ao Terceiro Mundo. Estou certa?

Dessa vez, o sorriso do homem se crispou bem mais, como se ele começasse a sentir dor de estômago. Sua gesticulação se tornou mais discreta.

— Evidentemente... Esse tipo de projeto entra, de fato... em nossos projetos.

— E quando é que esse programa de pesquisa deve ser concluído?

— Para dizer a verdade... Bem... Ainda estamos em fase de elaboração...

Léopoldine endireitou as costas, sentando-se mais ereta e, agraciando-o com seu mais delicado e lindo sorriso, disse:

— Fico muito feliz por constatar que uma empresa como o Grupo Oliver põe seus princípios em prática. Acho que a entrevista que o senhor me concedeu será extremamente valiosa para o meu relatório. Faço questão de agradecer-lhe mais uma vez por ter me recebido tão prontamente.

Com as mãos cruzadas sobre sua mesa de trabalho ultramoderna, o diretor de comunicação do grande grupo sorria também, mas havia em seus lábios algo de mecânico e terrivelmente contrariado.

Léopoldine foi-se rapidamente da sede daquele grupo farmacêutico tão virtuoso e precipitou-se rumo à parada do ônibus 89, que levava ao Museu. Ela havia passado mais tempo do que o previsto com o jovem funcionário dinâmico, mas em nenhum momento estivera pronta para engolir docilmente suas grandes declarações e sua filosofia de supermercado!

Capítulo 33

Tendo o ônibus sido detido por causa do trânsito infernal, Léopoldine terminou o trajeto a pé e chegou apressada ao antro do professor Florus. O velho cientista estava se servindo de sua primeira xícara de café. Completamente surpreso, ele observou a jovem, que estava sem fôlego, descrever no espaço uma espécie de forma retangular.

— Mas então o que é isso, minha cara Léopoldine... Você andou estudando a linguagem dos sinais? Eis aí uma iniciativa muito interessante! O ensino das ciências aos surdos-mudos é de fato o ponto fraco do Museu.

Léopoldine fez um sinal para dizer que não se tratava daquilo e, retomando pouco a pouco o fôlego, conseguiu enfim articular:

— O livro... Newton... esqueci... aqui... O senhor não viu?

Um pouco perturbado por aquela elocução aproximativa, o professor Florus convidou a jovem a sentar-se, tirando de uma cadeira o inevitável amontoado de papéis e pastas que nela se encontrava.

— Descanse alguns minutos, Léopoldine. Você me parece esgotada... Sabia que encontrei o nome da flor que estava enfeitando o chapéu da rainha da Inglaterra?... Mas não foi sem dificuldade... A rainha pode se orgulhar de mim, pois fiz muito bem meu trabalho! Onde é mesmo que coloquei aquele papel? — resmungou ele enquanto a respiração de Léopoldine voltava pouco a pouco ao normal. — Mas eu o tinha deixado ao alcance da mão... com a carta daquele senhor... Ora essa, ali em cima... Ah, sim, aqui está!

Léopoldine contemplava o mar de papéis que se estendia sob seus olhos, perguntando-se onde poderia agora se encontrar o objeto de sua cobiça. Ela quase havia renunciado a ele, quando o professor levantou a pasta do famoso relatório de avaliação do funcionamento do Museu em 1979 e extirpou dele uma folha presa a uma carta por um clipes. Léopoldine arregalou os olhos; sob a carta, o livro de Newton! Ela se apoderou dele e deu um grito de alegria.

O professor Florus, que tinha colocado seus óculos, apreciou aquilo, que tinha tomado por um elogio a seu talento de botânico.

— Obrigado, minha cara Léopoldine... Trata-se de uma *Corrigiola litoralis*, também chamada de "corrigiola das praias", uma convolvulácea da família das cariofiláceas.

A jovem deu um beijo no rosto do professor, que se pôs a resmungar, porém sorrindo.

— Você sabe... Também não era assim tão difícil... Para dizer a verdade, era até mesmo bem simples... Bastava...

Mas Léopoldine já havia desaparecido pelas escadas abaixo.

Não foi sem apreensão que ela se dirigiu até a reserva dos livros raros, onde Johann Kircher tinha marcado encontro com ela. Será que o estranho comportamento dele ia enfim ser explicado? Ela deu uma olhada no relógio de pulso: 11h12. Bom... um atraso aceitável. Ele bem que merecia...

Ela deu uma olhada em sua roupa no reflexo de um vidro, depois verificou se sua maquiagem estava em ordem e depois bateu à porta com mão firme. Uma voz — a voz dele — respondeu dizendo que entrasse. O conservador encontrava-se sentado a uma grande mesa de cerejeira e, como sempre, estava impecavelmente vestido. Um casaco feminino estava pendurado no espaldar de uma cadeira próxima à dele.

— Desculpe-me! Estou incomodando? — perguntou Léopoldine, fingindo a maior naturalidade.

— De modo algum — respondeu o conservador com um sorriso amável. — A Sra. Joubert teve que sair por alguns minutos.

Léopoldine esperou. Johann Kircher continuava sorrindo para ela sem dizer nada. Cada vez mais pouco à vontade, ela deixou que seu olhar errasse pelas prateleiras repletas de volumes semelhantes a alfarrábios, cujas encadernações pareciam conter inúmeros segredos. Para tentar dissipar sua perturbação, ela quis se apoiar à mesa, mas o livro de Newton escapou então de suas mãos. Kircher se levantou e pegou delicadamente o pequenino volume encadernado de couro vermelho.

— *Collectiones ex Novo Lumine Chymico quae ad Praxin spectant — Collectionum explicationes* — declamou ele. — Isaac Newton... Um livro muito curioso... e o personagem que o escreveu também...

— Por que motivo? — perguntou Léopoldine.

— Pois bem... Você deve sem dúvida saber que Newton, contrariamente a muitos sábios de seu tempo, interessava-se por muitas disciplinas científicas, e não se considerava unicamente um físico. Ele também era astrônomo e químico. Mas o mais incrível é que, a seus olhos, tais disciplinas eram secundárias. Suas verdadeiras pesquisas, aquelas das quais ele mais se orgulhava, diziam respeito à alquimia.

— Ele estava em busca da pedra filosofal? — perguntou Léopoldine arqueando as sobrancelhas.

— Não diria isso; Newton sabia que era impossível transformar o chumbo em ouro. Mas pensava que a matéria possuía uma alma e que o objetivo de suas pesquisas era capturar a alma do chumbo, do arsênio ou do enxofre, a fim de descobrir o mistério da criação. Suas descobertas sobre a força da gravitação ou sobre a atração entre os corpos não eram nada quando comparadas a essa ambição: descobrir a alma do chumbo. Isso não é espantoso?

Johann Kircher estava mergulhado numa daquelas meditações que tornavam seu carisma quase irresistível.

— Eu até diria: não é decepcionante? A alma do chumbo! Um dos maiores sábios da história teria sido um impostor vulgar? A pergunta é legítima. E esse livro, Léopoldine — disse ele dando um tapinha na obra com o indicador em riste —, esse livro excepcional talvez seja a prova disso.

Algumas nuvens se moveram pelo céu e o aposento mergulhou na penumbra. A voz de Kircher se tornou mais forte, porém ao mesmo tempo suave:

— É surpreendente que a biblioteca do Museu contenha esse tipo de obra. Você não acha, Léopoldine?

— Tais livros são testemunhas da pesquisa científica da época em que foram escritos. Nada de mais normal que uma grande instituição como a nossa conserve os vestígios de outros tempos. E prova disso é que alguns de nossos pesquisadores ainda o consultam. Imagine o senhor que esse livro quase desapareceu de circulação. Fui buscá-lo pessoalmente no laboratório do professor Servan. Esse senhor tinha conseguido pegar e retirar da biblioteca, não sei como, certo número de obras que jamais deveriam ter saído da reserva.

O conservador permaneceu silencioso por alguns instantes.

— O professor Servan? — perguntou ele calmamente.

— Exatamente. E pretendo não esquecer tal incidente. Eu quase tive que arrancar este livro das mãos dele.

Johann Kircher plantou-se diante da janela, numa atitude que lhe era familiar. Depois meditou em voz alta:

— Mas o que estava fazendo o professor Servan com um livro de alquimia?

— Não tenho a intenção de tentar compreender isso. Servan realmente é muito estranho.

— Mas isso não é lógico...

— Nada é lógico para o professor Servan. Parece que ele se toma por um aprendiz de feiticeiro, com suas experiências genéticas...

Kircher virou-se repentinamente para ela.

— Talvez você tenha razão, Léopoldine... Um aprendiz de feiticeiro...

Eles trocaram um olhar. Léopoldine começava a ficar cansada daquela lengalenga. Por que motivo tinha ele pedido que viesse vê-lo ali? Para falar de Isaac Newton? O que será que ele estava querendo?

Ela cruzou os braços e foi direto ao assunto:

— Agora eu gostaria de perguntar algo ao senhor, se me permitir, e espero que me responda, de uma vez por todas, com toda a franqueza: por que o senhor me beijou naquela noite?

Ele abaixou a cabeça e murmurou:

— Sinto muito, Léopoldine. Não queria magoá-la. Não podemos ir mais longe. Acredite em mim. É preferível para você... e para mim também. Mas saiba que essa decisão muito me custa.

— Por quê? Diga-me pelo menos por quê.

— Impossível.

Alguns passos ecoaram então pelo corredor.

— A Sra. Joubert está de volta — disse Johann Kircher. — E então? A senhorita se lembrou de me trazer os documentos de que me falou? Os documentos de Teilhard de Chardin?

Léopoldine estava boquiaberta. Aquele homem tinha uma aptidão impressionante para mudar de registro em uma fração de segundo.

— Os documentos... — balbuciou ela.

— Ficaria muito contente de poder consultá-los. Por que a senhorita não vem agora mesmo até minha sala?

— Sim... posso ir. A propósito... O senhor achou o baú que estava junto com os documentos?

— Ainda não, Léopoldine. Mas isso não tarda.

Denise Joubert, a conservadora-geral das bibliotecas, entrou no recinto. Ela olhou para a jovem, ao mesmo tempo surpresa e contente.

— Ah, Léopoldine! Fico contente em vê-la aqui! O que a traz?

— Fui eu que pedi à Srta. Devaire para vir até aqui — disse Kircher. — Tínhamos um problema a resolver, um detalhe sobre alguns documentos recentemente descobertos no Museu. Aliás, gostaria de lhe dizer que andei me espantando com a presença de certas obras na reserva.

Johann Kircher brandiu o volume que continuava segurando:

— Este aqui, por exemplo: *Collectiones ex Novo Lumine Chymico quae ad Praxin spectant — Collectionum explicationes*. Um tratado de alquimia escrito por Newton.

— Mas francamente — disse a Sra. Joubert —, quer queiramos, quer não, esse livro faz parte da obra dele. E tem um grande interesse histórico. Além do quê, trata-se de um exemplar raríssimo. Creio que só existem três no mundo inteiro.

— É verdade — condescendeu Kircher. — No entanto, nem por isso não se deve admitir que deixa a desejar do ponto de vista científico...

— O senhor sabe muito bem, Sr. Kircher, que naquela época ainda não se estabelecia diferença alguma entre astronomia e astrologia.

— A senhora tem razão — disse Kircher examinando as estantes. — Mas o que vem fazer aqui O *Testamento de Nicolas Flamel* ou *Le Grand Albert*? A presença desses livros aqui me parece insólita... Eu diria até mesmo... estapafúrdia...

As duas mulheres olhavam para Johann Kircher em silêncio, como se estivessem hipnotizadas pela sua presença. Léopoldine foi a primeira a romper com o feitiço:

— Desculpem-me, preciso ir embora. O senhor ainda precisa de mim?

O homem a olhou bem nos olhos.

— Não, Léopoldine. Isso é tudo. Obrigado.

Ela saiu da reserva com passadas enérgicas, como se quisesse se subtrair ao poder de atração de um ímã.

Aproveitemos esse episódio para homenagear o gênio científico de Isaac Newton, que soube tão bem pôr em evidência as forças que governam o movimento dos objetos no universo. O mesmo se poderia dizer dos seres humanos? Ainda que não possuamos nenhuma prova tangível, a experiência revela que às vezes é bastante difícil escapar à atração de certas pessoas, e que os indivíduos seguem trajetórias na maioria das vezes previsíveis e recorrentes. De fato, Léopoldine se dirigia, quase naturalmente, à Sala Théodore Monod.

Quem poderia afirmar que nisso ela não era guiada por uma força de atração qualquer ou por uma vontade propriamente humana? O peso do livre-arbítrio nos comportamentos é importante demais para que possamos tirar conclusões definitivas. Sem dúvida, Léopoldine esperava cruzar com Peter Osmond para pô-lo a par de sua conversa com o diretor de comunicação do Grupo Oliver. De qualquer modo, o professor americano ainda não tinha voltado de seu compromisso. E também, quando Léopoldine chegou ao terceiro andar da Galeria de Mineralogia, ela encontrou apenas o padre Magnani.

Este tinha enfiado no bolso de seu paletó um martelo. A presença desse objeto pouco católico nas roupas de um padre dá o que pensar, mas é preciso reconhecer, com toda a objetividade, que seu uso permitiu, mais de uma vez, verificar a pertinência das teorias newtonianas relativas à resistência dos corpos.

Capítulo 34

Visivelmente irritado, o professor François Servan se mantinha bem ereto na cadeira, com os braços cruzados, emparedado em sua indignação. O comissário Roussel e o tenente Commerçon andavam em volta dele como se quisessem avaliar algum obstáculo que nem um nem outro tinham conseguido até então deslocar por sequer um centímetro. Desde o início da manhã em que fora convocado a ir ao comissariado Maubert, tudo o que fizera o cientista tinha sido exprimir seu mais glacial desprezo pela polícia:

— O senhor sabia que Laurence Himbert tinha se queixado contra o senhor ao conselho de vigilância do Museu? Ela o acusava de causar entraves ao bom funcionamento do departamento dela. Exigia também que a informassem sobre as experiências realizadas pelo senhor.

Sem tirar os olhos da parede que tinha diante de si, Servan dignou-se unicamente a articular algumas frases:

— Estou pouco me lixando com tudo isso. Tudo o que vinha de Laurence Himbert não tinha o mínimo interesse para mim. Eu não tinha nenhuma ligação com essa mulher, o que, aliás, me fazia o maior bem do mundo.

Commerçon tentou introduzir na conversa sua pitadinha de sal:

— No entanto, uma testemunha contou que o surpreendeu em plena briga com a Sra. Himbert, na véspera de sua morte.

— O americano, suponho... E daí? Isso prova o quê? Além do fato de provar que eles se conheciam muito... E que ao que tudo indica dormiam juntos...

— O senhor não pode negar, Sr. Servan, que a Sra. Himbert assumiu a direção do Departamento de Biologia Evolutiva justamente quando o seu nome era dado como favorito para ocupar esse cargo. Isso teve as conseqüências psicológicas que todos conhecem... O senhor foi internado em 1997...

A lembrança de tais acontecimentos teve o dom de exasperar François Servan, que fixou seus tenebrosos olhos no oficial de polícia.

— Posso pedir-lhe uma coisa, senhor tenente? Chame-me, por favor, de "professor", sim? Professor Servan. O senhor é tenente, eu sou professor. Obrigado.

Roussel preferiu intervir:

— Certo, professor. Mas havia um litígio entre ela e o senhor. Isso era óbvio.

Dessa vez, Servan achou que seria bom colocar os pingos nos is.

— E daí? Há muitos anos, minhas pesquisas são financiadas principalmente por fundos privados. Saibam que eu desfruto de uma posição especial: oficialmente, estou desligado do Museu. Ainda tenho vínculos administrativos com a instituição, mas não pertenço a nenhuma de suas unidades. Portanto, eu não dependia de Laurence Himbert e não mantinha com ela o menor vínculo profissional. Então, que razões teria para matá-la? Por vingança? Mas por que teria eu querido me vingar de uma idiota daquelas? Ela já tinha ridicularizado suficientemente a si mesma com suas grotescas teorias! O atrator harmônico! E já que estamos falando nisso, vamos lá! Acusem-me também de ter empurrado o funcionário, aquele andrajo humano, para dentro da jaula das feras! Ou de ter abandonado aquele degenerado do Delmas na autoclave! Ou ainda de ter matado a velha Elberg, que, apesar de tudo, era uma das raras pessoas a entender alguma coisa de genética! E então? Onde estão as provas? Faço questão de dizer aos senhores, para todos os fins úteis, que eu me encontrava então do outro lado do Museu quando o cadáver de Himbert foi descoberto. Os senhores já imaginaram uma coisa dessas? Eu ocupado a passear pelo Jardin des Plantes com um espantalho daqueles?

O comissário Roussel acendeu um cigarro, sinal de que o interrogatório tinha enfim começado. O contato estava estabelecido, agora era preciso fazer o interrogado botar as tripas pra fora. E antes de mais nada, era preciso que ele, Roussel, bancasse o pacífico:

— Nós não o acusamos de nada, professor Servan. O senhor está aqui na qualidade de testemunha.

— Aprecio tal informação.

— O senhor sabe, nós somos como os cientistas: não apresentamos teoria alguma sem ter as provas que a acompanham.

— Fico exultante com isso. Agora, gostaria de lhes fazer uma pergunta: o que é que estou fazendo aqui ainda?

— Compreendo que esteja surpreso — disse Roussel sorrindo —, mas queremos eliminar todas as ambigüidades. Fechar algumas portas, como costumamos dizer em nosso jargão.

— Pois muito bem: se querem fechar portas, prestem atenção para não fechá-las antes de eu ter saído. Tenho muito trabalho pela frente.

O tenente Commerçon sentou-se como montado a cavalo numa cadeira e perguntou, com uma voz indiferente:

— Na verdade, em que consiste exatamente a paleontologia do cérebro?

O professor François Servan deu um profundo suspiro. Com toda a evidência, ele julgava indigno de sua pessoa dar explicações sobre o sentido de suas próprias pesquisas a um asno como aquele oficial de polícia. Ele o encarou bem nos olhos e respondeu com uma voz neutra:

— A neuropaleontologia estuda a relação entre o tamanho, a estrutura e o grau de evolução dos hemisférios cerebrais. O senhor entende o que quero dizer?

— Creio que meus miolos são suficientemente evoluídos para isso — aquiesceu o policial Commerçon.

Servan sequer notou a ponta de humor — pois este, o humor, não fazia parte das categorias por ele apreendidas.

— Mas duvido que seus miolos possam avaliar as implicações decorrentes de minhas pesquisas.

O jovem oficial de polícia se empertigou um pouco e foi o comissário Roussel quem continuou. Era preciso deixar de lado as pequenas suscetibilidades pessoais, a fim de manter o contato estabelecido com o cientista, e isso a qualquer preço.

— O senhor está falando de conseqüências no plano biológico?

— Não unicamente. Estou me referindo a uma tomada de consciência espiritual. O senhor vê... essa... crise... que o senhor evocou agora mesmo... foi a fonte de uma verdadeira iluminação. Entendi, naquele momento, que eu possuía a chave para ter acesso ao conhecimento global e definitivo do ser humano.

— E que chave é esta? — perguntou Commerçon, verdadeiramente interessado.

— A genética! A genética vai resolver todos os problemas que temos ainda sobre o ser humano e sua evolução. E ainda que eu tenha sido obstruído pelo obscurantismo da maior parte da comunidade científica, e até mesmo por um verdadeiro complô — a julgar pela nomeação de Himbert para um cargo que de direito me era destinado —, sei que agora tenho acesso à revelação derradeira!

Os dois policiais trocaram um rápido olhar. Por detrás de sua plácida aparência, Servan proferia um discurso que freqüentemente é encontrado nos paranóicos e nos megalomaníacos.

— O que o senhor quer dizer por "revelação derradeira"? — perguntou o comissário Roussel.

Servan não respondeu imediatamente. Ele mediu seus dois interlocutores com um sorriso cheio de presunção. Seu olhar fixo e o fluxo irregular de sua voz traíam, no entanto, um nervosismo crescente e um equilíbrio psíquico submetido a fortes turbulências.

— Vejo muito bem que vocês me tomam por louco, mas continuo a afirmar que estou lhes dizendo a mais pura verdade.

— E tudo o que desejamos é crer no que o senhor nos diz — completou o comissário. — Mas tenho dificuldade para compreender exatamente aonde o senhor quer chegar.

— Mas é muito simples — continuou Servan encarando-os com uma intensidade cheia de magnetismo. — O que a genética vai permitir realizar é o cumprimento da evolução, seu término definitivo: o super-homem. O super-homem enquanto concretização do processo divino, enquanto realização última de sua força todo-poderosa. O super-homem à imagem de seu Criador!

Um profundo silêncio acolheu essa profecia. Mas Servan prosseguiu:

— Graças à genética, poderemos demonstrar os mecanismos que agem na evolução e, depois, multiplicá-los. Tudo está em nossos genes, os senhores compreendem? Eles são as fontes materiais da consciência, da memória e do conhecimento. Eis o que experimentei em minha própria pele durante aquela crise. Eu tinha acabado de atingir um estado de hiperlucidez, que é o do homem num estágio superior. O gene é a unidade de valor na qual está incluída toda e qualquer evolução. Sim, o processo evolutivo em sua integralidade. E graças a mim vamos acelerar esse processo numa velocidade inimaginável. As capacidades do cérebro serão multiplicadas por mil, por um milhão! Compreendam bem o que estou dizendo: o desenvolvimento do potencial genético é infinito. Vou fabricar gênios sob encomenda. Cabe a mim, François Servan, realizar o que Deus programou para o homem.

Houve um novo silêncio. O cientista observava os dois policiais com uma expressão de arrogância e de superioridade definitiva. O comissário Roussel expirou uma última baforada de seu cigarro, esmagando-o depois com uma expressão fechada. O tenente Commerçon conhecia o significado daquele gesto: mais um maluco, não seria possível tirar nada dele.

— Obrigado, professor — resmungou o comissário. Nós o chamaremos novamente, caso precisemos do senhor.

Servan apelou para seu tom mais declamatório:

— *A mudança dos corpos em luz e da luz em corpos é totalmente em conformidade com as leis da Natureza, pois a Natureza ficará maravilhada com tal transformação.*

— Isaac Newton — disse o tenente Commerçon.

O comissário Roussel olhou para seu subordinado com um espanto misturado ao respeito. O professor Servan confirmou a boa procedência da citação com um sinalzinho e saiu da sala com passos dignos.

No mesmo instante, o professor Eric Godovski dirigia um pedido de consulta dos arquivos do Museu à Sra. Jacqueline Dumoulin. Ele passou o dia na sala de leitura da Biblioteca Central, consultando fichas e formulários de inscrição. À mercê de uma viva agitação, ele devolveu os documentos à bibliotecária por volta das 17h30.

O nervosismo do professor Godovski talvez fosse devido a uma petição que circulava há dois dias pelos laboratórios, exigindo a suspenção das comissões e dos conselhos de consultoria do Museu enquanto o inquérito policial não estivesse concluído. As motivações para isso não eram muito claras, mas parece que alguns pesquisadores aproveitavam daquela confusão provocada pelos acontecimentos recentes para fazer seus acertos de contas e reclamar a exclusão imediata de certos indivíduos considerados como nocivos ao bom funcionamento da instituição. Eric Godovski figurava, evidentemente, no topo dessa lista. Discussões furiosas tinham ocorrido entre seus detratores e seus partidários, cada vez mais numerosos. Um grupo de pesquisadores oriundos dos mais diversos departamentos tinha de fato sido constituído, a fim de dar um apoio total ao ornitólogo e a seu comportamento marcado pela honestidade intelectual e respeito pela laicidade.

Os conciliábulos tinham dado lugar a verdadeiras batalhas de argumentos, culminando com acusações mútuas mais ou menos diretas. Pelos corredores ecoavam agora gritos e ameaças, e foi por pouco, diversas vezes, que alguns eminentes cientistas do Museu não acabaram se atracando aos tapas, sob o pretexto de antigas animosidades intelectuais ou velhos rancores ligados a sombrias histórias de créditos usurpados.

Num tal clima deletério, raros eram os que conservavam a cabeça fria e se abstinham de comentários de qualquer tipo. Aproveitemos para homenagear o professor Florus que, do alto de seu laboratório, observava aquele triste espetáculo com seu binóculo. Nesse caso, ele deu mostras de uma sagacidade e uma compenetração analítica que o próprio Charles Darwin não teria deixado de admirar.

Capítulo 35

O padre Magnani, debruçado sobre os cadernos de Teilhard de Chardin, folheava as páginas com dedos certeiros.

— Então você está dizendo, Léopoldine, que esses cadernos vieram junto com um baú, e que este baú desapareceu? Isso é muito incômodo...

— Por que... exatamente, padre Magnani?

Muito abalada por sua última conversa com Johann Kircher, Léopoldine tinha necessidade de obter explicações precisas. O padre Magnani havia aceitado lhe dar sua opinião.

O padre cruzou as mãos, inclinou-se um pouco para trás e mergulhou numa profunda reflexão, como se estivesse perdido na contemplação do teto da mansarda em que Léopoldine havia reunido o conjunto dos documentos.

— Incômodo para todos. Em primeiro lugar para a Igreja. Percebe, Léopoldine? — prosseguiu ele medindo cada uma de suas palavras prudentemente. — O padre Teilhard de Chardin continua sendo um assunto sensível para muitos membros da Cúria romana. Teilhard estava tão convencido da existência de Deus que nenhuma descoberta científica teria podido fazer com que ele questionasse sua fé. Parece, todavia, que todos os servos de Nosso Senhor não sejam assim tão confiantes nos Seus desígnios.

— O que o senhor quer dizer com isso? — perguntou a jovem, cada vez mais interessada.

— Pois bem: Teilhard de Chardin era de tal modo habitado por sua busca que ele acabou criando mais desordem do que paz à sua volta. Ora, a Igreja tem horror à desordem, sobretudo naquela época, em que ainda era criacionista. Ela enviou, portanto, Teilhard de Chardin para um exílio, na China. Como bom jesuíta que era, respeitoso de sua hierarquia, ele obtemperou. Mas depois de sua morte, em 1955, a publicação de seus escritos religiosos provocou uma verdadeira revolução. Imagine, Léopoldine: não somente ele aceitava plenamente a teoria da evolução, como ainda por cima minimizava a questão do Mal! Para ele, o Mal não passava de uma conseqüência da evolução, e não era uma causa primeira da infelicidade dos homens!

Como a jovem parecia não apreender a importância de tais sutilezas teológicas, o padre Magnani arregalou bem os olhos para sublinhar mais a evidência.

— Se o Mal não existe, Léopoldine, então por que Deus nos teria enviado Seu Filho? Que faltas teria Ele vindo corrigir? Teria Seu sacrifício sido em vão? Desse modo, todos os ensinamentos da Igreja teriam que ser revistos! Para Teilhard, não há pecado original, nem redenção. Cristo era a finalização da evolução, Ele está em cada um de nós, Ele está em toda parte. No término desse raciocínio, não há mais razão para a existência da Igreja... Nos anos 50, esse procedimento inovador mudou radicalmente a percepção que os fiéis tinham da fé. Era possível, enfim, saber e não mais apenas crer cegamente! A ciência se tornava um vetor de conhecimento e libertação, inclusive para os crentes. Quer queira, quer não, a Igreja é obrigada a reconhecer que tem perdido influência desde a metade do século XX. Nos meios mais conservadores, alguns responsabilizaram Teilhard de Chardin por isso e jamais o perdoaram. Pretende-se ainda que suas pesquisas sobre a origem da humanidade destruíram o elo que ligava as sociedades humanas a Deus. Afirma-se até mesmo que, no fim de sua vida, Teilhard de Chardin havia mergulhado numa espécie de panteísmo primitivo.

— Mas ele permaneceu fiel à Igreja católica...

— Sim, claro. Mas como você pode ver, a Igreja católica ama os santos, mas desconfia daqueles que considera místicos. Os santos são repertoriados como tal e "sob controle". Quanto aos místicos, são imprevisíveis. A própria fé dos místicos os torna terrivelmente perigosos aos olhos das autoridades eclesiásticas.

— São de certo modo vistos como heréticos... — pensou em voz alta Léopoldine.

O padre Magnani folheava, trêmulo, o caderno.

— Heréticos... A expressão talvez seja um pouco forte. Pessoas que questionam a ordem estabelecida, isso é certo. Se esses cadernos fossem publicados... Nem sei o que dizer... O que você resgatou do esquecimento é uma verdadeira bomba. Pois se você tiver razão, caso esse baú contiver de fato os restos do Sinantropo...

O padre Magnani sentou-se mais ereto e uniu as mãos em silêncio. Depois fechou os olhos. Léopoldine observou então que um enorme crucifixo pendia de seu peito, semelhante a uma chaga de ouro sobre a cor negra de seu hábito eclesiástico.

— Creio, Léopoldine, que a coisa mais prudente a fazer é pôr em segurança esses documentos. Sugiro que você os guarde no cofre-forte. Não imagino que alguém possa pensar em ir procurá-los lá. Poderíamos também ganhar algum tempo para refletir e, ao mesmo tempo, procurar esse baú.

O padre deu a ela um sorriso apaziguador. A jovem balançou afirmativamente a cabeça. Era de fato o melhor a fazer.

Escondido detrás de uma árvore, o tenente Voisin degustava um sorvete de limão que ele havia cobiçado durante toda a manhã. Encarregado de vigiar o padre Magnani, ele não o tinha perdido de vista desde que saíra do hotel, na rua Hamelin, seguindo-o por todo o seu trajeto de metrô, até a entrada na Galeria de Mineralogia.

Tendo verificado que esta possuía apenas um acesso principal e uma saída de emergência lateral, ele tinha se instalado num ponto que lhe permitia abarcar no mesmo campo de visão as duas saídas. Adivinhando que o dia seria longo, ele tinha comprado o sorvete numa carrocinha parada ao lado do carrossel e se permitido assim alguns instantes de descanso. Sem dúvida, a instalação da exposição se terminava na urgência: as idas e vindas eram numerosas na entrada da galeria. O policial localizou facilmente os membros dos serviços de segurança, paradoxalmente reconhecíveis devido a suas roupas neutras e a seus olhos espertos, atentos à menor falha no dispositivo de segurança montado para a inauguração, prevista para o dia seguinte. Os acontecimentos dos últimos dias tinham algo a ver com aquela pressa toda. Johann Kircher guiava todo aquele pessoal com sua costumeira diligência e tratava para que a imprensa, mais presente do que nunca, não perturbasse as atividades dos que trabalhavam.

O tenente Voisin notou a chegada de Peter Osmond por volta das 13h15. O paleontólogo avançava com suas passadas negligentes, balançando seu grande esqueleto com ar de cansaço. O policial espantou-se por não avistar o colega Commerçon pelas redondezas: ele não podia adivinhar que este tinha ficado plantado inutilmente diante do hotel do americano, tendo depois voltado ao comissariado Maubert para interrogar o professor Servan. Voisin estava decidido a enfrentar uma vigilância demorada e entediante, quando viu saindo Peter Osmond, dessa vez com passos bem decididos, às 13h18 precisamente, que se dirigiu para a rua Buffon. Sua surpresa aumentou dois minutos depois, quando o padre Magnani também pegou, com passos rápidos, a mesma direção que o primeiro.

Tal surpresa misturou-se a certa excitação quando ele identificou o objeto que o padre Magnani tirava do bolso.

Peter Osmond continuou, deixando à direita o fosso de apodrecimento — no qual, algumas horas antes, haviam sido encontrados os restos do corpo de Laurence Himbert, coisa que ele evidentemente ignorava —, indo rumo às máquinas que estavam estacionando num terreno em obras. Por mais estranho que isso pudesse parecer, e, apesar da falta de lugar óbvia de que padeciam os pesquisadores, o Museu possuía alguns terrenos que tinham ficado inaproveitados desde o século XVIII. Algumas verbas recentemente recebidas, sabe-se lá pela graça de que decreto ministerial, tinham enfim permitido que se fizesse algo com os mesmos, e as máquinas logo se tinham posto a trabalho para evitar que uma contra-ordem viesse anular aquela providencial autorização — o perigo, evidentemente, era que a verba se revelasse insuficiente, fazendo com que o canteiro de obras permanecesse parado.

Peter Osmond não dava a mínima para todas essas considerações imobiliárias: ele tinha um encontro. Mas o local, afastado dos prédios principais da instituição, estava totalmente deserto. Então o americano andava de um lado para outro. O céu estava pesado e várias gralhas gritavam numa árvore cujas folhas começavam a se tingir de vermelho. O lugar era ideal para um encontro clandestino. Os efetivos da polícia e os jornalistas se concentravam nas imediações do Jardin des Plantes. Ali, era possível discutir com toda a tranqüilidade, ao abrigo de ouvidos indiscretos.

Osmond deu a volta num buldôzer e descobriu uma espécie de trincheira que tinha acabado de ser cavada, sem dúvida destinada a uma canalização.

No momento preciso em que ele compreendeu que o buraco que se abria sob seus pés era seu próprio túmulo, um violento golpe atingiu em cheio seu crânio.

Capítulo 36

Inicialmente, houve um grande estrondo, depois o choque da terra atingindo suas pernas. Ele abriu um olho e a imensa superfície de uma pá mecânica invadiu pouco a pouco seu campo de visão, empurrando terra para dentro do fosso. Ele tentou se levantar, mas era incapaz de fazer o menor movimento. Quis estender as mãos para se proteger, mas estas se recusaram a obedecê-lo. Então, compreendendo o plano de seu agressor e, sobretudo, percebendo que não poderia se opor a ele, Peter fechou os olhos e resignou-se a morrer. Sua única esperança era que fosse sufocado depressa e sem uma dor excessiva.

No entanto, a morte não veio.

Os acontecimentos, tais como os descreveu o tenente de polícia Voisin a seu superior, o comissário Roussel, ocorreram do seguinte modo: ele seguira o padre Magnani mantendo-se a cerca de cinqüenta metros de distância, mas o tinha perdido de vista na altura do laboratório do professor Godovski. Hesitando então quanto à melhor direção a tomar, ele havia virado à esquerda e subido prudentemente rumo ao refeitório, e, não vendo ninguém, tinha voltado por onde viera para, em seguida, escolher a direção do fosso de apodrecimento. Ele estava dando uma olhada dentro desse local, apesar do fedor atroz, quando um motor se pôs em marcha. Guiado pelo barulho, ele tinha tomado a direção do local em que ocorriam as reformas: lá, ao lado de um buldôzer cujo motor estava funcionando no máximo da potência, o padre Magnani estava debruçado sobre o solo, com um martelo à mão. Percebendo o policial, ele tinha guardado a arma no bolso, fazendo sinal para que Voisin se aproximasse. O policial tinha então se precipitado em sua direção e descobrira o corpo de Peter Osmond deitado na trincheira; ele estava parcialmente recoberto pela terra, mas ainda com vida. O padre Magnani e o policial o ajudaram a sair e se levantar.

O americano explicou que tinha encontrado em cima de sua mesa do laboratório uma mensagem e que tinha ido correndo para o lugar do encontro que lhe propunham. Alguém o tinha atingido com um golpe, tentando enterrá-lo com a ajuda da pá mecânica. Sem a intervenção do padre Magnani, ele sem dúvida teria morrido sufocado.

O padre Magnani explicou que, tendo por sua vez encontrado aquela mensagem, havia pressentido uma desgraça e tinha começado a procurar por Peter Osmond. Por sorte, ele havia chegado a tempo. O ocupante do buldôzer tinha fugido ao vê-lo chegar em socorro ao amigo. A cena tinha sido tão rápida que ele era incapaz de se lembrar da menor característica do agressor.

Alguns minutos depois, as redondezas do canteiro de obras estavam repletas de policiais. Evidentemente, as buscas se relevaram infrutíferas. A intervenção do tenente Voisin, longe de confortar e dar segurança ao comissário, provocou o efeito contrário: apesar da vigilância da polícia, eles sempre estariam atrasados em relação ao assassino. Era de acreditar que seu dispositivo de vigilância não servia para coisa alguma.

Uma reunião de emergência ocorreu na Sala Théodore Monod. Peter Osmond, cujo crânio ostentava um belíssimo hematoma, tentava se recuperar. O padre Magnani, sentado numa cadeira, também se recuperava das emoções que acabara de viver. Quanto ao comissário Roussel, ele analisava a mensagem encontrada pelos dois homens: *Detrás Geologia, canteiro de obras. Urgente.*

— Então — grunhiu ele —, quando o senhor leu esse papelzinho, professor Osmond, o senhor pensou que era o padre Magnani que lhe propunha um encontro?

— Isso mesmo.

— Mas por que naquele lugar? E não aqui neste laboratório?

— Porque temíamos que fôssemos espionados — interveio o padre. — Afinal, quem pode nos garantir que não há outros microfones instalados por aqui?

O comissário Roussel emitiu outro grunhido, vagamente desconfiado.

— Mas diga-me, padre — falou Voisin de forma natural, coçando mecanicamente a barba —, por que milagre o senhor encontrou o professor Osmond naquela trincheira, e ainda por cima quase coberto de terra? O senhor teve uma intuição incrível...

— O que me alertou foi o barulho do buldôzer.

— E o senhor não viu o agressor?

— Sinceramente, não. Tudo aconteceu tão depressa... Eu estava em estado de choque.

Sob sua aparência de diletante, o tenente Voisin não deixava de ser extremamente detalhista, qualidade à qual se juntava seu excelente talento para os interrogatórios:

— O senhor estava em "estado de choque"... Muito bem colocado, em se tratando de alguém que esconde no bolso um martelo!

O padre Magnani sorriu e tirou do bolso a arma, sem o menor incômodo.

— De fato, nas circunstâncias atuais, acho que a gente tem que estar em condições de poder se defender.

Roussel e Voisin trocaram um olhar de compreensão mútua. O policial prosseguiu no mesmo tom:

— Quem nos prova que essa arma é puramente defensiva?

— O que o senhor quer dizer? — perguntou o eclesiástico franzindo as sobrancelhas.

— Pois bem... Explico-me: quem nos prova que essa arma não serviu para agredir o professor Osmond? E que no momento de concluir o serviço o senhor tenha sido interrompido por minha chegada?

— Isso é absurdo! — exclamou o padre. — Por que motivo eu faria algo contra ele? Não tenho nenhuma razão concreta para ameaçá-lo!

— Estou simplesmente querendo notar, padre — disse Voisin mostrando o papelzinho do encontro —, que foi o senhor que marcou encontro com ele. Em todo caso, o que digo não deixa de ser uma hipótese plausível...

— De modo algum! Eu ignoro completamente quem escreveu essa mensagem! E além do mais, o senhor está esquecendo que sou um servo de Deus!

— E daí? Admita que essa coincidência é bem estranha.

A voz do comissário Roussel se ouviu, imperiosa:

— Calma, Voisin. Isso não passa de suposições.

— Exatamente. Tudo o que faço é apontar fatos.

— Diga-me, padre Magnani — continuou o comissário —, o que o senhor estava fazendo antes de sair em busca do Sr. Osmond?

— Estava em companhia da Srta. Devaire, que queria me mostrar alguns documentos. Como se tratava de um dossiê do maior interesse científico, aconselhei-a a colocá-lo ao abrigo de olhares indesejáveis, no cofre. Como disse a seu subordinado, ao ver essa mensagem adivinhei que alguém tinha atraído o professor Osmond para uma armadilha. Parti imediatamente em busca dele e, graças a Deus, cheguei a tempo.

O comissário se manteve alguns segundos em silêncio, depois retomou a palavra, cheio de gravidade;

— E onde estão esses documentos?

De fato, a Sala Théodore Monod estava vazia, e a porta do cofre-forte, aberta. E não havia nem sombra dos documentos dentro dele.

Todos os olhares se fixaram sobre o rosto lívido do padre.

* * *

Enquanto isso, uma sombra se apressava pelos recantos mais insuspeitos do Museu, levantando de um lado para outro animais embalsamados, deslocando telas imensas, desenrolando mapas misturados uns aos outros, abrindo cestas de vime. Ao cair da noite, aquela sombra se confundia com as trevas. Sem dúvida as trevas tinham invadido as profundezas de sua alma, mas seria de fato possível avaliar com exatidão até que ponto pode cair nas trevas a natureza humana?

Capítulo 37

O comissário Roussel fazia a mesma pergunta pela vigésima vez:

— Ninguém viu o senhor dirigindo-se àquele canteiro de obras? Não há nenhuma testemunha?

O padre Magnani estava prostrado numa cadeira do comissariado Maubert. Nas paredes, cartazes oficiais misturavam-se a cartões-postais de férias e a um calendário com fotos sugestivas. Pela vigésima vez, ele respondeu: "Não."

— Como o senhor explica que não tenhamos encontrado o menor vestígio do agressor do professor Osmond?

— Não explico coisa alguma.

— E a Srta Devaire? Por onde anda?

— Repito mais uma vez: não sei. Não tenho nada a ver com o desaparecimento dela.

— Isso é demais, padre. São coisas inexplicadas demais para um único homem.

Marcello Magnani levantou a cabeça. Ele estava visivelmente perturbado.

— O que mais o senhor quer? Eu já lhe disse toda a verdade. Se o senhor não acredita em mim, jogue-me na cadeia. Quanto ao resto, nada mais tenho a declarar.

O comissário Roussel direcionou a lâmpada sobre a mesa na direção do rosto do padre — um velho truque para desestabilizar os suspeitos, que funcionava sempre — e fingiu que tomava algumas notas. Ele suspirou.

— E a presença do martelo em seu bolso? O senhor pode me explicar isso? Todos os padres têm o costume de andar armados lá em Roma?

O padre Magnani não deu resposta. Ouvia-se apenas o tiquetaque do relógio na sala.

No mesmo momento, vestida com um avental branco coberto de poeira, Léopoldine se agitava como uma louca, abrindo todas as caixas e todos os armários da reserva do Museu com gestos mecânicos, o olhar fixo, como se estivesse obcecada por uma idéia que tentava em vão afastar do espírito.

Ela se perguntava ainda o que lhe havia acontecido, que pânico a tinha invadido naquela manhã. Quando o padre Magnani descobrira a mensagem sobre a mesa da Sala Théodore Monod, ele empalidecera e tinha saído correndo para descer as escadas. Ela não entendia mais nada do que estava acontecendo no Museu, as pessoas se comportavam de modo tão incoerente! Ela não podia mais confiar em ninguém, sequer no padre. Então, entrando em pânico, ela escondera seus cadernos num lugar em que ninguém pensaria. Haveria de se virar sozinha. Inicialmente, era preciso encontrar aquele maldito baú enviado de Pequim há cerca de cinqüenta anos. E, depois, conseguir pegar as antigas plantas do Museu. Em seguida... ela nem queria pensar. Preferia se concentrar em uma tarefa de cada vez. Talvez isso evitasse que ficasse louca.

Ela teve um sobressalto. Pensou ter ouvido um ruído. Escutou durante alguns segundos o silêncio e, como nada ocorreu, pôs-se de novo, freneticamente, a trabalhar.

De repente seu pé deu de encontro com uma caixa enterrada sob um monte de mapas, diante de uma estante em que se alinhavam diversos bustos de cientistas célebres. A jovem arregalou os olhos; o rosto de um deles, destruído a golpes de buril, estava totalmente irreconhecível.

Ela leu, sobre a plaquinha de cobre: *Charles Darwin, 1809-1882.*

Peter Osmond estava tomando um banho em seu quarto de hotel. A água escorria-lhe sobre as costas e, com a cabeça virada para trás, ele saboreava a incrível sensação de estar vivo. Seu crânio ainda doía, mas isso era de pouca importância. Se ele sentia dores, era porque estava vivo... Vivo...

Ele pensava em tudo o que tinha acontecido nos últimos dias. Via-se novamente naquele buraco, quase enterrado vivo. Uma cruz de ouro balançava diante de seus olhos... uma mão lhe era estendida... Tudo aquilo era tão irracional...

E, no entanto, havia uma lógica. E essa lógica ele começava a compreender...

— Então, o senhor não tem nenhuma testemunha.

Agora era o tenente Voisin que fazia as perguntas. O comissário Roussel olhava as espirais de fumaça que subiam de seu cigarro. Às vezes aquele truque funcionava também, sobretudo com os não-fumantes, aquilo os desestabilizava, eles não suportavam o cheiro do tabaco e confessavam para que os deixassem em paz.

O comissário Roussel sentia obscuramente que eles estavam perto do alvo. Isso talvez tomasse parte da noite, ou quem sabe a noite inteira, coisa que não lhe metia medo. Ele era teimoso e tinha conseguido fazer com que muitos entregassem os pontos ao término de doze horas de prisão preventiva.

— Padre Magnani, o senhor não respondeu à minha pergunta — insistiu o tenente Voisin.

O padre tinha se enfiado no silêncio. Com os olhos baixos, as mãos cruzadas sobre o ventre, ele tinha ficado imóvel durante um bom tempo. Sem dúvida, estava rezando. O comissário pensou com seus botões que, antes de apelar para a justiça divina, o padre teria que responder à justiça dos homens.

Um toque de telefone ecoou num aposento ao lado.

— E Léopoldine Devaire: o que o senhor fez dela? — continuou Roussel.

Ouviram-se passos de gente correndo pelo corredor. A porta da sala do comissariado foi aberta de supetão. Viu-se a cabeça do tenente Commerçon.

— Parem tudo! Ocorreu mais um crime no Museu!

As viaturas policiais tinham entrado, com todos os faróis acesos e as sirenes cantando, no perímetro do Museu, depois tinham freado na esplanada que margeava a Grande Galeria da Evolução, banhada pela luz fria dos projetores. Como uma nuvem de gafanhotos, os repórteres foram atrás da polícia, mantidos, porém, a uma distância respeitável por um cordão de segurança. Uma agitação indescritível tinha se apoderado daquele monte de homens, tanto os de uniforme como os vestidos à paisana.

O comissário Roussel gritava agora suas ordens, reforçadas por gestos enérgicos:

— Tratem de convocar a direção e todos os chefes dos diferentes departamentos! O Museu está fechado! E chamem o secretário de Segurança! Vamos isolar o local até que esse caso esteja resolvido!

Sozinho no meio daquelas fervilhantes formigas enlouquecidas, um homenzinho vestido de preto, parecendo estrangeiro à cena, quase ausente, dava a impressão de estar absorto num profundo recolhimento. Seus olhos inocentes observavam o movimento das forças da ordem com um espanto misturado a uma espécie de resignação. Um jovem policial de uniforme se apresentou diante dele:

— Padre, pediram que eu viesse buscar o senhor. Se puder vir comigo, por favor...

O padre respondeu com um sorrisinho e o seguiu. Eles se dirigiram para uma abertura dando sobre a esplanada, na realidade a via de acesso para um elevador de carga. O policial acionou o mecanismo de descida. Eles penetravam assim nas entranhas do Museu, no centro de sua parte mais secreta e protegida: a zooteca, que se estendia sobre três níveis, reagrupando todas as espécies animais conhecidas. Apenas uma ínfima parte das coleções da instituição estava exposta na Grande Galeria da Evolução. O resto, isto é, milhões e milhões de espécimes de insetos, peixes, pássaros, mamíferos, o gigantesco leque de tudo o que, no decorrer dos séculos, tinha sido identificado no reino animal, era preciosamente conservado ao abrigo dos olhares, em verdadeiros bunkers interligados por galerias e protegidos por um sistema de segurança digno de uma central nuclear. Apenas cerca de vinte pessoas tinha acesso àquelas reservas vigiadas permanentemente por vários guardas. A princípio, só se tinha acesso às coleções durante o fim de semana, mas era evidente que o assassino estava pouco se lixando para esse tipo de regra, que ele conseguia contornar com uma desconcertante facilidade.

O elevador de carga imobilizou-se no -3. O padre Magnani observou então a palidez do jovem que o acompanhava.

— O que aconteceu?

— Vou avisá-lo, padre, trata-se de algo inimaginável. Nunca vi nada parecido. É abominável.

Eles chegaram a uma seqüência de corredores de um branco imaculado. O padre Magnani tremeu de frio; para prevenir que os animais a serem embalsamados não fossem contaminados por insetos, a temperatura ali não passava dos 15° centígrados. Eles atravessaram uma série de portas de abertura magnética e chegaram enfim numa ampla sala desinfetada. Nas estantes móveis, milhares de pássaros embalsamados olhavam fixamente para os dois homens com olhos frios e inexpressivos. Lâmpadas anti-UV, concebidas para que as cores da plumagem fossem preservadas, iluminavam o local com uma luz embaçada.

Numa abertura entre duas vigas, um grupo de policiais à paisana e técnicos da polícia científica se agrupavam excitados diante de centenas de papagaios multicoloridos. Atordoado, o padre Magnani descobriu, ao se aproximar, o cadáver de um homem nu, com a cabeça pendurada para um dos lados, os braços amarrados a uma estante numa posição que imitava a do Cristo crucificado. Um riacho de sangue escorria do peito do homem, onde tinha sido cravada uma barra metálica, ia serpenteando pelas pernas e caindo gota a gota no chão, para formar uma poça vermelha. Último detalhe, ao mesmo tempo carnavalesco e mórbido: o cadáver tinha sido salpicado de uma tinta azul da cabeça ao umbigo, e de amarelo da bacia até os pés.

— A vítima é Norbert Busson — murmurou o tenente de polícia Commerçon, muito pálido, virando-se para o padre Magnani. — Ele estava fazendo sua tese de doutorado no Museu. Foi um guarda, espantado por ver as luzes acesas no corredor, que deu o alerta. A morte deve ter ocorrido há cerca de uma hora, em minha opinião.

— A perfuração não o matou imediatamente — confirmou o médico-legista. — Ele perdeu muito sangue. Morreu de esgotamento.

O padre estava petrificado de horror. Quem ousava afrontar daquele modo o Criador? Que demente maléfico ousava parodiar daquele jeito o Sacrifício supremo, com o único objetivo de proclamar sua onipotência e seu desprezo pela vida humana?

A menos que...

A menos que suas convicções não passassem, no final das contas, de mentiras... Se um homem era capaz de infligir um tratamento daqueles a seu semelhante, é que ele nada tinha a temer do julgamento divino. Pois não se tratava de julgamento divino...

O padre Magnani quase não encontrou forças para levantar um braço trêmulo, a fim de abençoar o corpo do desgraçado. Depois ele se retirou sem dizer uma palavra, cabisbaixo.

Assim que soube da última notícia, Loïc Erwan avisou Peter Osmond em seu hotel. O americano foi correndo para o local sem perder um segundo sequer, mas os policiais tinham proibido seu acesso à cena do crime. Ele avistou o comissário Roussel, que, apoiado no teto de seu carro, tentava entrar em contato com o secretário de Segurança Pública.

— Comissário! — gritou ele. — Preciso ver o que aconteceu! É importante!

— Escute, Osmond — grunhiu o comissário aproximando-se dele. — Estamos realmente sem tempo para organizar visitas guiadas. Já bastam os problemas que temos.

— Eu entendi a lógica disso tudo! A lógica do assassino!

— Então pode me dizer quem é?

— Não, ainda não... Mas...

— Então, isso não me interessa.

Osmond colocou a mão sobre um ombro do policial.

— Comissário, deve acreditar em mim. Esses assassinatos obedecem a uma lei! Uma lei delirante, mas ainda assim uma lei! Tudo está no modo operatório. Sei que tenho uma pista séria.

O comissário Roussel o encarou com desconfiança. Ele não tinha o costume de deixar com que guiassem sua conduta. Aquela investigação era dele, e ele fazia do caso um problema pessoal. Como é que aquele tipo cabeludo, mesmo com todos os seus conhecimentos científicos, era capaz de desenrolar o fio da meada daquela história de loucos?

— Caso precisemos do senhor, trataremos de chamá-lo — disse decidido Roussel.

— Mas pelo menos escute meus argumentos! — gritou Osmond. — Magnani é inocente!

— Isso já tínhamos adivinhado — respondeu secamente o comissário, dirigindo-se novamente a seu veículo. Se é para me fazer esse tipo de revelação, o senhor pode pegar o avião de volta para os Estados Unidos... Alô? Senhor secretário? Desculpe incomodá-lo...

E o comissário mergulhou numa longa conversa.

Osmond deu as costas, enraivecido. Um homenzinho que procurava alguém em meio àquele monte de gente foi rapidamente na direção dele.

— O senhor não viu a Léo? — perguntou Alex.

— Léopoldine? Ela ainda está no Museu?

— Está. Ela precisava terminar um serviço e, desde que o fizesse, devia me telefonar. Mas não tive notícias dela desde o início da tarde.

O americano conteve um palavrão.

— *God*... Temos que encontrá-la. Talvez ela esteja correndo perigo.

Peter Osmond não precisou procurar por muito tempo. Léopoldine estava sentada no jardim, sozinha, na escuridão, sob o grande cedro de Jussieu, velho de muitos séculos. Toda encolhida, petrificada, ela tentava se proteger do frio. O paleontólogo correu na direção da jovem e colocou a mão sobre seu ombro. Nossa! Ele tivera tanto medo de que algo lhe tivesse acontecido... Sob sua aparência cheia de segurança, ele adivinhava o quanto ela era frágil e vulnerável...

A jovem voltou pouco a pouco à realidade. Ela o encarou em silêncio e se aconchegou entre seus braços.

— Você não pode ficar aqui, Léopoldine. Isso não é nada prudente — murmurou ele.

Ela deu um profundo suspiro de resignação.

— Norbert... Isso é pavoroso... Todos esses mortos... Quem será o próximo?

— Vamos, coragem. Tenho certeza que vamos botar as mãos nele. Confie em mim. Vamos sair daqui. Venha.

Ele a obrigou a se levantar. Foi então que percebeu um grande rolo de papel branco em cima do banco, ao lado dela.

— São as plantas do Museu — explicou a jovem conservadora. — Pelo menos, as mais antigas que pude encontrar. Datam de 1889.

Peter Osmond a tomou pelos ombros e a olhou com admiração.

— Léopoldine... Você é... Como é mesmo que se diz? Você é... "espantante"!

Eles voltaram lentamente para a esplanada, onde Alex os esperava. No caminho, ela contou a Osmond sua visita ao Grupo Oliver.

— Eles fingem ignorar quem é Tobie Parker, mas tenho certeza que ficam de olhos fechados para suas atividades.

— Também acho. Sou capaz de apostar que Parker quer utilizar o Círculo das Ciências como uma tribuna para suas idéias.

— E o Grupo Oliver lhe serviria então como uma espécie de intermediário?

— *Right.* E posso garantir a você que ele encontrou os homens que queria para que falem em seu nome.

Peter segurou as mãos de Léopoldine e disse baixinho:

— Agora você vai voltar para sua casa e descansar. Ainda vou precisar de você amanhã. Quanto a você, Alex — disse ele olhando para o rapaz —, trate de não sair de perto dela durante toda a noite. Entendeu bem?

Alex concordou. Como bom guarda-costas, ele afugentou os fotógrafos que os abordavam de todos os lados e levou Léopoldine para a saída da rua Buffon, onde tinha estacionado seu carrinho preto.

— O Museu tem que ser fechado! — gritava o comissário Roussel. — Caso contrário, jamais conseguiremos botar as mãos nesse maluco!

Ele andava de um lado para outro na sala de Johann Kircher. Os principais chefes de departamento tinham sido convocados e escutavam o oficial de polícia com a maior gravidade.

— Não quero correr o risco de me ver às voltas com mais um assassinato. Isso está bem claro, não?

Johann Kircher fez um gesto pedindo calma.

— Eu o entendo, senhor comissário. Mas tenho a obrigação de informá-lo que nossa nova exposição começa amanhã à noite. Uma grande recepção está prevista nos jardins e nas estufas. Não temos a menor possibilidade de cancelar tudo.

— E sem dizer que haverá inúmeros convidados de prestígio — acrescentou Bertrand Le Guennec, encarregado das relações públicas do Museu. — O embaixador dos Estados Unidos é esperado, bem como os membros da família real saudita e, de maneira geral, os representantes dos países que emprestaram peças de suas coleções nacionais.

Furioso, o comissário Roussel olhou para Kircher.

— Então o senhor acha que estou mesmo interessado na festinha que vocês programaram? Vou lhes explicar qual é a minha prioridade: encontrar os indícios do crime. O monstro que cometeu esses crimes não pôde sair voando assim sem mais nem menos! Acho que podem entender isso, não? Portanto, o local será fechado.

— Concordo com o comissário — disse Marchand, diretor do Departamento de Ciências da Terra. — Nas condições atuais, a investigação deve vir antes de tudo.

— Seria uma terrível confissão de fraqueza! — exclamou Ylieff, do Departamento de Botânica. — Temos que afirmar nossa vontade de prosseguir com nossas atividades, custe o que custar! Esse louco deve entender que não haveremos de ceder!

— Eu penso como Marchand — interveio Marquez, responsável pelos parques zoológicos. — Enquanto esse caso não estiver resolvido, não podemos trabalhar com serenidade.

— Isso é covardia! — exclamou Ylieff.

— O senhor é um irresponsável! — indignou-se Marquez. — Fica até parecendo que estamos protegendo o assassino.

— Será possível que o senhor estaria querendo ir mais longe, insinuando que sou eu o autor desses crimes? — berrou Ylieff.

— E por que não? — respondeu Marchand, cuja antipatia para com Ylieff era lendária na instituição. — Nenhuma hipótese deve ser excluída!

— Estou sabendo que suas verbas foram cortadas há pouco tempo e que o senhor é obrigado a olhar as coisas como elas são, mas isso não é motivo para sair contando qualquer besteira! — irritou-se Ylieff, que já ia se levantando para ir embora.

Consciente de sua autoridade natural, Johann Kircher tentou acalmar os vários participantes da reunião e, com um gesto, convidou Ylieff a ir sentar-se novamente.

— Senhores, mantenhamos a calma. Compreendo a ira e a preocupação de todos, mas não devemos perder de vista o fato de que essa exposição é de capital importância para a fama do Museu. Pedras extremamente raras serão expostas ao público. Um cancelamento seria desastroso para a imagem de nosso país. Os jornais não param de publicar notícias alarmantes sobre os acontecimentos dos últimos dias. A imprensa estrangeira até mandou seus enviados especiais. O que iriam dizer se renunciássemos? Tudo o que nos restaria então seria mandar de volta os diamantes a seus proprietários, pondo em seguida um ponto final ao prestígio de nossa instituição...

— Ainda mais que isso nos causaria uma enorme perda financeira... — confirmou Jean Cailhau, responsável pela Galeria da Evolução, que, depois do desaparecimento de Michel Delmas, também respondia pela administração *interinamente*. Essa exposição é uma ocasião de ouro para aumentar a freqüência do Museu.

— Mas ninguém virá vê-la depois de tudo o que tem acontecido nos últimos dias, isso é óbvio! — vociferou Marchand.

— Não podemos correr esse risco — respondeu-lhe Cailhau. — Sou capaz de apostar que, depois dos acontecimentos de hoje, o assassino não vai mais ousar se manifestar.

— Gostaria muito de compartilhar de seu otimismo — interveio o comissário Roussel. — Mas realmente não compreendo o que lhes permite tirar uma conclusão dessas. A menos que eu coloque um policial atrás de cada convidado...

— Pois é o que lhe proponho — obtemperou Kircher. — A área do Museu ficará fechada aos visitantes amanhã. O pessoal ficará à disposição do senhor para todas as investigações que considerar necessárias. À noite, os convidados só poderão entrar entre 18h30 e 21 horas, e unicamente nos jardins. A partir de segunda-feira, se o senhor quiser, interditaremos novamente o perímetro do Museu, com exceção da Galeria de Mineralogia, no térreo, onde ocorrerá a exposição. O acesso do público será evidentemente restrito e regulado. Cada visitante será revistado e seus pertences pessoais serão examinados por guardas. Acho que, desse modo, podemos ficar todos satisfeitos.

A diplomacia do conservador tinha novamente obtido sucesso. O comissário Roussel estava pensativo, mas, visivelmente, aquele arranjo era da ordem do possível.

Os presentes balançaram a cabeça com maior ou menor aprovação, esperando a decisão do comissário. Este cruzou os braços, analisou mais uma vez os dois lados da proposta e declarou:

— Se o secretário da Segurança Pública der sua autorização para isso e alguma coisa acontecer durante a recepção, saibam que vou lavar minhas mãos.

Apesar do caráter dramático daquela reunião que se assemelhava a um conselho de guerra, cada um dos participantes relaxou enfim um pouco; mesmo assim, cada qual continuou a olhar para seu vizinho com grande desconfiança.

O assassino agira durante todos os dias da semana. Agora, era possível esperar que ele respeitasse pelo menos a trégua do domingo, a não ser que tal esperança não passasse de pura superstição.

Capítulo 38

Peter Osmond e o padre Magnani andavam em silêncio pelo cais de Montebello. Eles observavam os grupos de turistas que se demoravam diante do espetáculo dos barcos que sobem o rio Sena iluminando as fachadas às margens com seus poderosos projetores. Como fantasmas, as sombras das árvores pareciam deslizar por sobre as paredes.

— Prefiro não descrever essa cena — disse o padre em voz baixa. — Ela vai além do que é humanamente admissível. Ela é... diabólica.

Osmond respeitou a dor do padre. Este, obviamente, sentia necessidade de desabafar:

— Quando entrei na via que me indicou o Senhor, senti uma verdadeira libertação. Era como se todas as possibilidades que me reservavam a existência se realizassem de uma só vez. Todos os caminhos se abriam diante de mim. Mas agora eu me pergunto...

Ele se interrompeu e inspirou profundamente.

— Eu me pergunto aonde leva essa via.

Eles viraram atravessando a ponte Double, pegando a direção da *Île de la Cité*. Diante deles, majestosas e banhadas pela iluminação, as torres da igreja de Notre-Dame se erguiam na noite clara como duas colunas de luz.

— Hoje posso entender o que sentiu Cristo na cruz, quando exclamou *Eli, lama sabactani?*. É exatamente isso que tenho vontade de Lhe dizer: "Pai, por que me abandonastes?"

Diante da igreja, um jovem casal de turistas tirava fotos, indiferente ao drama que torturava a alma do padre. Este passou suavemente as mãos pelas pedras da fachada da mais venerável catedral do mundo, como se tentasse reatar com sua fé. Ele recuou alguns passos e ergueu os olhos na direção da rosácea.

— Sabe o que me levou à vocação religiosa, Peter?

Marcello Magnani olhou para seu colega.

— Meu pai é padre.

— Como?

— Minha mãe se apaixonou por um padre de sua paróquia. Eles se amaram apaixonadamente. Claro, não podiam assumir tais sentimentos diante de todos. Você pode imaginar... Na Itália, um religioso freqüentando uma mulher solteira... Mas quando ela se viu grávida, as línguas se soltaram. O bispo convocou meu pai e o pôs contra a parede: ou ele abandonava a vida religiosa e se casava com minha mãe ou ele seria transferido para uma paróquia no outro lado do país. Tenho certeza que ele amava sinceramente minha mãe, mas não pôde renunciar à sua missão pastoral... Eu o revi algumas vezes, quando vinha nos visitar. Minha mãe o apresentava como um amigo da família. Ela afirmava que meu pai havia falecido durante sua gravidez. Um dia, aos quinze anos, ela me contou a verdade. Estranhamente, senti-me muito orgulhoso por isso. Dela e de meu pai também. Pouco a pouco, a idéia da vocação religiosa me ganhou o espírito. Como se eu tivesse que seguir os mesmos passos daquele que tinha me dado a vida. Eu era um bom aluno, com um dom natural para as ciências. Entrei no seminário e continuei meus estudos de física. Contrariamente a meu pai, nem tive que escolher. Consegui levar ao mesmo tempo minhas pesquisas e minha busca espiritual. Mas hoje, depois de ter visto aquele pobre rapaz, é como se uma nova mensagem me tivesse sido enviada. Como se tivesse chegado agora a minha vez de fazer uma escolha. Como se Deus me dissesse: "Você persistirá em sua crença em Minha existência custe o que custar?" Não tenho mais nenhuma certeza para responder a essa pergunta.

Osmond estava tão incomodado quanto emocionado pela confissão do padre Magnani. O americano constatava, mais uma vez, o quanto os homens, mesmo os mais convencidos, convivem com feridas e dúvidas, e estão longe das certezas inabaláveis.

Eles recomeçaram a andar e foram margeando a nave e seus vitrais.

— Até hoje, tenho conseguido conciliar essas duas vocações. Sempre pensei que o aprofundamento das leis científicas só fazia aumentar as ocasiões para que me maravilhasse com a absoluta perfeição da criação divina. Como explicar o fato de o universo ser tão harmonioso? Os planetas girando uns em volta dos outros com uma regularidade e uma constância infalíveis, e esse ponto minúsculo no espaço, a Terra, em que a vida se tornou possível... Como não se sentir maravilhado por tal milagre?

Marcello Magnani balançou a cabeça ao ver as gárgulas, monstros horrendos condenados para sempre a ficar do lado de fora da casa de Deus.

— Mas se o Pai enviou Seu Filho para nos salvar, por que deixou o Mal existir no coração dos homens? Teríamos merecido isso?

Osmond não sabia o que responder. A cena da qual seu colega tinha sido testemunha devia ter sido especialmente difícil para fazer com que ele se encontrasse em tamanho desespero. Estava fora de questão, no entanto, abandonar tudo, logo agora que eles estavam prestes a encontrar uma explicação para aquele massacre friamente executado. O americano refletiu demoradamente sobre o que ia dizer, consciente do impacto que poderia ter a resposta que daria ao companheiro.

— Padre, sabe o que penso sobre a religião... mas permita-me dar uma opinião enquanto cientista. O senhor sabe, tanto quanto eu, que a natureza procedeu por tentativas e erros, o que Darwin demonstrou de maneira convincente. Mas ela também produziu coisas aberrantes. Essas aberrações tiram algum valor da fantástica teoria de Darwin? Não. Como se costuma dizer, "a exceção confirma a regra". Estamos diante de uma aberração humana, eis tudo. Não se deve pensar que Deus é responsável por isso.

— Mas é você, Peter, que diz isso?

— Não, é o professor Osmond. E contento-me unicamente em lembrar-lhe os fundamentos do método experimental. Se ele é válido para a ciência, por que não seria para a religião?

O italiano sorriu. Ele balançou a cabeça e contemplou demoradamente o esboço flamejante de Notre-Dame.

Eles voltaram ao Museu pelo cais ao longo do Sena. Osmond explicou ao padre Magnani as coisas de que tinha sido testemunha no Círculo das Ciências.

— Agora tenho certeza que você tem razão. Royer faz parte do clã deles, sim, como Mathiolet. E estou tão mais persuadido que, durante a entrevista coletiva, percebi uma de suas colaboradoras. Você conhece Carole Freeman?

— A diretora do Centro de Estudos Religiosos do Texas? Ela estava lá?

— Perfeitamente. Quando me viu, ela... como dizer?

Ele gesticulou, procurando a palavra. O padre Magnani logo completou a frase:

— Ela saiu de fininho!

— *All right!*

A testa do padre Magnani estava cheia de ruguinhas, devido à concentração com que ouvia o outro.

— Isso é bem preocupante... Aliás, isso poderia explicar a presença de Tobie Parker em Paris.

— Como desconfiávamos, a exposição dos diamantes não é mesmo a única razão de sua visita à cidade. Ele também marca encontros em Paris. Conhece os White Supremacists?

— Apenas de nome.

— Pensamos que Carole Freeman é a chefe deles. Esses extremistas pregam a renovação da sociedade ocidental numa América branca e cristã. Eles exigem uma educação religiosa obrigatória na escola, a menção aos Dez Mandamentos nos tribunais e sonham com o restabelecimento da segregação racial, pela força, se isso for preciso.

— A Ku Klux Klan, em suma.

— Sim, porém mais perigosos ainda. Os White Supremacists recrutam seus membros entre a elite: médicos, engenheiros, cientistas... O movimento está em franca expansão. Eles se apóiam no desejo de retorno aos valores tradicionais pregado pela direita ultraconservadora de Reagan e de Bush. Mas sempre lhes faltaram recursos para financiar suas atividades. O problema estaria resolvido se Tobie Parker decidisse se tornar aliado deles... ele lhes daria uma assistência financeira considerável e, além do mais, faria com que ocupassem o espaço midiático.

— Mas por que marcar encontro em Paris? — perguntou o padre. — E, sobretudo, que relação tem isso com o Museu?

Nesse momento eles estavam ladeando as grades do Jardin des Plantes, num local em que se sucediam dezenas de veículos de diversas televisões, com suas antenas parabólicas erguidas em direção ao céu, à espreita da menor informação nova. As conversas cochichadas davam o tom da vigília febril e atenta. Os dois homens prestaram atenção para que não fossem ouvidos por aqueles observadores um pouco curiosos demais.

Os veneráveis prédios do Museu, tal como majestosos palcos de teatro, erguiam-se na escuridão.

— Por que Paris? — continuou Peter Osmond. — Porque é menos arriscado do que nos Estados Unidos, sem dúvida... E porque isso lhes permite afirmar a superioridade da civilização americana em relação à "velha Europa".

— Eles estariam utilizando Paris com finalidades simbólicas? — perguntou em tom medidativo o astrofísico.

Com a rapidez de um relâmpago, Peter reviveu sua errância pela Galeria de Paleontologia, alguns dias antes. Aquelas visões de filme de horror, aquelas aberrações da natureza que flutuavam nos recipientes...

— Uma vitrine! — exclamou Osmond. — O Museu é uma vitrine! Agora sei que tenho razão!

Como o padre Magnani se interrogasse sobre o brusco impulso de entusiasmo do cientista americano, este compreendeu que era preciso explicar-lhe sua teoria.

Os dois colegas se lançaram então numa conversa apaixonante, gesticulando muito, detendo-se de vez em quando para depois continuar ainda mais entusiasmados, um completando as hipóteses esboçadas pelo outro.

Aquela noite de setembro assistiu ao nascimento da mais incrível das teorias criminais jamais concebidas pelo espírito humano.

DOMINGO

Quanto a mim, estou pronto para me apresentar
diante do Criador e enfrentá-Lo.
Mas e Ele? Estaria preparado para essa provação?

Winston CHURCHILL

Bem-aventurados os puros de coração, pois eles verão a Deus.

Marcos, V, 8

Capítulo 39

Três pombos disputavam as migalhas de pão que lhes lançava um indivíduo vestindo uma camiseta cinza e calças jeans disformes, sentado num banco diante da igreja de Batignolles. Por volta das nove horas, outro homem, vestindo calças compridas pretas e um pulôver simples, azul-marinho, aparentemente esgotado, porém sereno, saiu da igreja e se dirigiu com passos decicidos até seu cúmplice, que o esperava no banco.

— Estou pronto.

Peter Osmond lançou os últimos pedaços da baguete aos pássaros que agora afluíam em bando, arrulhando ruidosamente, e se virou para o padre: ele tinha um ar estranho, assim vestido à paisana, sobretudo com aquelas roupas um pouco grandes para ele, embora parecesse relativamente à vontade — ou seja, livre de sua batina de homem de Deus, tratava-se de um belo espécime masculino. Do tipo latino, misterioso, que agradava às mulheres. Mas as preocupações do italiano iam a anos-luz desse tipo de consideração.

Osmond se levantou e eles pegaram a rua Legendre. Apesar do cansaço, a excitação advinda da confrontação das idéias de ambos e da combinação do plano de batalha que haviam elaborado juntos proporcionava aos dois uma energia insuspeita. Eles tinham andado a noite inteira e passado no hotel do americano apenas para tomar um banho, pegar alguns pertences e permitir a Marcello Magnani que vestisse as roupas adequadas para a missão daquela manhã, de que estavam incumbidos por eles próprios. No lugar ao qual se dirigiam, seu uniforme de soldado de Deus não seria de fato muito bem-vindo. O padre tinha pedido para fazer um desvio até a igreja de Batignolles, para nela se recolher por alguns minutos. Peter Osmond teria tido bastante dificuldade para lhe recusar isso. Aquele domingo deveria ser o dia da verdade e, para os mais crentes, o dia da graça. Como um milagrezinho viria realmente a calhar, Peter achou que não seria inútil tentar apelar para qualquer estratagema que pudesse aumentar a sorte dos dois homens.

Eles caminharam depressa no friozinho característico das primeiras manhãs de outono. Tudo o que se ouvia eram os rumores dos carros ao longe. O bairro ainda estava adormecido.

Como sombras fugitivas deslizando ao longo da fachada do Templo da Clara Via, os dois homens examinaram as redondezas, aparentemente desertas.

— Pois bem, chegamos — disse Magnani.

— Não quer mesmo que eu vá junto com você? — perguntou Osmond, preocupado.

— Não. Não sou conhecido deles. Pode acreditar em mim: assim é mais seguro. E, depois, estou mais acostumado que você aos lugares de culto religioso, não é?

Tudo o que Osmond pôde fazer ao ouvir isso foi dar um sorriso. O padre pegou com passos resolutos a direção da entrada do templo. Quanto a Osmond, procurou um lugar para se instalar de modo a ter em sua linha de mira a fachada branca; depois ele levantou os olhos ao céu. O jeito era torcer para que o sol não decidisse desaparecer...

Léopoldine estava debruçada sobre as plantas do Museu abertas no meio da sala. Com dedos febris, ela seguia os traçados dos caminhos subterrâneos. Aquele entrelaçamento de linhas e curvas parecia saído de um espírito especialmente fantasioso. Conseguir se encontrar naquela mistura era ainda mais difícil, pois a umidade havia alterado o papel em alguns pontos. Consultando também outras plantas ainda mais antigas para se encontrar, ela começou a completar os traçados que faltavam com um lápis. Sua concentração era tamanha que sua vista ia ficando embaralhada. Ela esfregou os olhos.

No dia anterior, escoltada por Alex, amigo mais vigilante do que nunca, ela voltara para seu apartamento. A jovem propusera então ao amigo que transformasse o sofá numa cama confortável, coisa que este recusou categoricamente: ele ficaria vigiando o sono dela. Léopoldine tinha insistido por educação, mas a intransigência do jovem funcionário do Museu, que tinha plantado seu corpo relativamente miúdo diante da porta de entrada, logo fizera com que ela renunciasse. Cinco minutos mais tarde, ela adormecia como uma pedra. Quanto a Alex, que tinha julgado mais prudente passar a noite acordado, sentado na poltrona, ele acabara se jogando nos braços de Morfeu quase tão depressa quanto a própria amiga.

Léopoldine deu uma olhada no amigo, que roncava como uma caldeira. Ela se serviu de um pouco de café e, com a cabeça entre as mãos, pôs-se novamente a trabalhar. Era preciso reconstituir a planta antes que Peter telefonasse.

Naquela manhã de domingo, como em todos os outros, o professor Florus saiu do metrô na Gare de Austerlitz, atravessou o bulevar do Hospital e foi se apresentar à entrada do Museu, na rua Buffon. Qual não foi sua surpresa ao constatar que policiais armados até os dentes impediam o acesso à instituição! Em 47 anos de assiduidade cotidiana (com exceção do dia 23 de março de 1960, dia em que, por causa de seu casamento, só tinha ido trabalhar à tarde), ninguém jamais lhe tinha pedido para exibir seus documentos, nem para justificar sua presença no local! Espantadíssimo, o professor Florus fez um gesto exprimindo fatalismo ao ver a intransigência do guarda, apoiou-se trêmulo sobre a bengala, abriu sua pasta e começou a procurar seu cartão magnético que, evidentemente, não estava com ele. Mas onde teria ele deixado o cartão? Não há dúvida alguma de que aqueles policiais logo iriam se arrepender de tamanho zelo.

A dois passos dali, o professor Eric Godovski subia nervosamente pela rua Buffon e enfrentava, ele também, as novas medidas de segurança, o que não lhe tomou mais do que três segundos. O representante das forças da ordem se afastou, não sem antes dar uma olhada supersticiosa naquele estranho homem. Eric Godovski tinha outras preocupações em mente. Ele passou rapidamente, em apenas algumas passadas, pela alameda que conduzia a seu laboratório, onde se trancou. O ornitólogo, ainda que fosse um ateu convencido, respeitava escrupulosamente o repouso dominical. Sua presença no trabalho, de que ninguém suspeitava, era por isso mesmo ainda mais paradoxal. O espanto será completo quando se souber que, antes de ganhar o laboratório, ele tinha tentado, por três vezes, entrar em contato com o professor Peter Osmond em seu hotel.

Outras pessoas, não em grande número, estavam presentes no Museu naquele dia. A veterinária Annie Breitman, por exemplo, ainda sob o choque devido à morte de Norbert Busson, redigia seus relatórios de atividade em sua sala. Entre duas baforadas de seu cigarro, ela pensava no destino que tivera aquele infeliz. Ela fizera todo o possível para reunir os pertences pessoais do pobre doutorando em seu laboratório. Ela também esboçava suas próprias hipóteses sobre a série de assassinatos que enlutava o Museu. Perdida em seus pensamentos, pareceu-lhe no entanto em certo momento entrever diversas silhuetas circulando pelo setor de animais vivos. Como o local estava fechado ao público, Annie Breitman julgou que tais aparições nada mais eram do que uma ilusão de óptica provocada pela fumaça do cigarro e pela luz que passava entre as frestas da persiana. Ela esmagou o que restava de seu cigarro, dando antes uma longa tragada.

O comissário de polícia Maubert conhecia a atmosfera rotineira das manhãs de domingo: um oficial de plantão entediado tomava o depoimento de uma jovem cuja bolsa havia sido roubada quando ela saía de uma boate, quatro ou cinco bêbados esperavam passar a bebedeira trancados em celas especiais para este fim e um policial de uniforme, debruçado no balcão da recepção, estava mergulhado no jornal esportivo *L'Equipe*. Mas havia um elemento original: num banco um pouco afastado, Peter Osmond estava sentado ao lado do padre Magnani.

Osmond, com as mãos pousadas sobre as coxas, parecia extremamente determinado, ao passo que o padre, com a cabeça baixa e as mãos entrecruzadas, parecia mergulhado em orações. Nem por isso parece impossível pensar que o primeiro apelava enfim para uma intervenção da Providência, e que o segundo repensava pela qüinquagésima vez todos os acontecimentos daquela semana.

O americano deu uma olhada no relógio de parede: 11h23. Fazia mais de uma hora que os faziam esperar... Ele se levantou para interromper mais uma vez a leitura do policial; este repetiu que o comissário estava para chegar a qualquer momento, que ele não precisava se preocupar, que era domingo. Peter Osmond foi sentar-se novamente, sempre insatisfeito.

Às 11h45, o tenente Voisin apareceu, bastante descontraído, com o rosto tomado por sua costumeira barba rala. Ele trocou um aperto de mãos com o policial de plantão, conversou durante alguns minutos com ele, falando dos resultados esportivos, e só depois observou a presença dos dois homens sentados no banco.

— Olhem só! O que os senhores estão fazendo aqui? — perguntou ele, surpreso.

Peter Osmond se levantou, fervendo de impaciência.

— Viemos para ver o comissário Roussel. Temos algo extremamente importante para dizer a ele. Sabemos por que os assassinatos foram cometidos.

O tenente Voisin observou os dois com ar suspeito, mas a expressão decidida de ambos o convenceu a pegar seu celular.

— Alô? Bom-dia, comissário. Estou aqui com o professor Peter Osmond e com o padre Magnani e... Sim, creio que... Tenho a impressão de que se trata de algo sério... Sim, em minha sala, está bem. Até já.

O tenente Voisin desligou e sorriu para os dois.

— Ele está chegando. Querem tomar um café?

Peter Osmond se conteve para não dar um grito de raiva. Fazia mais de uma hora e meia que eles estavam esperando! Aqueles franceses! Eles eram incapazes de fazer as coisas em ordem! Sempre ocupados em bater papo! Nos Estados Unidos, eles teriam sido recebidos em cinco minutos!

— Venham — disse Voisin —, vamos esperar em minha sala.

Osmond lançou um olhar assassino ao policial de uniforme, que, molhando com saliva o dedo, folheava o jornal tranqüilamente. Eles subiram um lance de escadas.

— Vocês têm sorte — disse Voisin alegremente. — Hoje eu deveria ter tirado uma folga. Mas meu pedido chegou tarde demais... Sabem como é a burocracia...

— Isso é um milagre — disse o italiano.

— Um milagre? Talvez não — disse o oficial de polícia, fazendo com que entrassem em sua sala fedendo a café frio e ar viciado os dois visitantes. — Seja como for, é um enorme golpe de sorte.

Que mundo moderno é esse que nos impõem? Um mundo vazio de sentido, um mundo submetido às leis arbitrárias da natureza, no qual o mais forte sempre ganha do mais fraco, impondo a este sua vontade. Seria esse o mundo que desejamos? Seria esse o mundo em que queremos viver?

Ah, sim... É claro que sei que alguns se aproveitam disso! Sei muito bem que isso é ótimo para muita gente! Eu os vejo daqui, esses mercadores do Templo, que pretendem nos vender nossa própria felicidade mediante pagamento com cartão de crédito! Eu os vejo daqui, esses cientistas que nos explicam doutamente que não podemos fazer nada além de observar as leis da natureza para nos entregarmos a elas servilmente! Eu os vejo daqui, esses políticos que passam na televisão para nos falar de democracia e depois voltar para casa, com a alma em paz, depois de terem sido pagos pela sociedade! Eis aí o que chamo de moral!

Mas onde está Deus em tudo isso? Deus não tem nada a ver com isso! Deus, o Criador de todas as coisas, o Salvador da humanidade! Ninguém está nem aí para Ele! Meus irmãos e irmãs em Cristo: por quanto tempo ainda poderemos tolerar isso? Tolerar o reino desses mercadores, desses cientistas, desses poderosos, quando na verdade existe apenas um mestre: Deus! Apenas Ele detém a verdade! A verdade! Foi Ele quem nos deu a verdade! Ela está na Bíblia! E nós, que somos cegos, nos recusamos a ver essa evidência: tudo está na Bíblia! E nada, repito, nada do que entra em contradição com a Bíblia é digno de valor! Eis o que devemos gritar ao mundo inteiro: toda a verdade está na Bíblia! Porque a voz de Deus se impõe sobre as leis do homem! Sim, meus irmãos, temos razão, é tempo de agir! É mais do que tempo de agir para levar ao mundo a verdade! Repito: a voz de Deus se impõe sobre as leis dos homens!

O padre Magnani parou repentinamente o gravador. O comissário Roussel acendeu seu vigésimo cigarro da manhã e massageou o queixo.

— Mas o que fica provado com isso?

Osmond estava irritado:

— O que fica provado com isso? Que essa gente é fanática! O senhor escutou o pastor? "Nada do que está em contradição com a Bíblia é digno de valor... é tempo de agir! É mais do que tempo de agir para levar ao mundo a verdade! *A voz de Deus se impõe sobre as leis dos homens!*" É o discurso típico dos criacionistas americanos. Eles denunciam o culto ao dinheiro, à ciência, à democracia, responsáveis, segundo eles, pelos males da sociedade: o aumento dos suicídios, da homossexualidade e todo o resto, e eles propõem a solução: Deus é o retorno aos valores tradicionais pela leitura literal da Bíblia!

— Não se pode dizer que este homem lança um apelo aos assassinatos — retorquiu o tenente Commerçon, convocado com urgência.

— Claro que não, mas é um discurso enganador. Agora, olhem bem para isso aqui.

Osmond pegou sua câmera fotográfica digital e fez desfilar sobre a tela uma série de clichês tirados na saída do templo. No meio de uma pequena multidão de jovens com o rosto lisinho e de aparência bem cuidada, destacavam-se pessoas mais velhas. O americano disse, apontando para uma delas:

— Este aqui é o autor do sermão que o senhor acabou de ouvir.

— Esse pastor se chama Jean-Marie Bérouard — completou Magnani. — Há alguns anos, ele se separou dos católicos tradicionalistas da Fraternidade Pio XII, criada pelo monsenhor Lefèbvre, que ele julgava moderados demais, e se converteu ao protestantismo mais radical. Tínhamos perdido a pista dele no Vaticano. Agora tudo se explica.

— De acordo com o padre Magnani, esse pastor pertenceria ao movimento ultraconservador do fundamentalismo protestante, a confraria chamada Irmãos Cristãos — explicou Osmond.

— Essa gente realmente vai longe demais — continuou o padre. — Eles consideram, e isso não passa de um exemplo, que o Natal é uma festa pagã e que o papa é o Anticristo. Até as outras Igrejas protestantes, que consideram moderadas demais, ou até mesmo diabólicas, não são dignas de nenhum interesse para eles.

— São integralistas de fato — disse Voisin.

— Exatamente — completou Osmond. —Agora, olhem bem para esta foto: nela se vê o pastor Bérouard animado conversando com Tobie Parker, um telepregador americano conhecido por sua simpatia pela extrema direita. Este homem financia um certo número de institutos criacionistas por intermédio do tráfico de diamantes que faz, principalmente, com diamantes vindos da África. Diversas dessas pedras estarão em breve expostas no Museu.

— Isso é legal — notou Commerçon.

— Eles sabem se adaptar às circunstâncias e adotar os discursos apropriados a cada uma delas. Para um cara como Parker, explorar os africanos não é nenhum problema: ele tem afinidades com os White Supremacists, um minúsculo grupo americano que prega a superioridade da raça branca. Eis aqui, aliás, uma das principais responsáveis deste grupo: Carole Freeman.

Osmond deu um zoom no rosto quadrado e enérgico da mulher que ele tinha seguido no Círculo das Ciências.

— Os White Supremacists não são propriamente um movimento espiritual, a ambição deles é sobretudo política. Eles querem instaurar nos Estados Unidos um poder de extrema direita. A proximidade desse grupo com os protestantes ultraconservadores é de notoriedade pública.

Um longo silêncio se seguiu a essas palavras. O comissário Roussel enfiou-se em sua poltrona, depois perguntou:

— Tudo bem. Mas que relação tem tudo isso com o Museu?

— A relação está na presença desses dois homens — disse Osmond fazendo desfilar as imagens em sua câmera. — Este aqui é Yves Mathiolet, um bioquímico. Ele substituiu Anita Elberg na comissão dos programas escolares do Ministério da Educação Nacional francês. Isso significa que poderá opinar sobre todos os livros de ciências destinados aos alunos franceses. Trata-se de uma das estratégias principais dos criacionistas americanos: infiltrar-se nas instâncias oficiais para fazer com que suas teses sejam divulgadas. Eles têm um argumento poderoso: em nome da liberdade de expressão, a escola tem que ensinar tanto o criacionismo quanto o darwinismo.

— E ele teria assassinado Anita Elberg para ficar no lugar dela? Isso é um tanto exagerado! — disse, impaciente, Roussel.

— Não é tão simples assim, evidentemente — obtemperou Osmond. — Sabemos que essas pessoas avançam com máscaras e que criam inúmeras organizações para que a atenção das pessoas não fique concentrada numa só. Eles tentam se introduzir em toda a parte onde possam exercer alguma influência.

Osmond apontou para um rosto redondo um pouco avermelhado.

— Este outro aqui é Jacques Royer, um biólogo. Ele substitui Michel Delmas à frente do Círculo das Ciências. Fui a uma entrevista coletiva dada por eles ontem: Royer deixou bem claro que tem a intenção de questionar os fundamentos da ciência moderna. Carole Freeman também assistiu à entrevista.

— Tudo bem — disse Roussel. — Eles se encontram, todos, domingo de manhã, num templo protestante. Isso não é um delito, que eu saiba! Não posso mandar prendê-los porque praticam a religião que escolheram!

— O senhor precisa entender, comissário — interveio o padre Magnani —, que esses movimentos religiosos, para impor suas idéias, não recuam diante de nada. Eles acham que a civilização cristã está ameaçada. Por conseguinte, pensam que estão em estado de legítima defesa. Se recorrem à violência, é porque pensam que é a única saída de que dispõem. O próprio Jesus não expulsou, a chicotadas, os mercadores do Templo? Eles se vêem como o braço armado de Cristo.

— Tudo bem, padre — repetiu Roussel. — Agora, o senhor pode me dizer qual deles cometeu esses assassinatos?

— Um minuto — disse Osmond. — Os que o senhor está vendo aqui são as cabeças pensantes. E não os executores. Nós tínhamos pelo menos uma certeza: o assassino conhece o Museu como a palma de sua mão. Agora, Marcello Magnani e eu temos uma segunda certeza: o assassino é um cientista.

— Esta série de assassinatos obedece a uma lógica — completou o padre. — Uma lógica que é ao mesmo tempo científica e simbólica. Cada assassinato é destinado a fazer com que reflitamos sobre uma tese fundamental: a teoria da evolução de Darwin.

— Darwin, o inimigo absoluto dos criacionistas! — exclamou Osmond. — O homem que arruinou todas as explicações bíblicas da Criação! Darwin é que é visado. O Museu não passa de uma vitrina para o assassino!

O tenente Voisin, normalmente bastante calmo, teve um sobressalto.

— Uma vitrina? Ele pensa que está numa loja?

— Não, ele pensa que está num sala de exposições, e é ao mundo inteiro que se dirige. Tenho a convicção de que esses assassinatos correspondem a duas categorias: os assassinatos de princípio e os assassinatos de circunstância. Mas todos têm um ponto em comum: eles se inserem num vasto plano de destruição da teoria darwinista.

— Isso é um delírio! — exclamou o comissário Roussel.

— Para nós, pode ser — disse Magnani. — Mas quanto ao assassino, ele se contenta em obedecer a missão que lhe foi confiada por Deus. É isso que o senhor precisa admitir.

Os três policiais trocaram olhares incrédulos.

Capítulo 40

— Tudo começa com o assassinato de Ho Wan Xanh — prossegue Osmond. — Um simples vazamento de gás? Não apenas isso. Inicialmente, sabemos que Ho Wan Xanh foi golpeado em seu laboratório antes que uma explosão destruísse o andar inteiro em que se encontrava. Se tivessem querido simplesmente assassiná-lo, o golpe no crânio teria sido suficiente. É evidente que a explosão tinha um valor simbólico: o assassino ilustrava, a seu modo, o Big-Bang, que iniciou o processo da evolução. Uma grande explosão seguida por uma catástrofe: eis a que nos levam suas teorias ímpias, isso é o que ele parecia querer nos dizer.

— Uma explosão pode significar muitas coisas no mundo da ciência — disse o oficial de polícia Commerçon. — Qualquer experiência de química se baseia na combustão...

— Mas há um índice complementar, e isso nos leva ao segundo crime — disse o padre Magnani.

— O meteorito — interveio o policial Voisin.

— Exatamente — disse Osmond. — O meteorito que serviu para atingir tanto Ho Wan Xanh quanto Anita Elberg. O meteorito que leva ao espaço e, portanto, ao Big-Bang.

— Notem que também foi um meteorito que nos levou, a mim e ao professor Osmond, ao Museu — completou o padre para todos os fins úteis. — Para o nosso inimigo, o roubo desse meteorito era uma necessidade.

— Muito bem. Mas qual é o símbolo que está por trás do assassinato de Anita Elberg? — questionou o comissário Roussel. É preciso ser louco para fazer uma coisa daquelas.

— Ao contrário! — exclamou Osmond. — A bióloga era muito próxima de uma escola de pensamento chamada de "sociobiologia", segundo a qual a seleção dos indivíduos se faz pelos genes. Isso é darwinismo em estado puro, pois estende a seleção natural à escala das sociedades humanas.

— Isso é eugenismo, se não me engano — interveio Commerçon.

— A conseqüência última disso, de fato, é o eugenismo: a supressão dos indivíduos biologicamente não conformes. Em suma: isso é o mesmo que dizer que o homem dispõe do direito de vida e morte sobre outros homens, inclusive por intermédio do aborto. A negação absoluta da mensagem divina e do sétimo mandamento, "Não matarás".

— Mas a mataram — observou Voisin.

— Em nome de uma boa causa, se posso dizer assim — comentou Marcello Magnani. — Segundo os fundamentalistas, é justificado matar os assassinos antes que eles ataquem outras vidas humanas, especialmente os defensores do aborto. Com toda a evidência, para eles, Anita Elberg fazia parte dos favoráveis ao aborto.

— Ao realizar aquele simulacro de autópsia — continuou explicando Osmond — o assassino nos mostrava a que se resume o ser humano quando é considerado como um simples ser biológico. Isto é: um cadáver e nada mais. Anita Elberg foi jogada na Galeria de Anatomia Comparada por uma razão muito precisa, sobre a qual voltarei a falar depois, e depois foi friamente executada. Em seguida, deixaram o meteorito bem em evidência para com ele assinar o crime.

O comissário acendeu um cigarro no toco do anterior, o que dava sinais de uma atividade intelectual em desenvolvimento, deu uma tragada e se endireitou em sua cadeira.

— Admitamos tudo isso. Ainda assim, não vejo que benefício concreto alguém pode tirar desses homicídios. Acho difícil acreditar no crime gratuito.

— Além do símbolo, há também um alvo: o Círculo das Ciências, do qual Ho Wan Xanh era um dos membros mais eminentes. No caso de Elberg, é preciso pensar na Comissão dos Programas Escolares. Não sou o tipo de homem que acredita em coincidências.

— Eu também não — concordou Roussel. — Mas o senhor estava me falando do assassinato de princípio e do assassinato de circunstância...

— Sim, queria falar disso, precisamente. O terceiro assassinato é o do empregado que cuidava dos animais, Alan.

— Então o senhor pensa que não se trata de um acidente?

— Não. Era necessário ficar livre de alguém que incomodava. E por quê?

Os presentes estavam presos às palavras de Osmond, que precisou então o que lhe ia nos pensamentos:

— Tenho certeza que Alan foi usado pelo assassino para realizar um trabalho sujo. Sabemos que ele se drogava há algum tempo com uma planta tóxica roubada do herbário. Uma substância muito poderosa que provavelmente afetava de modo considerável sua força de vontade. Em troca disso, o criminoso lhe pediu alguns favores.

— Por exemplo?

— Deixar um bilhete no bolso de Anita Elberg. Diversas pessoas foram testemunhas de uma altercação entre Alan e Anita no refeitório, no dia da morte dela. Ele talvez tenha aproveitado essa ocasião para enfiar no bolso dela um bilhetinho que a incitaria a ir até a Galeria de Anatomia Comparada.

— Isso não é muito consistente — disse Commerçon.

— Há outra coisa, e agora preciso lhes fazer uma confissão.

Osmond tirou do bolso a etiqueta que havia retirado do cadáver de Anita Elberg.

— Isso aqui estava pendurado no dedo do pé da bióloga. É uma espécie de cartão que se utiliza nos necrotérios para registrar a identidade dos cadáveres. O detalhe é que, nesse cartão, havia pêlos de um animal.

O comissário Roussel se endireitou imediatamente em sua poltrona.

— Então o senhor pegou esse cartãozinho sem dizer aos investigadores?

— *Okay*, eu admito que não agi corretamente. Mas estava intrigado. Primeiro lhe dão um terrível golpe no crânio, depois abrem-lhe o ventre e, como se isso não fosse suficiente, deixam essa lembrancinha. Eu quis saber o que isso significava. É uma deformação profissional, sabe?

— Mas o senhor privou os investigadores de um elemento importante!

— Comissário — interveio maliciosamente o padre Magnani —, o senhor poderia adivinhar a que remete essa etiqueta?

Reinou no recinto um silêncio ensurdecedor. O comissário suspirou, de mau humor.

— Suponho que os senhores têm uma resposta...

— De fato — disse Osmond triunfante. — Trata-se de pêlos de leopardo provenientes de uma sala da enfermaria dos animais. Faço questão de insistir nisto: esses pêlos foram retirados de um animal vivo, e não de um embalsamado. Um dos leopardos do setor de animais vivos tinha recebido uma vacina e uma tatuagem alguns dias antes. Portanto, bastou a Alan recolher esses pêlos que tinham ficado caídos por lá após essa intervenção.

— Segundo o senhor, esse rapaz teria servido ao assassino unicamente para roubar três pêlos de uma fera? — perguntou Voisin, que coçava o maxilar com ar cético. — E eventualmente para deixar uma mensagem no bolso de uma mulher?

— Pêlos de uma fera... isso não é coisa que se encontre em qualquer lugar — respondeu o padre Magnani com certa ironia. — O senhor acha que qualquer um pode ir arrancando alguns pelinhos de uma fera dessas, sem mais nem menos, como o senhor diz, sem antes lhe pedir permissão?

— E não esqueça que sua morte também tinha um valor simbólico. Talvez o assassino tenha exercido sobre Alan seu maior cinismo. De fato, o que representava aquele rapaz?

— Um inadaptado social — respondeu Commerçon.

— Exatamente — confirmou Osmond. — Ele era rejeitado por todos, vivia à margem da sociedade, era violento e instável. Em suma, um homem condenado a desaparecer, pois não se adaptava a seu meio natural.

— Em resumo: o assassino quis provar pelo absurdo a heresia da teoria darwinista — explicou o padre Magnani. — Já que as espécies desaparecem por falta de adaptação a seu meio natural, levemos esta lógica até as últimas conseqüências e entreguemos este homem às feras selvagens. Como os primeiros cristãos de Roma, aliás, se o senhor me permite mais essa observação...

— E tudo isso depois de o assassino ter conquistado pouco a pouco a confiança de Alan. Ele aniquilou sua vigilância depois de ter criado elos de conivência com o rapaz, sobretudo graças à droga, para melhor sacrificá-lo. Ele esperou que o rapaz estivesse sob sua inteira influência para marcar com ele um encontro perto do setor das jaulas e poder assim empurrá-lo para dentro de uma delas. Com isso, afirmo que o máximo do cinismo foi atingido.

— Há também um sinal muito discreto — completou o padre Magnani — que reforça a idéia de que nosso assassino é um cientista experimentado: a planta em questão, a *Datura pignalii*, provém de um herbário muito antigo, o herbário de Lamarck. Ora, Lamarck foi o primeiro cientista, antes mesmo de Darwin, a utilizar o conceito de evolução. Darwin se inspirou muitíssimo nele para elaborar suas próprias teorias, mesmo sendo elas bastante diferentes das de Lamarck.

O comissário Roussel massageava a testa, tentando integrar todos os parâmetros daquela equação criminosa.

— Que relação tem isso com Michel Delmas? Pois, se bem me lembro, ele é o próximo na lista, não?

— O modo operatório — respondeu Osmond. — E agora tenho que confessar que o padre Magnani e eu mesmo ficamos muito tempo sem resposta para isso, quando na verdade a solução, mais uma vez, estava no modo operatório: a autoclave. A cuba que serve para esterilizar e descontaminar os herbários.

— Porque Alan tinha sido, ele próprio, intoxicado por uma erva! — exclamou Voisin.

— *Right* — confirmou Osmond. — Caso contrário, por que o criminoso teria tido tanto trabalho para colocar o corpo de Michel Delmas na autoclave? Era preciso deixar o indicador seguinte!

— Mas por que, precisamente, Michel Delmas? — interrompeu-o Roussel. — Ele teria podido escolher qualquer outro. Por que atacar uma personalidade como Delmas? Porque ele era diretor do Museu?

— Não somente — considerou Osmond. — Antes de mais nada, Michel Delmas era presidente do Círculo das Ciências, e quanto a isso quero chamar sua atenção para um ponto capital: os criacionistas atacam evidentemente os cientistas ateus, como Anita Elberg ou eu mesmo, mas seus alvos principais, os que eles querem realmente punir, são os cientistas que conciliam a pesquisa científica com a fé religiosa. Para os criacionistas, eles são uns traidores, e é culpa deles se a religião perdeu pouco a pouco a influência que tinha, em benefício de uma ciência considerada atéia e materialista. Não foi por acaso que a morte de Michel Delmas foi provocada acidentalmente pela agente técnica Huguette Montagnac. Ela é uma mulher pia, um símbolo da verdadeira fé cristã.

— Não se deve esquecer que os eclesiásticos foram também grandes cientistas — observou o padre Magnani. — Sem precisar ir muito longe, podemos citar Copérnico, no campo da astrofísica, Mendel, no da biologia, Georges Lemaître, um padre belga, primeiro teórico do Big-Bang, e o paleontólogo Pierre Teilhard de Chardin, é claro, o homem mais detestado pelos fundamentalistas contemporâneos.

— Nunca ouvi falar... — disse Voisin.

— É... eles são raramente mencionados no jornal esportivo *L'Equipe*... — resmungou o comissário Roussel.

— Michel Delmas foi substituído à frente do Círculo das Ciências por Jacques Royer, um ilustre desconhecido que começa a aparecer bem a propósito — prosseguiu Osmond. — E junto com tudo isso, é preciso sublinhar um aspecto puramente científico. Darwin se apoiou em três disciplinas para elaborar sua teoria da seleção natural. A primeira, a anatomia comparada: pode-se supor que foi então Anita Elberg que serviu de testemunha ao assassino. Em seguida, a paleontologia, o estudo dos fósseis e das ossadas. Fósseis dos quais Michel Delmas era também um grande especialista enquanto geólogo de formação.

— E a terceira? — perguntou o comissário Roussel, ao mesmo tempo que procurava seu maço de cigarros.

— A embriologia — respondeu Osmond. — O estudo do desenvolvimento dos fetos.

— O corpo de Michel Delmas lembrava um pouco o de um recém-nascido sufocado na matriz — completou Marcello Magnani. — Para os fundamentalistas, essa imagem é extremamente forte: é o que vocês fazem às crianças quando interrompem a vida delas. Aliás, na noite de sua morte, quando esperava por ele em sua sala, fui surpreendido por um detalhe: sobre a lareira encontravam-se dois vidros, um contendo um feto de macaco, outro um feto humano, ambos num estágio de desenvolvimento quase idêntico. Aqueles vidros de formol, evidentemente, não tinham razão de estar na sala de um geólogo. O assassino os tinha levado para lá, colocando-os em evidência, para nos enviar uma mensagem: para os darwinistas, pouco importa que sejamos homens ou macacos. E eles fizeram com que Laurence Himbert pagasse pelo que eles consideram uma verdadeira abominação.

Peter Osmond deu um profundo suspiro ao lembrar de Himbert, mas isso só fez aumentar sua determinação:

— E ainda por cima, tentaram me eliminar também — acrescentou ele. — Creio que essa tentativa de assassinato faz parte dos assassinatos de circunstância: eu estava começando a me tornar incômodo. Mas o modo operatório, no meu caso, também foi bastante simbólico: pretenderam enterrar-me vivo. Uma bela ilustração das teses criacionistas: as entranhas do planeta guardam o testemunho das grandes catástrofes naturais, como o Dilúvio, por exemplo. Eu estava condenado a conhecer a mesma sorte. Por sorte, o assassino fracassou graças à intervenção do padre Magnani.

— Eu havia voltado a tempo para ver a mensagem destinada a fazer com que o professor Osmond se perdesse por aqueles lados — disse o padre. — Um sinal da Providência...

— ... E também a prova de que nosso homem não pode prever tudo. O que nos dá uma chance de pegá-lo — interveio Roussel.

Peter Osmond cerrou os punhos e prosseguiu:

— Laurence Himbert foi naturalizada e seu corpo foi exposto na galeria dos mamíferos e pássaros. Isto é: o assassino a reduzia assim ao estado de um simples mamífero, útil apenas para se reproduzir e perpetuar a espécie.

— O que nos conduz ao assassinato de Norbert Busson — interveio o padre Magnani, que se deu conta da perturbação de Peter Osmond. — Um estudante de terceiro período, próximo das teses ecologistas e contrário às experimentações em animais. Um defensor dos direitos dos animais. Uma nova heresia para os criacionistas: nem mesmo Darwin jamais teria imaginado conceder direitos aos animais! Aquele jovem representava o último desdobramento da degenerescência darwiniana: não somente o homem era rebaixado ao nível do macaco, mas, ainda por cima, ele elevava o macaco à condição de *Homo sapiens*!

O comissário Roussel estava mergulhado numa profunda reflexão.

— Admitamos que vocês tenham razão. Insisto: admitamos, apenas. Isso não passa de uma hipótese. Os senhores pensam realmente que um homem seja capaz de assassinar seis pessoas unicamente para provar que Darwin estava ligeiramente enganado?

— Não somente acreditamos nisso, comissário — disse o padre Magnani, em tom diplomático —, como ainda o afirmamos.

— Mas até agora vocês ainda não me disseram qual é a identidade do assassino. Todos esses raciocínios são muito bonitos, mas eu preciso de nomes e de provas.

— Temos suspeitos, mas nenhuma prova definitiva — admitiu o padre.

— E é por isso que temos de detê-lo, antes que cometa seu próximo assassinato — afirmou Osmond decidido. E, para isso, precisarei ter acesso a todas as fontes de informação disponíveis no Museu.

Um pesado silêncio caiu entre os presentes. Como sempre, o policial Voisin tomou a dianteira para fazer a pergunta que pairava na cabeça dos três policiais:

— Mas quem lhe disse que haverá mais um assassinato?

O padre Magnani virou-se para ele e o olhou com gravidade bem no fundo dos olhos.

— Porque hoje é domingo. E no domingo comemora-se a morte de Cristo, que é o Sacrifício supremo. Eis o significado dos braços em cruz do infeliz Norbert Busson.

Capítulo VI

O Renault azul-escuro dirigia-se rapidamente ao Museu. O policial Commerçon tinha decidido pôr em aplicação uma versão do código de trânsito bastante pessoal. Por sorte, o trânsito daquela tarde de domingo estava bastante tranqüilo. No caminho, Peter Osmond telefonou para Léopoldine e lhe pediu que viesse encontrá-los assim que pudesse. A jovem saiu imediatamente, ladeada por seu temível guarda-costas, enfim acordado.

A segurança estava se tornando mais forte, devido à noite de inauguração da exposição. Nas estufas e nos alpendres em volta do Museu, garçons de avental branco arrumavam as mesas, dispunham as cadeiras e instalavam geladeiras, que enchiam em seguida de garrafas de champanhe. Espremidos contra o cordão de isolamento, inúmeros cameramen e curiosos observavam a cena, pacientes e obstinados, à espera de algum novo acontecimento.

O comissário Roussel, seus dois tenentes, Peter Osmond, o padre Magnani e Léopoldine reuniram-se num pequeno recinto equipado com uma grande mesa de taxidermista, situado no subsolo da Grande Galeria da Evolução. Commerçon e a jovem ligaram seus notebooks.

Desde que havia chegado, Léopoldine havia lhes mostrado, sem nada dizer, algumas plantas enroladas e arrumadas no interior de um tubo: as plantas dos subterrâneos do Museu.

Osmond tomou a palavra com toda a autoridade que lhe era conferida pelo magistério:

— Bem, temos quase certeza de que um novo assassinato vai ser cometido hoje, e que o assassino já nos indicou de algum modo sua próxima vítima. Analisemos o último crime dele para encontrarmos o indício de que precisamos. O que sabemos de Norbert Busson?

— Que era um defensor da natureza e dos direitos dos animais — disse o comissário Roussel. — E também que era um perigoso ativista ecológico.

— Eu diria antes um militante — interceptou Léopoldine. — Norbert pensava que todo ser dotado de consciência, mesmo animal, merece ser respeitado.

— Pode ser, senhorita — retorquiu Roussel —, mas ele também era um agitador, condenado pela justiça pela depredação de um laboratório de pesquisas...

— Ele lutava pela defesa de suas idéias, simplesmente! — indignou-se Léopoldine.

Como era de temer, a tensão tinha aumentado com a velocidade do relâmpago. Osmond considerou que tinha a obrigação de conter os excessos:

— *Please*, Léo, fique calma! Estamos aqui para analisarmos fatos objetivos. Concluímos agora mesmo que as idéias de Norbert Busson eram uma provocação para o assassino: fazendo do animal um ser igual ao homem em termos de direitos, ele rebaixava o ser humano à condição de bicho. Para puni-lo, o assassino reduziu-o, portanto, ao estado animal. Agora é preciso saber: o que significa a encenação do crime? Policial, o senhor pode, por favor, nos mostrar uma foto?

Commerçon consultou seu banco de dados e fez com que aparecesse na tela de seu notebook a imagem de um corpo atrozmente mutilado. Houve um momento de estupefação geral na sala. Léopoldine não pôde conter um grito de horror. Osmond obrigou-a a desviar o olhar. Ainda que abalado por aquela visão apocalíptica, ele se forçou a continuar refletindo de modo sistemático:

— As cores, amarelo e verde, lembram as de um pássaro. De um pássaro ou de um réptil... ou, quem sabe, um inseto?

Os ouvintes estavam pendurados aos lábios de Osmond, esperando por conclusões. De repente o rosto do americano se iluminou.

— Isso mesmo, as cores de um inseto! Eu não sou entomologista, mas aposto que é isso. Um escaravelho, isso mesmo. Léopoldine, você pode, por favor, encontrar para mim, nos bancos de dados do Museu, uma foto de *Brachinus*?

A jovem se conectou ao site do Museu e pôs-se a digitar febrilmente no teclado de seu notebook. A foto de um coleóptero apareceu logo depois na tela. Peter Osmond bateu com a palma da mão sobre a mesa.

— Eu sabia! O *Brachinus cordicollis*! Ou sua variedade mais próxima, o *Brachinus cyanochroaticus*...

O policial Commerçon encarou Osmond, subjugado.

— Essa então! Para alguém que não é especialista em insetos...

— Não tenho mérito nenhum nisso. O besouro-bombardeiro foi utilizado pelos criacionistas na tentativa de provar a existência de um desígnio inteligente, uma justificação divina, portanto, para a criação.

— O besouro-bombardeiro? — espantou-se o oficial de polícia Voisin.

— Sim. Esse coleóptero tem uma particularidade bastante rara: diante de um predador, ele pode expelir um líquido defensivo pelo ânus.

Com um lápis, Osmond esboçou um croqui.

— É muito simples. O *Brachinus* possui duas glândulas; uma delas secreta a hidroquinona, outra, peróxido de hidrogênio. Ele tem também duas câmaras de estocagem que se comunicam entre si e duas outras de combustão. Ocorre que a mistura entre a hidroquinona e o peróxido de hidrogênio é explosiva. O besouro, em condições normais, acrescenta a isso tudo um inibidor, para impedir a explosão.

Mas se um predador aparece, ele secreta imediatamente um anti-inibidor que lhe permite expelir seu projétil.

— E o senhor acha isso simples? — perguntou o tenente Voisin.

— Para dizer a verdade, é espantoso que um mecanismo tão complexo esteja presente num organismo tão elementar quanto esse. Para os criacionistas, isso é um indício do caráter "miraculoso" da Criação.

— Estou entendendo — disse Commerçon. — Se as espécies obedecessem à seleção natural, esse besouro jamais teria sobrevivido, pois não teria tido tempo de aperfeiçoar, etapa por etapa, um tal processo de defesa, como supõe o darwinismo.

Seus dois colegas se mostraram absolutamente espantados por tal dedução. Peter Osmond prosseguiu sem maiores emoções:

— Exatamente. Que um animal tenha podido produzir dois líquidos que constituem uma mistura explosiva sem que ele mesmo exploda, para os criacionistas, é uma aberração que só pode ser explicada desde que se recorra à hipótese divina. Mas eles não compreendem coisa alguma da noção de complexidade: seja lá o que for que o senhor pense, tenente Commerçon, a possibilidade de uma evolução progressiva é perfeitamente cabível.

O comissário Roussel começava a se tornar impaciente:

— Eis aí coisas interessantíssimas, mas que não são de nenhuma ajuda para que identifiquemos a próxima vítima.

Peter Osmond retomou sua reflexão em voz alta:

— O corpo de Norbert Busson foi exposto como o de um inseto espetado numa placa de amostragem.

— Seria preciso saber quem é que trabalha aqui no Museu com essa espécie — disse o padre Magnani, que ouvira a exposição de Osmond com o maior respeito.

Léopoldine pôs-se a trabalho. Ao término de alguns instantes, ela balançou a cabeça exprimindo impotência.

— Nada em especial — disse ela. — Existe um especialista em carabídeos da América do Sul, mas no momento ele está desenvolvendo uma pesquisa no Brasil.

Todos ficaram em silêncio. Peter Osmond cerrou os punhos, exasperado.

— Estamos no caminho errado! Dessa vez, o modo operatório não nos revela coisa alguma!

Durante alguns segundos, tudo o que se ouviu foi a respiração em uníssono de seis peitos oprimidos. Depois a voz do padre Magnani elevou-se no silêncio:

— E se o indício se encontrasse na cena do crime?

— O que o senhor quer dizer? — perguntou o comissário Roussel.

— Que o lugar em que foi descoberto o corpo de Norbert Busson talvez constitua, em si mesmo, uma pista. Encontraram Norbert na zooteca, em meio a pássaros, em meio a papagaios... Léopoldine, não há algum especialista em papagaios no Museu?

Léopoldine introduziu diferentes dados em seu computador. Com sua costumeira eficácia, ela forneceu resposta à pergunta em alguns segundos:

— Estou vendo aqui diversos artigos sobre a filogenia dos psitaciformes. Todos eles foram assinados por Eric Godovski.

Cada qual se lembrou então da mensagem encontrada sobre a mesa de Anita Elberg: O. *chegou ao Museu. Alertar Godovski.*

Godovski. Ele também era capaz de reconstituir a lógica que conduzira ao assassinato de seis pessoas em condições atrozes. Talvez ele até possuísse, à revelia de Anita Elberg, informações inéditas sobre o assassino. Em todo caso, uma coisa era certa: ele era o próximo na lista das vítimas.

O comissário Roussel deu suas ordens:

— Commerçon, Voisin, dirijam-se imediatamente ao laboratório de Godovski. Vou enviar uma patrulha até a casa dele.

— Vou com vocês — disse Peter Osmond. — Léopoldine, você conseguiu entender essas plantas?

— Consegui reconstituir a rede subterrânea anterior à criação da zooteca.

— Meus parabéns. Tente, com a ajuda do padre Magnani, localizar todas as vias de acesso ao laboratório de Godovski.

Os três homens saíram da Grande Galeria da Evolução e atravessaram a rua Buffon a passos rápidos. Eles chegaram bem depressa diante do edifício sinistro de paredes cobertas de trepadeiras. Quatro policiais uniformizados os tinham seguido.

O tenente Voisin empurrou a porta e tirou lentamente sua arma do coldre. Todos os corredores estavam silenciosos. À esquerda, a porta do laboratório de Godovski estava entreaberta. Voisin se aproximou com passos abafados, apoiou-se firmemente sobre as duas pernas e, com um gesto brusco, empurrou a porta com a mão livre, apontando a arma para a frente.

O laboratório estava numa desordem pavorosa. Pilhas de livros e esqueletos desarticulados de pássaros jaziam por terra, uma cadeira estava de pernas para o ar e o cesto de papel tinha vomitado todo o seu conteúdo. Os tenentes Voisin e Commerçon avançaram lentamente, como se temessem ver aquilo que os esperava detrás da grande escrivaninha de madeira maciça. De fato, um grosso riacho de sangue parcialmente coagulado maculava o assoalho. Voisin conteve sua ânsia, lívido, deixando cair os braços, em estado de choque.

Léopoldine indicava uma linha que serpenteava sob a Galeria de Paleontologia.

— Isso é uma derivação do Bièvre, um riacho que se tornou subterrâneo no século XIX.

— E isso tudo aqui — disse o padre Magnani seguindo com o dedo diferentes linhas — são as galerias que passam sob o Jardin des Plantes?

— Exatamente.

Apoiado à grande mesa, o comissário Roussel estava debruçado sobre as plantas do Museu, iluminadas pelo feixe de luz emanando de uma luminária de escritório.

— Vejo agora como o assassino se deslocava em total impunidade. Olhe, há mais de um acesso por aqui, perto da Galeria de Botânica. E ali também, ao lado da Grande Galeria da Evolução. E até por ali, do lado da fossa de apodrecimento. O que não fica muito distante de Godovski.

— E aqui também, no setor dos animais, perto do viveiro — observou o padre Magnani.

— Com toda a certeza — disse Léopoldine — a pessoa que passava por esses caminhos conhecia perfeitamente o Museu e sua história. Pouquíssimas pessoas desconfiam da existência dessa rede subterrânea.

— Portanto — deduziu Roussel —, essa pessoa trabalha aqui há muito tempo. E conhece todos os segredos da casa.

— De fato — confirmou Léopoldine.

— Quem sabe ele não pôs as mãos nessas mesmas plantas? — lançou ao acaso o padre Magnani.

— Não — respondeu Léopoldine, acenando negativamente com a cabeça. — Eu as encontrei, cobertas de poeira, num armário da reserva técnica. Ninguém as tinha tirado de lá pelo menos há uns cinqüenta anos.

— Mas o que essas plantas estavam fazendo lá? — espantou-se Roussel.

A jovem levantou as mãos expressando sua impotência para encontrar resposta a tal pergunta.

— Seria bem demorado explicar isso, comissário... Aqui no Museu, a arrumação das coisas obedece a leis bem especiais.

Quem era, afinal, o assassino? O comissário Roussel tentou levantar uma hipótese:

— Ouvi falar de certa memória viva deste Museu...

Léopoldine olhou para o policial com olhos espantadíssimos.

— O quê? O senhor está querendo falar do professor Florus?

O comissário confirmou com seu silêncio. Léopoldine balançou energicamente a cabeça negando a insinuação, tanto por convicção quanto por medo de ser desmentida.

— Não. Ele não pode ter feito uma coisa dessas. É o homem mais gentil que existe. Além do mais, ele se locomove com dificuldade. Não. Isso é impossível.

Ela mergulhou novamente em suas reflexões. De repente, as idéias se encadearam umas às outras, incendiando-se como um rastro de pólvora.

Tinha sido no laboratório do professor Florus que ela havia esquecido o livro de Newton...

O livro de Newton...

O livro de alquimia...

O aprendiz de feiticeiro...

— Padre Magnani — disse Léopoldine, agitada —, um desses acessos dá para o setor dos animais vivos, não?

— Sim — confirmou o padre, seguindo o traçado sobre a planta com o dedo. — Dá bem aqui, perto do viveiro.

Num relâmpago, ela reviu Servan saindo de um dos compartimentos, subindo de volta a seu laboratório...

— É ele! É Servan! — gritou ela. — Servan, o geneticista! Olhem só! O laboratório dele dá para uma escada externa. São apenas alguns metros para ele chegar até o aposento de onde o vi sair. Dali, é possível chegar a qualquer outro lugar do Museu.

O comissário Roussel pegou o telefone.

— Quero três homens comigo agora. Nos encontramos no setor dos animais vivos.

Capítulo 42

Em busca de indícios, os policiais se deslocavam com prudência no laboratório de Godovski. Num canto, o tenente Voisin tentava se recuperar do choque.

— Eu não achava... Eu não achava que uma coisa dessas fosse possível. E nem sequer podemos identificar a vítima...

Ele revia aquele corpo boiando numa poça de sangue. As carnes do pescoço, os pedaços de cartilagem, o enorme corte aberto, as artérias seccionadas com um golpe certeiro. O corpo decapitado.

— É Godovski, sem risco de erro — respondeu Osmond.

— Que selvageria... — murmurou Voisin.

A atenção de Peter Osmond foi repentinamente atraída por um reflexo sob um móvel. Um caderninho em espiral estava caído no chão, cheio de manchas vermelhas como se tivesse caído durante a luta que opusera Godovski a seu agressor.

Com uma letra nítida e bem cuidada, o ornitólogo tinha feito um diário que testemunhava sobre suas investigações pessoais:

Não sou o homem intolerante descrito por meus adversários. Toda a minha vida foi guiada por um ideal: a ciência como fonte de um huma-

nismo autêntico. A teoria de Darwin fornece uma origem natural da moral em que nascem os sentimentos de compaixão e de solidariedade por via da seleção natural. As religiões não são mais necessárias para explicá-los. A teoria de Darwin nos lembra sobretudo que todos os homens são parentes, apesar das diferenças entre eles.

Diante das calúnias, eu gostaria de restabelecer minha verdade. Não fui compreendido. Devo sem dúvida ter me expressado mal. Fui guiado unicamente pela preocupação com a verdade.

Peter pulou diretamente para a última página:

Forças poderosas estão obrando para me reduzir ao silêncio. Não sei se me deixarão algum tempo para desmascará-las.

Anita Elberg tinha compreendido tudo antes de todos os outros. Por infelicidade, ela não conseguiu fazer com que sua mensagem passasse adiante. As acusações de que fui objeto fizeram-me perder um tempo considerável. No caso em que eu venha a desaparecer, quero crer que aquele que conseguir seguir meus passos poderá completar minhas investigações.

A verdade está no livro, sempre pensei assim. Ouço-os chegarem. Foi ali que a escondi.

Peter se lembrou de uma frase dita por Godovski naquela mesma sala: "Se eles consultassem certos arquivos, encontrariam respostas para todas as perguntas que fazem..."

A verdade está no livro. Foi ali que a escondi. Osmond lançou um olhar à sua volta. As paredes estavam cobertas de livros. Acima da mesa de trabalho de Godovski, o olhar de Antonin Artaud parecia mais alucinado do que nunca.

Léopoldine Devaire, o comissário Roussel e o padre Magnani atravessaram a esplanada do Jardin des Plantes, onde os preparativos para a recepção já estavam quase terminados. Cinco funcionários empurravam com a maior dificuldade um enorme tonel. Em alguns minutos, os primeiros convidados estariam chegando e os policias seriam convidados a agir o mais discretamente possível. Três homens de uniforme esperavam diante do cercado dos cangurus, que, desconfiados, observavam-nos com a mais extremada atenção. Um guarda abriu a porta de entrada do setor de animais vivos e o pequeno grupo se dirigiu, atrás de Léopoldine, rumo ao viveiro.

— É aí o local! — gritou a jovem. — E logo ali — prosseguiu ela com um gesto indicativo — fica a escada que leva ao Departamento de Biologia Evolutiva e ao laboratório de Servan!

Os policiais subiram a escada enquanto Léopoldine tentava abrir a porta do pequeno recinto, que estava fechada a chave. O comissário Roussel resolveu o problema rapidamente, arrombando-a com um pontapé.

O interior estava escuro, empoeirado e coberto de teias de aranha. Havia uma confusão de caixas e ferramentas de jardinagem amontoadas no local. O comissário acendeu uma lanterna e varreu o solo com o feixe de luz, detendo-se numa espécie de grande anel de ferro. Ele o puxou para cima e uma passagem se abriu, deixando à vista uma escada subterrânea.

— Achamos... — murmurou ele.

Um grito se fez ouvir então:

— Comissário! Venha ver!

Roussel fechou a passagem e foi correndo para fora, seguido pelo padre Magnani e por Léopoldine.

A porta do laboratório de Servan tinha sido arrombada. No aposento, tudo estava de pernas para o ar. Os bocais em que se encontravam os polvos e outros cefalópodes tinham sido todos sistematicamente quebrados e um horrendo cheiro de álcool deixava a atmosfera irrespirável. As geladeiras em que eram conservadas as amostras estavam abertas e o conteúdo delas tinha sido jogado no chão. As caixas de cultura, esmagadas, jaziam ao lado de um microscópio reduzido a mil pedaços. O computador tivera a mesma sorte. O laboratório do biólogo tinha sido literalmente devastado.

As gavetas da escrivaninha também tinham sido esvaziadas e o conteúdo arremessado em desordem. Entre os documentos, Léopoldine notou algumas folhas de papel timbrado do Centro Europeu de Pesquisa Biogenética de Lausanne. A prova categórica:

era realmente Tobie Parker, por intermédio do True Values e este centro, quem financiava as pesquisas de Servan.

No cabide, o paletó de veludo preto do geneticista testemunhava sua presença por aquelas paragens. O comissário Roussel apoderou-se do walkie-talkie de um dos policiais uniformizados.

— Aqui é o comissário Roussel, para todos os serviços. Busca de um suspeito: professor Servan, cinqüenta anos, 1,80m, forte corpulência. Indivíduo perigoso. Repito: indivíduo perigoso.

Léopoldine olhava fixamente pela janela. Ele foi ter com ela, descobrindo dali a vista sobre o setor dos animais vivos. A jovem parecia preocupada.

— Há um problema, comissário. As feras estão ali, à direita, a cerca de cem metros.

— Sim, e daí?

— O professor Servan não pode ter matado Alan.

— Ah, sim? E por quê?

— Pela simples razão de que, quando Alan foi empurrado para dentro da jaula dos leopardos, o professor Servan estava dentro desse recinto aqui. Eu tinha acabado de falar com ele antes de ir para lá. É impossível que tenha sido ele.

Roussel deu um profundo suspiro de desânimo. Ele pensava que tinha enfim conseguido resolver o caso, e eis que mais uma vez os fatos lhe escapavam completamente.

Os três policiais esperavam que o comissário tomasse uma decisão. Roussel meditou por alguns segundos, depois bateu violentamente uma mão na outra.

— Não é agora, que estou tão perto, que vou recuar!

Ele apontou para dois de seus homens.

— Vocês dois vêm comigo, vamos dar uma olhada nesse subterrâneo. E você — dizendo ele a um terceiro —, você permanece aqui esperando a equipe da polícia científica. E que ninguém ponha a mão em nada!

Era evidente que, para o comissário, Léopoldine não tinha mais nada a fazer naquela investigação. Mas isso é porque ele não sabia o quanto a moça era tenaz: assim, com a maior autoridade, ela passou por ele decidida. Ele se voltou, olhou para ela espantado, mas compreendeu que seria inútil esperar que ela mudasse de idéia.

Ele abriu novamente o alçapão e tomou a dianteira do grupo. O feixe de luz da lanterna revelou, no final de um certo número de escadas, uma galeria de arcadas gotejando de tanta umidade, suficientemente larga para permitir que duas pessoas passassem por ela ao mesmo tempo. Eles caminharam em silêncio. O eco dos passos era abafado pela espessura das paredes. Os feixes das diversas lanternas dos policiais revelavam cantos sombrios, desenhavam formas inquietantes sobre as paredes viscosas. O pequeno grupo prendeu a respiração ao distinguir, um pouco mais à frente, à direita, uma abertura assustadora, como uma bocarra aberta prestes a engoli-los.

O comissário Roussel não era do tipo que se deixava impressionar. Ele empunhou sua arma. Eles desembocaram num recinto de arcadas, muito sombrio, vasto como uma estação de metrô e equipado com instalações elétricas rudimentares, porém novas. No centro dele, uma mesa repleta de objetos. Eles se aproximaram lentamente, temendo a revelação de novos horrores. Ferramentas tinham sido jogadas ali misturadas umas às outras: bisturi, linha de sutura e agulhas de diversos tamanhos, pinças cortantes, tesouras, furadeiras elétricas, uma serra suja de sangue... O quadro era de arrepiar. Imagens de experiências dementes e bárbaras assaltaram a mente dos visitantes. Ao pé da mesa, ao lado dos restos de um manequim, luvas pegajosas de látex, um pote de resina sintética e um balde metálico respingado de sangue. O cheiro de podridão era repugnante. Um dos policiais começou a virar os olhos e, quase demaiando, levou a mão à boca para evitar o pior.

— Foi aqui que o corpo de Laurence Himbert foi embalsamado — murmurou o comissário Roussel. — E talvez também tenha sido aqui que Norbert Busson foi... preparado.

— Comissário... — cochichou um dos policiais com a voz trêmula. — Olhe...

O policial apontava para um canto mergulhado na escuridão. Roussel dirigiu sua lanterna para lá. Dois pontos luminosos pareciam surgir ali da noite. O comissário engatilhou sua arma, sendo imitado por seus colegas. Léopoldine começava a se arrepender de sua iniciativa. Ela se escondeu instintivamente detrás de um dos dois homens uniformizados.

— Encontramos você, Servan! — gritou Roussel.

Tudo o que ele recebeu como resposta foi o eco de sua própria voz.

Valentemente, ele avançou até os dois pontos misteriosos.

Uma cabeça estava jogada ao chão. A cabeça embalsamada de um enorme macaco. Os dois olhos de vidro refletiam a luz com um clarão irônico.

A ambulância levava o corpo de Godovski, enquanto Barnier, chefe de brigada da polícia científica, confessava sua impotência aos tenentes Voisin e Commerçon.

— Fiz um levantamento rápido, mas não vi nem sombra do menor indício ou vestígio qualquer deixado pelo criminoso. Pode-se pensar que ele aparece e desaparece como por milagre.

— Isso não é assim tão espantoso — disse Peter Osmond, que seguia a conversa de longe. — Os cientistas estão acostumados a trabalhar em condições de esterilidade total. Eles sempre usam luvas e aventais de proteção. É preciso entender que o assassino está simplesmente realizando experiências...

— Experiências com seres humanos, é preciso acrescentar — retorquiu Barnier.

— Sim... com seres humanos... — murmurou Osmond.

Capítulo 43

O xeique árabe Anuar al-Khaad, herdeiro do trono dos Emirados Árabes e representante plenipotenciário de seu país, avançou entre os convidados e cumprimentou o Sr. Samuel Robertson, embaixador dos Estados Unidos da América, que lhe transmitiu mais uma vez votos de confiança e amizade, em nome de seu povo. O xeique Anuar al-Khaad respondeu que ficava contentíssimo pelos cumprimentos do representante daquela grande democracia — os Estados Unidos da América — e que esperava que os elos de confiança e amizade unindo os dois países só pudessem se fortalecer com o decorrer dos anos vindouros.

A dois passos dali, o conservador das coleções do Museu, Johann Kircher, vestido com seu mais impecável smoking, acolhia o presidente do Grupo Oliver, parceiro oficial daquela "maravilhosa exposição destinada a ficar na história do Museu". Ele lhe apresentou Jean Cailhau, administrador provisório da instituição, também extremamente bem-vestido, e Yves Mathiolet, membro da Comissão dos Programas Escolares, que tinha ares mais empoados do que nunca.

Pouco mais longe, diante dos salgadinhos e das taças de champanhe, homens vestindo smokings sociais e mulheres trajando vaporosos vestidos conversavam, esnobando abertamente os pesquisadores do Museu, convidados, eles também, para o coquetel, e reconhecíveis devido a seus jeans e camisas amassadas — pois o espírito científico dos mesmos não atribuía a mínima importância a qualquer modo especial de se vestir. Os convidados oficiais trocavam propósitos amáveis sobre a necessidade de financiar grandes grupos de pesquisa farmacêutica e sobre o impacto do turismo sobre a biodiversidade, ao passo que os pesquisadores do Museu discutiam sobre a questão de saber se o DNA de uma rã, analisado por eletroforese em gel de agarose, depois seqüenciado e clonado num plasmídeo, poderia produzir uma bactéria observável antes de 24 horas, ou se um tempo maior era necessário para tal observação. Tudo se passava, portanto, na mais perfeita normalidade.

Johann Kircher passava de um grupo a outro, totalmente à vontade tanto em companhia dos que tomavam as decisões políticas quanto na dos cientistas desalinhados, com óculos que mais pareciam lupas com aros de tartaruga. Ele posou para uma foto com o embaixador Robertson, depois se foi para cumprimentar Tobie Parker, e praticamente não observou o padre Marcello Magnani, sempre usando sua batina, que se misturava à multidão.

Léopoldine e os três policiais voltaram ao ar livre por uma saída situada ao pé da Galeria de Botânica. A jovem jamais teria suspeitado que por trás da pilha de extintores fora de uso por que ela passava todos os dias, enferrujando tranqüilamente há dezenas de anos no mesmo lugar, escondia-se uma grade que levava às entranhas do Museu Nacional de História Natural. Ela examinou os blocos centenários. A presença maciça dos mesmos e a fachada de respeitabilidade que deles emanava mascarava outra coisa, um mistério inconfessável, uma pulsão mortífera, tanto quanto segredos que a ciência trabalhava para eliminar, mas que acabavam aparecendo de volta pelas mais tortuosas vias e com um poder e um ódio reforçados.

Observando de longe a recepção, o comissário Roussel deu suas ordens pelo walkie-talkie: vinte homens deveriam revistar de ponta a ponta, imediatamente, a rede de galerias subterrâneas. Ele recebeu por sua vez a informação que não o espantou muito: o professor Servan não se encontrava em seu domicílio. Sua intuição lhe dizia que o geneticista estava se escondendo no Museu. Informaram-lhe também sobre a morte de um homem que eles supunham ser Godovski.

— Supõem? Mas como é que vocês podem se limitar a supor que é ele? — gritou Roussel em seu aparelho. — É ele ou não é?

Quando lhe anunciaram as circunstâncias da morte, ele empalideceu e passou a mão pelo rosto.

Osmond estava parado diante da imensa biblioteca de Godovski.

"A verdade está no livro." Que obra, em particular, um homem como Godovski podia querer designar assim?

Robert Axelrod, *The Evolution of Cooperation*; Diderot, *Lettres sur les aveugles pour ceux qui voient*; Patrick Tort, *Dictionnaire du darwinisme*; Stephen Jay Gould, *Le Pouce du panda*; Daniel C. Dennet, *Seria Darwin perigoso?* Nada de extraordinário para um zoólogo como Godovski.

Movido por um impulso repentino, o americano tirou da estante essa última obra, que ele conhecia e admirava especialmente, e folheou-a. Inúmeras passagens estavam sublinhadas, páginas inteiras tinham as orelhas dobradas, mas não havia nenhum sumário. Ele recolocou o livro no lugar e retomou seu trabalho de formiga.

Mas o título de Daniel C. Dennet voltava-lhe ao espírito sem parar: *Seria Darwin perigoso?*

Léopoldine tinha necessidade de parar um pouco para respirar. As emoções das últimas horas tinham deixado os nervos dela num estado lastimável e ela não agüentava mais. Ela desejava apenas um pouco de calor humano e, sobretudo, precisava tomar alguma distância de toda aquela loucura. Com seu forte espírito prático, ela logo encontrou a pessoa a quem deveria se dirigir.

Ela surpreendeu o professor Florus em seu posto de observação favorito, diante da janela de seu laboratório, armado com seu potente binóculo.

— Professor? O senhor não foi à recepção?

Ele se virou, espantado, e encarou a jovem como se estivesse vendo um extraterrestre.

— Léopoldine! Mas o que é que você está fazendo aqui?

— Ora... Estou trabalhando.

— Em pleno domingo? Mas você precisa descansar, minha cara Léopoldine! Você está sempre com as mãos na massa! Aliás, você está muito pálida!

Ela se sentia feliz por rever o velho professor. Ele sempre era delicadamente atencioso para com ela.

— E é o senhor quem vem me dizer isso? Logo o senhor, que vem aqui todos os dias?

— Ah... Eu... Isso é tudo o que me resta para fazer... Sou um velho, não tenho mais família, meus amigos se foram todos... Com que você quer que me distraia? O melhor é tentar ser útil, aqui...

O velho professor retomou seu posto de observação resmungando:

— Sem mim as coisas não andam nesse Museu... você sabe muito bem. Eles vão ver uma coisa, quando eu não estiver mais aqui! Eles vão ver! Vai ser uma confusão só!

Léopoldine olhou para ele enternecida.

— Ouça, professor — disse ela com ar decidido —, não vamos ficar aqui nos lamentando. Afinal, se as pessoas decidem se divertir, por que o senhor também não pode fazer o mesmo? Venha comigo, vou levá-lo à festa!

— O quê? Nem pensar! Não tenho mais idade para isso, minha cara! E, depois, ainda não terminei meu trabalho...

— Nada disso! Eu é que mando! Trate de colocar seu paletó e vamos!

— Mas... Léopoldine!

— Sem discussão!

No fundo, o velho professor estava maravilhado por sair um pouco de seu laboratório e de seu mundo de dossiês amarelados pelo tempo. Léopoldine sabia muito bem disso.

No elevador, ele colocou um dedo na testa.

— Na verdade, preciso lhe dizer... Lembrei-me de algo que tem relação com Anita Elberg... Você se lembra...

— Depois, professor. O senhor vai me contar tudo isso quando estivermos bebendo uma taça de champanhe!

Ao lado das estufas em que eram cultivados cactos, iúcas e baobás, Johann Kircher percebeu um grupo de pesquisadores que mantinham uma conversa animada. Sem perder a elegância costumeira, foi ter com eles.

— As teorias de Darwin são obra de um gênio — estava dizendo um deles. — De qualquer modo ele teria descoberto a lei da evolução, fosse qual fosse o país ou a época em que tivesse nascido.

— Concordo com você — respondeu o interlocutor do que falara. — Mas não esqueçamos que ele era oriundo de uma grande potência, tanto política quanto intelectual. E por isso ele estava a par dos avanços mais recentes da ciência...

— Ainda mais que a Inglaterra dominava os mares — interveio Kircher. — Ele podia viajar como desejava pelos países mais distantes, para efetuar suas pesquisas...

— Claro! — concordou o segundo pesquisador. — Basta examinar os mapas da época: a Inglaterra era representada no centro do mundo. Normal! Era o país mais influente da época de Darwin. Não é portanto espantoso que a teoria dele tenha sido difundida com a velocidade do relâmpago e que seus partidários tenham muito depressa erigido uma estátua em sua homenagem...

A estátua de Darwin... A Inglaterra no centro dos velhos mapas geográficos... Um dos participantes pediu licença e deixou precipitadamente o grupo, dando um encontrão no padre Magnani, que seguia com a maior atenção aquela conversa.

Seria Darwin perigoso?

Evidentemente, pensava Osmond continuando a revistar febrilmente as estantes da biblioteca. Era evidente que, para eles, Darwin era perigoso! Ele era até mesmo o homem mais perigoso da História, desde a invenção *do* livro. O livro. Osmond tinha certeza absoluta de que o encontraria naquele escritório.

Ele concentrou sua atenção nos volumes antigos ocultados no fundo.

Eureca! Ele estava lá! Um volume grosso, encadernado num couro envelhecido pelos anos e por milhares de mãos que o tinham manuseado.

Uma declaração de guerra.

A substância de um novo mundo.

O fim de um mundo.

On the Origin of Species by Means of Natural Selection, Charles Darwin, 1859.

— *I've got it*! — gritou Osmond. — A edição original de 1859!

— O que é que ela tem de tão importante? — perguntou Commerçon.

— Tudo está neste livro!

— Mas por que a edição original? — perguntou Voisin, preocupado.

— Porque Darwin não faz a menor menção a Deus! Em nenhum momento! O que era totalmente contrário ao uso e à moral... O escândalo foi tamanho que, na segunda edição, Darwin cedeu às pressões e acrescentou um parágrafo final em que alude ao Criador. Foi essa segunda edição que serviu de base para as traduções. O que explica que a Igreja católica, durante muito tempo, tenha tentado veicular a idéia de que Darwin acreditava em Deus e que suas pesquisas não entravam em contradição com a fé cristã.

Os policiais Voisin e Commerçon tinham dificuldade para avaliar toda a importância daquele debate que, para eles, assemelhava-se a algo de uma outra era. Mas Osmond não tinha tempo para expor a amplidão das conseqüências metafísicas e éticas que decorriam daquele pequeno detalhe.

De repente, folheando o livro, ele deu com uma página solta amarelecida, dobrada em quatro.

— É evidente que tenho o direito de beber bebidas alcoólicas! indignava-se Alex. — Quer ver meus documentos? Sabe com quem está falando?

Os garçons olhavam desconfiados para aquele homenzinho arrogante que bancava o valentão e pretendia servir-se sem lhes pedir permissão. Por sorte, Léopoldine, que chegava ao bufê, defendeu-o:

— Sim, ele pode beber, mas apenas um pouco.

E ela apontou o indicador para ele, como se lhe desse uma bronquinha.

— Nada de exageros, hein, Alex! Apenas uma dose. Promete?

Alex lançou-lhe um olhar sombrio e respondeu com um resmungo. Quando se tratava de sua baixa estatura, ele perdia completamente o senso de humor. Um garçom pegou um pouco de uma bebida levemente amarronzada, num tonel que estava apoiado num tripé.

— O que é isso? — perguntou Léopoldine.

— Rum — respondeu o garçom. — Vindo diretamente da reserva do Museu. Esse tonel esperava há anos que o degustassem, segundo dizem. Estranho que não o tenham notado antes... Quer experimentar? Ele é excelente.

— Não, obrigada — disse Léopoldine —, isso é forte demais para mim. Prefiro beber champanhe.

Ela pegou duas taças de champanhe e brindou com o professor Florus que, sentado muito ereto numa cadeira, bebeu golinho a golinho o líquido, com jeito de quem conhecia o assunto.

— Muito bom. Um pouco gelado demais, para meu gosto, com um ph no limite do recomendável, mas ainda assim muito bom.

Léopoldine divertia-se com a atitude dele, que bancava o enólogo experiente. Como de costume, o professor Florus arrastou-a em suas lembranças:

— A última vez que bebi champanhe deve ter sido em 1995, por ocasião de minha aposentadoria. Meus colegas queriam ficar livres de mim assim, sem mais nem menos. Pois bem! Eu ou venci!

Ele ria de bom grado. Léopoldine se descontraiu completamente. Enfim, ela conseguia esquecer as provações daqueles últimos dias.

— Na época de minha defesa de tese... Estou lhe falando de um tempo em que você nem era nascida, minha querida Léopoldine... Isso devia ser lá pelos idos de 1960... Eu tinha feito uma festa incrível com meus amigos. Devo dizer que naquela época eu era bem mais resistente e...

Ele pôs a mão na testa.

— Mas então... Ah, o que eu queria lhe dizer! Lembra-se daquela história de Anita Elberg... eu tinha lhe falado no assunto...

— Pode ser — disse Léopoldine.

— Sim, lembre-se... Ela esteve envolvida num escândalo... Pois bem, lembrei-me hoje de manhã do que se tratava: por volta do final dos anos 80, Anita Elberg foi a presidente da banca de uma tese que ela se recusou a aprovar.

— Uma tese reprovada? Isso é raro! Não acontece quase nunca!

— Espantoso é, de fato. Segundo o que sei, foi a única vez que isso aconteceu aqui. A coisa provocou um enorme escândalo... O doutorando chegou até a ameaçar Anita Elberg de morte, nada mais, nada menos que isso....

Léopoldine, que estava prestes a esvaziar sua taça, deteve-se. Em sua mente também as lembranças começavam a aparecer, numerosas. Uma tese de biologia...

Ela empalideceu, levantou-se como uma sonâmbula e se dirigiu rapidamente rumo ao prédio da Biblioteca Central.

— Ei! Aonde você vai? — gritou Alex ao vê-la passar.

— Não se preocupe. Volto logo, um minutinho só!

— Então essa é a razão por que Anita Elberg queria entrar em contato com Godovski! — exclamou o tenente Voisin.

— Sim, Godovski era o único capaz de compreender o que Anita Elberg queria dizer por *O. chegou ao Museu.*

— Mas por que ele não nos disse? — perguntou espantado Commerçon.

— Porque ele precisava de uma prova. E essa prova, ei-la aqui! — disse Osmond tirando a folha escondida dentro do livro de Darwin.

Uma ficha de inscrição em papel timbrado do Museu Nacional de História Natural. Ano letivo de 1986-1987. E uma foto.

Osmond chamou imediatamente Léopoldine. Caixa postal.

— Precisamos agir depressa — disse ele aos policiais, saindo do laboratório de Godovski.

Léopoldine tentava se orientar no dédalo das estantes. A noite caíra e os depósitos da Biblioteca Central estavam mergulhados numa obscuridade gélida, rompida de tempos em tempos pelo clarão de uma luz fosca. Ela revistou, com uma olhadela, as etiquetas dos pacotes de arquivos: "Invasões napoleônicas, 1802-1813", "Casamance, 1890-1930"... Febril, ela empurrou uma caixa empoeirada, tirou outra ao lado dela, inspecionou-a rapidamente, preteriu-a também... Estava escuro... Então onde é que ela havia metido aquela caixa? Se pelo menos lhe permitissem fazer normalmente seu trabalho...

Enfim, ela localizou o que estava procurando: "Laboratório de Biologia, 1980-1990." Sob uma pilha de livros, uma brochura cheia de orelhas: *Genealogia da célula eucariota*, tese para a obtenção do título de doutor em biologia de Jean Ostwald, sob a orientação de Anita Elberg, e tendo como participante da banca examinadora François Servan. *O. chegou ao Museu. Alertar Godovski.* A mensagem de Anita Elberg ganhava assim um novo significado.

De repente, ela ouviu o elevador que se movimentava, compreendeu que ele se detinha no terceiro andar e escutou até mesmo o tilintar de um molho de chaves tirado de um bolso. Uma porta se abriu.

Alguém tinha acabado de entrar nas reservas do Museu.

Osmond, Voisin e Commerçon precipitaram-se rumo à recepção. Eles examinaram de longe a multidão. Não havia o mínimo vestígio daquele que procuravam. Eles andaram pelas fileiras de convidados, entre os quais os mais chiques manifestavam seu espanto por serem encarados de modo tão inconveniente pelos três homens. Os guarda-costas do xeique Anuar al-Khaad levaram a mão à sua arma quando viram Osmond aproximando-se do príncipe depois de dar um encontrão num grupinho de senhoras distintas. Aquilo estava prestes a provocar num incidente diplomático, mas o americano se contentou em lançar um olhar sem interesse para o lado deles e prosseguiu sua busca. Os policiais Voisin e Commerçon esboçaram um gesto de despeito: o passarinho tinha voado da gaiola.

Pela segunda vez naquela semana, Osmond teve um sombrio pressentimento. Avistando Alex, que era servido no bar — e certamente não pela primeira vez, a julgar por sua aparência um tanto desfeita —, ele saiu correndo ao encontro do rapaz:

— Alex! Onde está Léopoldine?

— Léo? — balbuciou o funcionário do Museu, um pouco surpreso por ser pego com a boca na botija. — Ela deve estar por aí em algum canto. Ela me disse que voltava em dois minutos. Pare por alguns minutos, professor, e venha experimentar esse rum... Uma verdadeira maravilha, bom que nem o xixi do Menino Jesus... Garçom, por favor!

Os garçons estavam debruçados sobre a torneirinha do tonel, de onde não escorria sequer uma gota a mais. E no entanto eles não tinham servido assim tantas doses... Era preciso abrir o tonel para ver o que impedia a saída do líquido.

Mal abriram a tampa e se ouviram urros de horror seguidos do vômito de vários convidados. Alex se curou da bebedeira em dois segundos.

Capítulo yy

A velha escadaria de madeira estava mergulhada nas trevas. Agachada no patamar entre os lances de escadas, Léopoldine escutava, preocupada, os barulhos vindos da reserva. Ela distinguiu nitidamente o barulho feito por uma caixa que era arrastada pelo chão. Prendendo a respiração, ela desceu alguns degraus. Um raio de luz saía pela porta entreaberta. O barulho surdo de um objeto metálico que caiu no chão fez com que ela tivesse um sobressalto. A razão lhe ordenava que ficasse imóvel, e mesmo que se tornasse invisível, mas um palavrão a petrificou. Era preciso tirar aquilo a limpo. Ela retomou o movimento de descida com passos de lobo e empurrou a porta silenciosamente.

Na penumbra, em meio a animais embalsamados e móveis abandonados, uma sombra, debruçada para a frente, arrastava um baú metálico que se crispava contra o concreto. Léopoldine deu alguns passos pela sala iluminada com lâmpadas cobertas de poeira, até chegar na altura dos bustos de mármore entre os quais ela havia notado, um dia antes, o de Darwin, completamente mutilado. No chão jaziam velhas cartas geográficas.

O homem se debruçou um pouco mais e então um estalo se fez ouvir. Num instante, Léopoldine compreendeu o que estava acontecendo e se precipitou. Tarde demais. A silhueta já havia levantado seu martelo.

Com alguns golpes, o único espécime de Sinantropo conhecido desapareceu da face da Terra. Léopoldine se jogou sobre o profanador, que caiu, mas a empurrou e se levantou num pulo. Seu rosto assustador estava exaltado, demoníaco. Sua respiração, ofegante.

— E dizer que eu o tinha sob os olhos... Bastava pensar em Darwin! Esse crápula ateu que ele era! Quem teve a idéia de colocar esses velhos mapas dentro desse baú, Léopoldine? Acontecem coisas bem estranhas neste Museu, você não acha?

Léopoldine recuou, horrorizada. O homem que se mantinha de pé diante dela, alucinado, era Johann Kircher.

O paletó de seu smoking estava coberto de poeira, sua gravata-borboleta, desalinhada, caía do pescoço, e suas mãos apertavam demasiadamente o martelo e o buril.

— Ninguém poderá provar coisa alguma — disse ele que, repentinamente, tinha se acalmado. — A ossada do Sinantropo não passa agora de pó. Assim é a vontade de Deus: "Tu és pó, e ao pó tornarás." Tudo o que fiz foi aplicar a vontade Dele.

— E também foi Deus que lhe pediu para empurrar Alan para dentro da jaula das feras?

— Pobre coitado... Ele era um verdadeiro insulto à Criação. Embora fosse de grande utilidade para mim.

— Agora estou me lembrando... O senhor estava no setor dos animais vivos... O senhor estava escutando Norbert Busson...

— Aquele era outro ímpio. Ele teve o que merecia.

— E então o senhor aproveitou para se livrar de Alan.

— De jeito nenhum, Léopoldine. Eu não passo de um instrumento da vontade divina. Era preciso recolocar certa ordem no Museu. Restabelecer a verdade. Devolver a Deus aquilo que Lhe pertence.

— E Servan? Ele era um instrumento de Deus ou do senhor?

Com a expressão abalada, Kircher colocou o martelo e o buril sobre uma estante, entre os bustos dos cientistas ilustres.

— Servan... Ele matou por nós, mas na verdade nós todos fomos enganados por ele. Ele pretendia trabalhar por nossa causa, e nós financiávamos as pesquisas dele. Ele tinha que se opor, sistematicamente, a todo e qualquer avanço dos darwinistas. Na realidade, ele não respeitava os desígnios de Deus! Ele imaginava ser possível conjugar os desígnios de Deus com a genética. Ele afirmava que podia provar a absoluta perfeição da Criação divina. Mas, no fundo, tudo o que queria era substituir Deus e modelar um super-homem. Ele dava a si mesmo o direito de vida ou de morte sobre os seres humanos! Apenas Deus possui esse direito!

Kircher disse essa última frase gritando, numa espécie de desespero. Ele deu um passo na direção da jovem, que recuou imediatamente.

— Foi graças a você, minha doce Léopoldine, que compreendi que Servan estava mentindo! Você se lembra?

— O tratado de alquimia de Newton...

— Exatamente... Um "aprendiz de feiticeiro"... São suas palavras, Léopoldine. Sem você, eu não teria compreendido... Servan era um monstro.

— E o senhor? O que é o senhor? O senhor o levou a cometer esses crimes para se vingar... Sr. Kircher! Ou não seria melhor chamá-lo por Jean Ostwald?

O conservador do Museu riu zombeteiro.

— Anita Elberg teve apenas o que ela merecia. Ao recusar minha tese, ela insultou Deus. Naquela época, Servan foi o único a tomar a minha defesa. Jurei a mim mesmo que voltaria um dia para restabelecer a verdade. Obedeci às ordens de meu pai e me exilei nos Estados Unidos. Alguns religiosos me acolheram, financiaram minhas pesquisas, comecei a usar meu sobrenome materno, Kircher, e, com a maior paciência, esperei que chegasse a minha hora. Sabia que ela chegaria, meu Salvador velava por mim. Então, quando consegui essa nomeação para o Museu, soube que meu Salvador me destinava a uma missão: devolver-Lhe o lugar que Lhe pertence, isto é, colocá-Lo no centro da Criação. Os heréticos a tinham usurpado, eu a devolvi a Ele e castiguei os culpados, todos esses infames que se pretendiam cristãos, porém traíam o Criador em nome da ciência, Ho Wan Xanh, Delmas, Himbert... Esses seres imundos que dizem honrar a Deus ao mesmo tempo que se curvam diante da estátua de Darwin, que é o mestre de todos eles... Castiguei os ímpios, sobretudo essa tal de Anita Elberg. Eu a odiava acima de tudo neste mundo... Servan aceitou me dar ajuda, ele também tinha seus acertos de contas para fazer. Eu também tinha que dar sumiço em tudo aquilo que, nas coleções do Museu, pudesse levar as pessoas a errar. Aquele meteorito, claro, o que fiz assistido por um outro irmão, aquele homem que você avistou no recinto contíguo, e que devia eliminar esse ateu, Osmond. E essa ossada, de cuja existência eu jamais teria suspeitado, até que você me falasse dela. Sou muito grato a você, Léopoldine. Agora, o mundo inteiro é obrigado a abrir os olhos: Deus é o mestre da Criação, ninguém mais pode se opor a essa evidência.

— O senhor é louco.

A expressão de Kircher mudou novamente. Podia se ler em seu rosto uma autêntica incompreensão.

— Mas por que motivo nós, irmãos cristãos, temos sempre que ser tratados de loucos, quando tudo o que fazemos é agir a serviço de nosso Deus? Sempre seremos objeto de ataques desprezíveis por parte de descrentes e infiéis, sabemos disso. Mas haveremos de nos consagrar até o fim a nossa tarefa, custe o que custar, pois preparamos o retorno de Deus à Terra. Estamos preparados para ir até o Sacrifício supremo, à imagem de Cristo, nosso Salvador!

— Mesmo tendo que assassinar inocentes?

— Ninguém é inocente, Léopoldine. Somos todos responsáveis pelo pecado original. O Mal nos habita, desde nossas origens. Devemos expiá-lo, seja como for. Sou um pecador e devo expiar. Suprimindo esses seres nocivos que insultam Deus, expio meus pecados, Léopoldine. E louvo a Deus.

Kircher estava à beira das lágrimas. Em dois passos, ele chegou até a moça e a pegou em seus braços.

— Eu amava você, Léopoldine — confessou ele, mergulhando os olhos nos olhar dela. — Eu a amava como jamais teria acreditado poder amar uma criatura terrestre. Mas não posso aceitar um sentimento como esse. Minha missão o proíbe. Eu me dediquei a Deus.

— Solte-me! Deixe-me ir embora!

Ostwald tirou um revólver do bolso.

— Não posso, Léopoldine. Minha missão ainda não está terminada.

Os convidados não acreditavam no que viam. O cadáver de Servan, como um monstruoso feto agachado dentro do barril de madeira, boiava no álcool. A polícia mandou evacuar o local e fez sair também o batalhão de fotógrafos e cinegrafistas. Da festa, restavam apenas mesas vazias e cadeiras derrubadas.

Peter Osmond tentava abrir caminho entre a multidão em pânico. Ninguém conseguia dizer onde estava Kircher. Ele tentou novamente entrar em contato com Léopoldine, em vão. De repente, uma voz familiar o interpelou:

— Peter!

O padre Magnani acenava para ele com grandes gestos, lá da porta da biblioteca. Ele foi correndo, no que foi imitado por Voisin e Commerçon.

— Eu o segui, ele entrou aqui — disse o padre. — Mas meu crachá eletrônico não está comigo, deixei-o no bolso de meu paletó.

Osmond pegou o dele e destravou a porta. Eles subiram vários andares e abriram todas as portas, à espreita do menor barulho.

— Solte-me!

Era Léopoldine. Só podia ser ela.

Os quatro homens adentraram a reserva do terceiro andar e distinguiram duas formas que se movimentavam em direção ao acesso do outro lado, que levava à Grande Galeria da Evolução. Eles começaram a persegui-las e todos mergulharam numa escuridão total.

Tudo o que eles sabiam é que tinham entrado num espaço enorme. O eco dos passos sobre o assoalho ouvia-se no vazio.

De repente, a Grande Galeria da Evolução se iluminou com mil luzes. A suntuosa nau de madeira e ferro ganhou vida, com sua sarabanda de animais embalsamados e suas vitrinas multicoloridas. Num nível inferior, os esqueletos de baleias ondulavam como se estivessem livres da força da gravidade, guiando uma extraordinária eflorescência de mamíferos, a infinita declinação das morfologias e das cores. O *Homo sapiens* parecia algo bem insignificante quando comparado com a diversidade incrível das formas animais. Concentrados na caçada que empreendiam, Osmond, o padre Magnani e os dois policiais não tinham tomado consciência de que na verdade estavam reproduzindo a luta imemoriável da espécie contra a espécie.

No andar térreo, o comissário Roussel comandava as manobras com a ajuda de um megafone:

— Entregue-se, Kircher! Você não tem chance alguma! Deixe-a ir embora!

Johann Kircher mantinha a pistola encostada na têmpora de Léopoldine, parecendo totalmente perdido. Osmond e Voisin, por um lado, o padre Magnani e Commerçon, por outro, tinham se deslocado de modo a tentar cercar o fugitivo e encurralá-lo num canto da Grande Galeria.

Foi então que viram. Um grupo de macacos embalsamados, três macacos bonobos que tinham um aspecto extremamente vivaz, estavam trepados nos ramos de uma árvore tropical. De todos os primatas, o bonobo é conhecido como sendo o mais próximo do homem. Ele possui uma faculdade de aprendizagem excepcional e é capaz de desenvolver um leque de comportamentos sociais elaboradíssimos. Alguns cientistas não hesitam até mesmo em afirmar que eles são os primos mais diretos do *Homo sapiens*.

Um deles oferecia uma característica totalmente surpreendente. Ele possuía rosto de homem. Sobre o tórax empalhado do primata tinha sido colocada a cabeça de Eric Godovski. Para Johann Kircher e seus amigos, a demonstração estava completa e o ciclo da evolução se fechava daquele modo da forma mais maquiavélica.

Os policiais afluíam de todos os lados e encurralavam cada vez mais Kircher e Léopoldine num canto. Acima da cabeça deles, uma inscrição: "Sala das Espécies Desaparecidas." Kircher continuava apontando a arma para a jovem.

O raptor e sua vítima olharam-se com gravidade. Para sua própria surpresa, Léopoldine sentiu uma profunda piedade por ele.

— Por que o senhor faz isso tudo? — perguntou ela.

— Foi Deus que me deu ordens — murmurou Kircher. — Limito-me a obedecê-Lo.

— E Ele lhe pede também que mate alguém no domingo? Eu pensei que o domingo fosse um dia sagrado. Um dia de perdão. É preciso perdoar, Jean. Deus dá a vida, e não a morte.

O conservador não soube o que responder. Ele se tornava novamente aquele estudante, Jean Ostwald, aquele jovem um tanto quanto perdido, esmagado por uma educação rígida demais e pelo total desconhecimento do amor. Léopoldine sentiu que o homem vacilava em sua resolução, que a dúvida enfim penetrava-lhe o espírito. Ela chegou praticamente a implorar:

— Olhe só! Tudo está terminado! Entregue-se! Salve pelo menos sua própria vida!

Kircher abaixou a arma.

— Minha vida? Mas o que é minha vida? Ela não passa de um sopro na mão de Deus...

Um estampido seco se fez ouvir. Uma seringa hipodérmica tinha acabado de atingir Kircher num dos ombros. Alex, que tinha entrado discretamente na Grande Galeria e que se escondera por detrás da corcova de um dromedário empalhado, a fim de se beneficiar de um melhor ângulo para atirar, tinha visado bem seu alvo, como sempre.

Kircher levou a mão ao braço fazendo careta de dor. Ele sabia que agora bastariam apenas trinta segundos para que o narcótico fizesse efeito. Ele reuniu o pouco da força que ainda lhe restava e levantou o braço armado.

— Eu amava você, Léopoldine — murmurou ele.

E, como se deixasse assim seu testamento, ele começou a urrar:

— Eu não sou um animal!

Então, de modo resoluto, ele enfiou o cano da arma na boca e disparou o gatilho.

Epílogo

Enfiado numa poltrona com os dois pés em repouso sobre sua bolsa, uma espécie de mochileiro vestindo roupas amassadas lia o último número do jornal *Le Monde*, sem dar a mínima atenção ao alvoroço na área de embarque. Um grupo de italianos se dirigia a seu terminal de partida, apontando com expressão zombeteira aquele mendigo cabeludo, mergulhado em sua leitura.

Peter Osmond tinha pressa para reencontrar a calma de seu escritório, em Harvard. Ele havia dormido poucas horas e, para escapar às cerimônias de adeus, tinha saído às escondidas do hotel. Passeara então demoradamente pelas ruas de Paris, enfim calmo e novamente deslumbrado pela luxuosa arquitetura e pela singular beleza da luz da capital francesa. Mas seu coração estava amargurado: ele sabia que nunca mais voltaria. De agora em diante havia uma grande quantidade de lembranças dilacerantes ligando-o àquela cidade.

Uma matéria na página 8 evocava brevemente a recepção do dia anterior, no Jardin des Plantes, e assinalava sobriamente que o principal suspeito dos assassinatos que haviam enlutado o Museu Nacional de História Natural tinha sido identificado, mas que no entanto o mesmo tinha se suicidado antes de ser interpelado. As autoridades mantinham uma discrição total. Com todas as evidências, a polícia tinha recebido ordens para limitar ao mínimo possível a divulgação de informações incômodas. Quanto à direção do Museu, ela se contentava em fazer chegar à imprensa um comunicado indicando que seguia o inquérito policial com a mais extremada atenção. Em suma:

ainda correria muita água sob a ponte antes que o público pudesse conhecer a verdadeira história. Nesse sentido, Kircher tinha realmente perdido tudo: a dimensão simbólica de seu complô permaneceria desconhecida. O americano só podia se regozijar por isso. Ele dobrou o jornal com um suspiro de resignação. Quantos mortos, quanta violência, quanto ódio por nada...

Uma mulher passou na frente dele, carregando uma criança no colo. O menininho contemplava fixamente o paleontólogo, como se se tratasse da criatura mais extraordinária que ele jamais vira. Peter permaneceu por alguns segundos sem reação, depois sorriu. Ele estava feliz, simplesmente feliz por ver aquele pequeno ser cheio de inocência, aquele homenzinho para o qual a vida estava começando e que ainda tinha tantas coisas maravilhosas para descobrir. A mulher se afastou, mas Osmond teve tempo para ver que o garotinho retribuía o sorriso.

— Essa não! Que surpresa!

Osmond virou-se: Marcello Magnani, de batina, avançava na direção dele, com uma malinha na mão. O americano tinha prometido ligar para ele para se despedir, depois mudara de idéia, pois não teria sabido o que dizer. Talvez sentisse medo das grandes juras de fidelidade ou das efusões de amizade. Isso o deixava sempre pouco à vontade. O padre Magnani parecia tão intimidado quanto ele e se mantinha de pé, balançando-se de uma perna para outra, desajeitado, tentando encontrar o que dizer.

Osmond olhou para fora. Um avião levantava vôo com o rugido característico das turbinas.

— Pois bem... o senhor está voltando para Roma...

— Sim — respondeu o padre mostrando sua passagem — e estou atrasado. Liguei para seu hotel e disseram-se que você já tinha ido embora; então, tudo o que me restava a fazer era vir para o aeroporto. E eis que tenho a sorte de encontrá-lo.

— O acaso arranja muito bem as coisas — disse Osmond, malicioso.

— O acaso... ou a necessidade, Peter. Sabia? Eu dificilmente renunciaria a uma tentativa para convencê-lo!

Eles trocaram sorrisos: no final das contas, os dois tinham muito mais coisas em comum do que poderiam pensar.

— E então? O senhor vai continuar suas pesquisas? — perguntou Osmond.

— Mais do que nunca — respondeu o padre. — Esperando que, desta vez, consiga encontrar alguma coisa.

Marcello Magnani parecia buscar as palavras, depois disse:

— As experiências desta semana foram para mim de grande importância. Em todos os sentidos. Parece-me que compreendo melhor o ser humano, e também o sentido de meu próprio engajamento. E tudo isso, Peter, devo um pouco a você. E queria lhe agradecer.

Pela última vez, uma voz monótona anunciou o embarque para o vôo com destino a Roma. O padre apontou para uma recepcionista.

— Bem, dessa vez acho que eles não vão me esperar. Adeus. E boa sorte.

Os dois amigos trocaram um longo aperto de mãos. E enquanto olhava o homem vestido de preto afastando-se para sempre, Osmond disse a si mesmo que aquele aperto de mãos era o mais fraterno que ele jamais recebera.

Ele ficou por vários minutos observando o avião da Alitalia que saía do terminal, deslizando devagarinho sobre a pista, até que este rumasse para o céu.

E permaneceu ali, diante da grande janela da sala de embarque, seguindo o balé dos aviões, esperando alguma coisa, sem saber exatamente o quê. Sem dúvida, aquilo já era um sentimento de nostalgia. Enfim, a voz suave no alto-falante anunciou o vôo com destino a Nova York. Ele pegou sua bolsa.

Foi então que, como por acaso — mas seria realmente o acaso, ou, antes, o efeito de um encadeamento de circunstâncias inevitáveis? —, produziu-se algo que ele esperava e temia ao mesmo tempo.

— Peter! — gritou uma voz que lhe falou diretamente ao coração.

Léopoldine e Alex mantinham-se de pé atrás da barreira da zona de embarque e acenavam para ele com gestos exagerados. Osmond poderia ter se contentado em responder àqueles cumprimentos e partir sem se expor ao risco de uma situação dilacerante, pois era precisamente isso que queria evitar. Mas ele não podia tomar a decisão de deixar Léopoldine daquele modo tão brusco. Uma onda de alegria se apoderou dele e Peter correu na direção da jovem, dando encontrões em diversos passageiros que se dirigiam ao guichê.

— Alex veio dirigindo a toda — disse ela, totalmente sem fôlego. — Quase morremos pelo menos umas dez vezes.

— De jeito nenhum — resmungou Alex. — Eu sempre domino a situação.

— Você já está indo embora? — disse ela.

— Já... — respondeu Peter, sem jeito. — Eu tinha dito a você que tinha uma reserva para hoje. Então... tenho que ir...

— Sem sequer se despedir de mim?

Ele baixou os olhos para não admitir que estava morrendo de vontade de falar com ela, que não tinha parado de pensar nisso quando perambulava pelas ruas de Paris, mas que sem dúvida era melhor se separar daquele modo, sem grandes discursos. Ele não tinha o dom das grandes declarações, não passava de um cientista, e não era nenhum poeta.

— *Well*... Talvez a gente se veja de novo.

Naquele instante, ele teria desejado não ser Peter Osmond, o grande cientista internacionalmente reconhecido, o professor de Harvard e o redator-chefe da *News in Evolution*. Ele teria querido ter apenas uma obrigação: ficar junto daquela moça... espantada. Ou o certo seria "espantosa"?

Ela estendeu algo ao americano.

— Pegue... é o meu e-mail. Você vai me escrever?

Pegando o papelzinho com a ponta dos dedos, ele respondeu afirmativamente com a cabeça. Depois, com um nó na garganta, ele pôde com dificuldade articular:

— Bem... então... Adeus!

Mas porque as leis da biologia são o que são, isto é, inaptas a explicar por que dois seres humanos experimentam às vezes um pelo outro uma atração fisiológica de tal modo forte que são obrigados a manifestá-la por meio de comportamentos que escapam à racionalidade mais elementar, e isso nos momentos mais inoportunos, Peter Osmond debruçou-se sobre a barreira e beijou demoradamente Léopoldine Devaire.

Ele fez então um sinal de adeus a Alex e, depois, sem olhar para trás, dirigiu-se com passos firmes para o portão C do terminal 2 F.

O autor destas linhas deixará ao leitor a tarefa de determinar sozinho o que — o acaso ou a necessidade — provocou o encontro entre Peter Osmond, o padre Magnani e Léopoldine Devaire. Ele se contentará em observar que a ala do prédio da rua Cuvier que abrigava o laboratório do astrofísico Ho Wan Xanh, destruída por uma explosão, encontra-se atualmente em reconstrução e que, daqui a alguns meses, não deverá restar o menor vestígio do sinistro.

Quanto à exposição de diamantes, ela obteve um grande sucesso. O interesse de um público abundante e interessadíssimo durou até o fim, para a grande satisfação do Grupo Oliver, razão pela qual esta logrou um considerável aumento de sua notoriedade. O entusiasmo midiático que acompanhou os terríveis acontecimentos do Museu logo esfriou por completo, pois sempre há novas tragédias que ganham a atenção da mídia. Os curiosos que esquadrinhavam as alamedas do Jardin des Plantes em busca de emoções fortes logo cederam lugar a pacíficos caminhantes dominicais e a crianças atraídas pelo carrossel.

O setor das feras, situado em pleno centro do setor de animais vivos, encontra-se hoje fechado para reforma. Os felinos foram enviados a vários jardins zoológicos da Europa. E no entanto, seis meses passados dos trágicos acontecimentos, não há o menor sinal de sua reabertura.

Mantendo-se distante das colunas de variedades, o fundo de investimentos True Values decidiu aumentar sua participação no financiamento do Centro Europeu de Pesquisas Biogenéticas de Lausanne. O True Values é atualmente acionário majoritário daquela instituição de fins científicos e de recursos amplamente ocultos. O professor Jacques Royer pediu discretamente demissão da presidência do Círculo das Ciências, no que foi imitado pelo ex-professor de Johann Kircher na Universidade de Austin, Yves Mathiolet, que abandonou o cargo à frente da Comissão dos Programas Escolares, alegando motivos pessoais.

Peter Osmond retomou seus cursos na Universidade de Harvard. Ele dá aulas de paleontologia, de biologia e de história das ciências para auditórios atentos e iniciou um ciclo de conferênciaas sobre as relações entre a pesquisa fundamental e a religião. Tais conferências terão como resultado uma publicação em homenagem ao professor Michel Delmas. Léopoldine Devaire deve ir passar suas próximas férias em Nova York, cidade que descobrirá a convite de Osmond.

O padre Marcello Magnani também voltou ao sossego de seu laboratório, em Roma. No silêncio e na meditação que dão ritmo a seus dias, ele elaborou uma teoria das chamadas "trajetórias assintóticas", em que os percursos dos objetos celestes são analisados em função de sua sensibilidade às turbulências dos campos magnéticos. Diante de um espantado e seleto público de membros do Vaticano, ele sugeriu que a vida pode ter existido em outros planetas ou galáxias, antes de sua aparição na Terra. Suas teses obtiveram um grande eco em toda a imprensa internacional. Modesto, o padre Magnani atribui a origem de suas próprias descobertas ao professor Peter Osmond, da Universidade de Harvard, cujas publicações ele não perde por nada neste mundo.

Quanto a Léopoldine Devaire, ela pratica cotidianamente seu jogging no Jardin des Plantes. Ela continua não tendo uma sala para si e corre de um canto para outro do Museu tentando colocar um pouco de ordem no fluxo ininterrupto de publicações científicas que invadem regularmente as diferentes bibliotecas da instituição. Quando tem tempo, continua o inventário dos arquivos da Biblioteca Central. Ela calculou que, se continuar nesse ritmo, terá terminado sua tarefa em 378 anos. Léopoldine prepara também uma monografia sobre os cadernos reencontrados do padre Teilhard de Chardin, que achou por bem esconder no escaninho do vestiário de seu amigo Alex, o único lugar do Museu em que as fontes confidenciais não correm o risco de se extraviar. Ela tem a intenção de dedicar esse trabalho à memória de Norbert Busson.

Léopoldine tentou convencer Alex a praticar jogging pela manhã, mas logo ficou claro que essa tentativa era algo completamente utópico. O moço afirma que, na verdade, sua condição física não dá o menor sinal de fraqueza e que sua resistência ao álcool e a outras substâncias euforizantes é um grande exemplo disso.

Enfim, Léopoldine tornou-se uma fervorosa leitora das obras de Peter Osmond. Ela lhe escreve com regularidade para pedir um ou outro esclarecimento. Faz questão absoluta de adquirir uma cultura científica de primeira grandeza antes de ir lhe fazer sua primeira visita, na primavera. Decidiu, além do mais, que vai se vestir de maneira mais feminina, e também se informa seriamente sobre essa questão.

Nos Estados Unidos, alguns grupos fundamentalistas moveram um processo contra o estado do Kansas, a fim de obrigar as escolas públicas a ensinar a teoria criacionista paralelamente à tese darwinista. O veredicto do julgamento deve sair nas próximas semanas. Na Pensilvânia, no tribunal de Harrisburg, os partidários do Desígnio Inteligente, que contestavam a teoria da evolução, sofreram uma séria derrota. O juiz federal John E. Jones declarou, no dia 20 de dezembro de 2005, que, em nome da separação entre a Igreja e o Estado, era "inconstitucional o ensino do desígnio inteligente como alternativa para a evolução nas aulas de ciências de uma escola pública". Sua decisão, que era muito esperada após o desenrolar do processo, seis semanas de processo, foi uma longa crítica argumentada da teoria do

Desígnio Inteligente e de seus defensores (Cf. *Le Monde*, 22 de dezembro de 2005). Associações de pais fazem manifestações diárias diante do tribunal; no entanto, reclamando um ensino público que defenda os valores morais e cristãos. A reivindicação desses pais será sem dúvida rejeitada, tanto no Kansas quanto na Pensilvânia. Seja como for, o Sr. Morgan Nightingale, advogado de defesa dos fundamentalistas, já anunciou que recorreria, no caso de sentença negativa.

Imperturbável, o professor Florus continua a tomar como ponto de honra sua presença cotidiana no Museu, tanto no inverno quanto no verão. Primeiro a chegar e último a ir embora, ele prossegue seu inflexível trabalho de naturalista, a fim de enriquecer os fundos de documentação do Departamento de Botânica. Em seus momentos de lazer, ele continua a observar com seu binóculo o menor acontecimento suscetível de ser registrado. Ele mantém, como acaba de ser dito, a crônica minuciosa da vida do Museu.

Devemos nos regozijar, juntamente com o professor Florus, pelo fato de que as sociedades humanas, ainda que beirem o caos, tal como ocorre no mundo vegetal e no animal, sempre acabem reencontrando um ponto de equilíbrio.

Observador admirativo do ciclo das estações, ele não se cansa de perscrutar a passagem dos dias, atento à mais ínfima descoberta que possa enriquecer seus conhecimentos. Assim, recentemente fizeram chegar até ele uma variedade desconhecida de escrofulária, chamada de "viajante", cujo recebimento fez com que se ocupasse alegremente durante uma semana inteira. Na solidão de seu laboratório, com o olho colado à lupa, ele vira e revira a haste da plantinha de um lado para outro com seus dedos meticulosos, passando-a pelo crivo de seu grande conhecimento, e detalhando cada nervura, cada nuança de carmim de suas pétalas.

Mas nos olhos argutos do pesquisador que lança ao mundo suas interrogações continua ainda brilhando um pequeno clarão, o da eterna criança absorvida pela descoberta do universo.

Nota da autora

As personagens e situações desta obra são pura ficção. Toda semelhança com acontecimentos e pessoas reais vivas ou falecidas é mera coincidência.

Nem por isso deixam de aparecer nesta história certos elementos de debates científicos, inspirados nos escritos dos professores Stephan Jay Gould (universidades de Harvard e Nova York, falecido em 2002) e Guillaume Lecointre (Departamento de Sistemática, Museu Nacional de História Natural — MNHN —, Paris). Eles representam a posição neodarwinista e a defesa do materialismo como condição dos métodos científicos contemporâneos.

As teorias científicas sobre a observação dos processos não-darwinistas e sua modelização matemática (atratores harmônicos) foram inspiradas livremente nos trabalhos de Anne Dambricourt-Malassé, pesquisadora do CNRS (Conseil National de la Recherche Scientifique) ligada ao Departamento de Pré-História do Museu.

A Fundação Teilhard de Chardin é acolhida no MNHN desde 1964. Reconhecida como de utilidade pública por um decreto do Conselho de Estado publicado no dia 4 de dezembro daquele mesmo ano, ela é atualmente presidida pelo professor Henry de Lumley, ex-diretor do Museu.

A exposição *Diamantes*, que ocorreu em 2001, com curadoria de Michel Guiraud, atual diretor de coleções do Museu, serviu unicamente para balizar formalmente esta história.

O debate entre criacionistas e evolucionistas é um fato na sociedade norte-americana. Baseado no fundamentalismo protestante, ele não deixa de ter influência sobre a política dos Estados Unidos. O debate com os criacionistas não existe na França, mais tais questões começam a agitar os espíritos. A vigilância se impõe...

Agradecimentos

A Marie-Thérèse Roy, Robert e Geneviève Wolff, Quitterie Duhurt-Gaussères, Didier Wolff e Lilas Seewald, pelo apoio.

Ao presidente Chevassus-au-Louis e ao professor Michel Guiraud pelo humor diante dessa série de assassinatos sórdidos que não viria ao espírito de ninguém nessa venerável instituição que é o Museu Nacional de História Natural e pelas observações simpáticas que acompanharam a leitura do manuscrito.

Especialmente a Marc Pignal, responsável pelo Herbário Nacional.

Às senhoras Monique Ducreux e Michelle Lenoir, respectivamente ex e atual diretoras das bibliotecas do Museu.

Pelos aspectos científicos e técnicos, obrigada aos professores Guillaume Lecointre, François Robert, Gérard Aymonin, Roger Bour, Yvan Ineich, Philippe Grellier, Pete Lowry; a Jean-Noël Labat, Simon Tillier, aos encarregados das pesquisas, Anne Dambricourt-Malassé, Patrick Geisdorfer, Philippe Béarez, Serge Barrier. Idem a Nicolas Pruvost, Frédéric Tronchet, Nicolas Vidal, Patrice Pruvost e Jérôme Munzinger.

Enfim, obrigada a todos os membros do Museu, com os quais tive o prazer e a honra de trabalhar.

Impresso no Brasil pelo
Sistema Cameron da Divisão Gráfica da
DISTRIBUIDORA RECORD DE SERVIÇOS DE IMPRENSA S.A.
Rua Argentina 171 – Rio de Janeiro, RJ – 20921-380 – Tel.: 2585-2000

577